REALITY

815047

Isa Bobrowski



Maureen McCarthy

# FLASH JACK

## Maureen McCarthy

Maureen McCarthy wurde 1953 auf einer Farm in Victoria, Australien als das neunte von zehn Kindern geboren. Sie hat als Kunstlehrerin gearbeitet, Skripts fürs Fernsehen verfasst und mehrere Romane für jugendliche Leser geschrieben. Ihre Bücher wurden vielfach ausgezeichnet.
Die Geschichte von »Flash Jack« basiert lose auf ihrer eigenen Familiengeschichte (McCarthy hat selbst drei Söhne), gewann jedoch während des Schreibens eine ganz eigene Dynamik.

**Von Maureen McCarthy sind in den Ravensburger Taschenbüchern außerdem erschienen:**

**RTB 58121**
Ganglands

**RTB 58136**
Queen Kat, Carmel und St. Jude

# FLASH JACK

Aus dem australischen Englisch
von Katarina Ganslandt

RAVENSBURGER BUCHVERLAG

Als Ravensburger Taschenbuch
Band 58193
erschienen 2003

Die Originalausgabe erschien 2001
bei Penguin Books Australia Ltd.
unter dem Titel »Flash Jack«


Die Auszüge aus »Matilda« von
Roald Dahl sind der Übersetzung von
Sybil Gräfin Schönfeldt entnommen
(© 1989, Rowohlt Verlag GmbH,
Reinbek bei Hamburg). Abdruck mit
freundlicher Genehmigung des Verlages.

Umschlagillustration:
Eva Schöffmann-Davidov
Redaktion: Petra Deistler

RTB-Reihenkonzeption:
Heinrich Paravicini, Jens Schmidt



**Printed in Germany**

**Die Schreibweise entspricht den
Regeln der neuen Rechtschreibung.**

**5 4 3 2 1 07 06 05 04 03**

**ISBN 3-473-58193-3**

**www.ravensburger.de**

REALITY

*Ich danke Jane Godwin*
*für ihre Begeisterungsfähigkeit*
*und die viele Arbeit, die sie geleistet hat.*
*Außerdem möchte ich mich – wie jedes Mal –*
*bei Chris sehr für seine liebevolle*
*Unterstützung bedanken.*

*Für einen anderen Flash Jack –*
*meinen Patensohn*

»Weg! Alles weg!«, hallt Dads Stimme aus dem Inneren des Hauses. Wir anderen stehen mit müden, rot geränderten Augen vor der verschlossenen Tür und warten darauf, von ihm reingelassen zu werden. Mum, meine beiden älteren Brüder Frank und Sean und ich. Es ist Mitternacht und wir haben fast sechs Stunden in unseren nassen, verdreckten Ferienklamotten sardinenmäßig eingeklemmt in unserem Kombi gesessen. Keiner von uns hat den Nerv noch lange zu warten. Nachdem wir eine Woche lang nicht zu Hause waren, wollen wir alle nur noch rein, unseren Kram in eine Ecke werfen, was Kaltes trinken und vor allem – erst mal möglichst weit weg von den anderen.

»*Was?*«, ruft Mum ungeduldig nach drinnen. Sie hält einen Karton mit Fressalien in den Händen, den sie aus dem Kofferraum gehievt hat und der aussieht, als würde er gleich aufreißen. »Jetzt mach schon«, stößt sie zwischen den Zähnen hervor. »Was treibt er denn da drin?« Und dann lauter: »Beeil dich, Dave. Mach schon die Tür auf!«

»*Beeilung, Dad!*«, nölen Frank und Sean gelangweilt im

Chor. Frank lässt einen Rülpser los, setzt seinen Rucksack auf dem Treppenabsatz ab und tritt plötzlich einen Schritt zurück, wobei er mir fast den Fuß zermalmt hätte.

»Mensch, pass doch auf!«, stöhne ich. Neben Frank bin ich der volle Zwerg. (Er ist sechzehn, schon über eins achtzig groß und braucht Schuhgröße 44, ich hingegen bin erst dreizehn und warte sehnsüchtig darauf, dass bei mir endlich der Wachstumsschub einsetzt.)

»Was stehst du auch blöd im Weg rum«, knurrt er. Ich mache ihm wortlos Platz. Eine Entschuldigung erwarte ich nicht von ihm. Ich kann mich nicht erinnern, dass sich Frank jemals bei irgendwem entschuldigt – oder auch nur was halbwegs Nettes gesagt hätte. Dafür male ich im Kopf einen weiteren Strich in die Reihe hinter seinem Namen. Diese geistige Anzeigetafel bewahrt mich davor, wahnsinnig zu werden. Sie ist die Rettungsleine, die mir mein Freund Blake mal zugeworfen hat, als ich wirklich so weit war, mir ernsthaft Gedanken darüber zu machen, wie ich Frank umbringen könnte.

*»Leg dir 'ne Liste an, Jack. Merk dir jede Kleinigkeit … und eines Tages lässt du ihn für alles büßen.«*

»Irgendwie muss jemand reingekommen sein«, ruft Dad. Jetzt höre ich die Erschütterung in seiner Stimme. »Der Fernseher ist weg und die Stereoanlage!«

»Oh nein, David.« Mum klingt auch erschrocken. »Das gibt's doch nicht!« In diesem Moment reißt der Karton mit den Lebensmitteln und die halb leeren Marmeladengläser, die aufgerissenen Cornflakes-Packungen und die Tüte mit dem Toastbrot kullern zwischen unseren Füßen herum.

»Ach, verdammt!«, ruft sie. »Steht nicht rum, Jungs! Helft mir lieber, das Zeug einzusammeln. Frank. Du auch, Jack. Sean! Menschenskinder – jetzt bewegt euch doch mal!«

»Wieso ich?« Frank bückt sich widerwillig, um mir und Sean zu helfen, die Gläser zu erwischen, bevor sie die Stufen runterrollen und zerbrechen. »Hab ich den Scheiß etwa fallen lassen?«

Dad macht die Tür auf. Ich kauere zwischen unseren Vorräten am Boden und schaue zu ihm hoch. Mein Vater steht im Flur und erinnert mich wie so oft an einen riesigen Grislibären frisch aus dem Gebirge. Haare wie die graue Stahlwolle, mit der man Töpfe scheuert, seine Urlaubs-Jogginghose voller ausgefranster, kleiner Löcher und riesige Gummistiefel, die mit Matsch verschmiert sind, weil wir beide heute Vormittag noch am Fluss angeln waren. Er hat diesen *Leck-mich-fett*-Ausdruck im Gesicht, den man von Homer Simpson kennt, wenn er wieder mal der Loser ist.

»Der Videorekorder und die Mikrowelle sind auch weg«, stöhnt er und sieht meine Mutter an. Dann lehnt er sich an den Türrahmen und schließt kurz die Augen. »Alles weg. Tut mir Leid, mein Schatz, aber bei uns ist eingebrochen worden.«

Es ist Mitte Januar und wir kommen gerade von einem Besuch bei Verwandten in Harrietville zurück, wo wir früher selbst gewohnt haben. (Wir sind erst vor einem Jahr in die Stadt gezogen.) Auf halber Strecke haben wir an einem Fish-and-Chips-Shop Halt gemacht, danach setzte sich Dad wieder ans Steuer und wir anderen schliefen. Wobei ich nicht behaupten kann, auf dem Rücksitz zwischen meinen Brüdern viel Schlaf abgekriegt zu haben. Jedes Mal wenn mir die Augen zufielen, wurde ich durch einen Schlag auf den Arm oder einen Stoß in die Rippen brutal geweckt, weil ich beim Eindösen zwangsläufig seitlich wegkippte. Den Kopf nach hinten zu legen, funktionierte auch nicht, davon bekam ich auf Dauer Genickstarre.

*»Hey! Runter von mir, du Schlongi!«*

*»Mum! Sag Jack, dass er endlich aufhören soll, mir ins Ohr zu atmen!«* Sean ist siebzehn und fast eins neunzig groß. Wenn ich überhaupt irgendwo hingeatmet hatte, dann höchstens in seine stinkende Achselhöhle! Als ob sich irgendein halbwegs normaler Mensch freiwillig näher als nötig neben die beiden setzen würde. Sean geht ja noch, aber ich würde mich lieber an eine Schlange kuscheln als an Frank. Irgendwann hatte Mum unser Gekeife so satt, dass sie mich richtig anbettelte, mich vorne zwischen sie und Dad zu setzen. Aber ich hab mich geweigert. Okay, vielleicht bin ich erst dreizehn und ein Bonsai, der nachts noch mit Licht schläft und praktisch keinen Haarwuchs im Gesicht (oder sonst wo am Körper) hat, aber das bedeutet nicht, dass ich keinen Stolz hätte.

Wir drei trotten hinter Mum her den Flur entlang in die Küche. Frank sieht sich nur schnell um und stürzt dann in sein Zimmer. (Er und Sean wohnen hinter dem Haus in einer umgebauten Garage. Zwei Zimmer mit einem dazwischenliegenden Bad.) Sean schlappt ihm hinterher und bleibt kurz stehen, um einen Blick ins Wohnzimmer zu werfen.

»Hey«, sagt er, als er sieht, dass der Fernseher weg ist. »Bei uns ist ja *wirklich* eingebrochen worden.« Toll, Sean. Superhirn. Als hätte Dad bloß mal eben einen kleinen Gag gemacht. Sean ist kürzlich an seiner Wunsch-Uni angenommen worden und hält sich für den Obermacker. Er war immer schon ziemlich von sich überzeugt, aber seit er den Studienplatz sicher in der Tasche hat, ist er ultranervig. Sean ist der Sportcrack in unserer Familie. Er spielt Football, Rugby und Fußball, geht im Sommer jeden Tag schwimmen, macht Hanteltraining und ist im Tennisclub. Ständig zeigt er seine Muskeln her oder zieht sein T-Shirt hoch, um sich den Bauch zu tätscheln. »Ja, guckt ihn euch ruhig genau an, wenn ihr euch traut, ihr Schlaffis. So sieht ein Waschbrettbauch aus.« Manchmal spannt er seine Bizepsmuskeln an und *küsst* sie. »Meine beiden *Babes*«, nennt er sie mit amerikanischem Akzent – und das meint er garantiert nur halb im Spaß. »Hey ihr Schwachmatiker (das sind wir), darf ich euch Dolores und Cherrie vorstellen?«

Aber Sean lacht wenigstens ab und zu mal und ringt sich gelegentlich einen netten Kommentar ab, was man von Frank wirklich nicht behaupten kann.

Mum starrt auf den verwaisten Platz, an dem mal die Mikrowelle stand, und sieht dann zum Kühlschrank rüber, auf dem sie immer ihr Radio stehen hatte. »Aber wir hatten doch richtig abgeschlossen, oder?«

Dad nickt bedrückt.

»Wie sind die dann reingekommen?« 

Bevor Dad antworten kann, ertönt ein wilder Schrei, eine Tür schlägt, donnernde Schritte nähern sich und Frank stürzt in die Küche. Sein Gesicht ist vor Wut kreidebleich (vielleicht ist ihm auch einfach nur schlecht, weil er insgesamt sechs fetttriefende Dim Sums aus dem Fish-and-Chips-Shop in sich reingefressen hat, aber das glaub ich nicht). Frank ist äußerlich ein ganz anderer Typ als Sean, weil er überhaupt keinen Sport macht oder sich sonst wie körperlich betätigt. Eigentlich hockt er die meiste Zeit in seinem Zimmer rum. Er ist blass, ziemlich groß und sehr dürr, mit normalerweise dunklem Haar (das im Moment aber gebleicht ist), zwei silbernen Nasenringen und (seit letzter Woche) drei neuen Piercings direkt unter der linken Augenbraue.

»Meine Plattenspieler sind weg!«, brüllt er. »Das Keyboard, der Verstärker und das Mischpult auch. Die haben mir sogar die Mundharmonika geklaut! Welcher Idiot ist dafür verantwortlich? Wer hat vergessen abzuschließen? Es ist ja wohl klar, dass derjenige mir das Zeug ersetzt. Ich hab mir das alles nach und nach selbst angeschafft. Da steckt das Weihnachtsgeld der letzten drei Jahre drin und die ganze Kohle von diesem Scheißjob in der Rooster Bar!« (Den Job in der Rooster Bar hatte er gerade mal zwei Wochen, dann ist er hochkant rausgeflogen, weil er den Chef »Schwachkopf« genannt hatte.) »Verdammte Scheiße – als DJ brauch ich meine Anlage. Ohne kann ich gleich einpacken.« Er starrt Mum und Dad an, als wollte er sich auf sie stürzen. Die beiden weichen sogar einen Schritt vor ihm zurück, wahrscheinlich aber eher überrascht als ängstlich. Dass so viele Wörter auf einmal aus Franks Mund kommen, ist ein richtiges kleines Wunder. Solange ich mich erinnern kann (jedenfalls die letzten zwei Jahre), hat sich Frank ausschließlich einsilbig oder zumindest sehr knapp zu irgendwas geäußert.

»Jetzt komm mal wieder auf den Teppich, Frank«, sagt Dad hastig, als sei ihm gerade wieder eingefallen, wer bei uns der Boss ist. Er schiebt sich an Frank vorbei zur Hintertür hinaus.

»Sean? Wie sieht's bei dir aus?«, ruft er in den Garten. »Fehlt von deinen Sachen was?«

»Die Schweine haben sich *alles* gekrallt!«, brüllt Sean. »Meine CDs, das Radio, den Computer. Wie soll ich dieses Jahr studieren, wenn ich nicht ins Internet kann? Wie sind die überhaupt reingekommen?«

Kurz darauf wissen wir es. Ein Blick ins Bad genügt. Das Fenster über der Badewanne steht sperrangelweit auf. Es liegt zwar ziemlich hoch, ist aber breit genug, um hindurchzuschlüpfen. Wir klettern selbst immer durchs Badfenster ins Haus, wenn wir mal den Schlüssel vergessen haben. Und genau aus diesem Grund steht es auch meistens offen.

Dad stöhnt. Ich sehe, wie er Mum einen zerknirschten Blick zuwirft, weil ihm wahrscheinlich gerade klar wird, dass er vor unserer Abfahrt vergessen hat, das Fenster zuzumachen.

»Und wie geht's jetzt weiter?«, kreischt Frank. Das ist noch so was, was mich tierisch an ihm nervt. Wenn irgendwas nicht nach seinen Vorstellungen läuft, kriegt er so eine schrille Stimme – wie eine Ratte, die in der Falle hockt.



»Tja ...« Dad guckt Mum an. Typisch. Obwohl Dad Handwerker ist (Maler und Lackierer) und so ungefähr alles reparieren kann, ist Mum die praktisch Denkende der Familie.

Sie lässt sich seufzend auf den Klositz fallen. »Ich überlege gerade, ob wir die Polizei jetzt gleich rufen sollen oder ob wir damit bis morgen warten.«

»Na, gleich natürlich!«, plärrt Frank. »Ich brauch die Sachen wieder. Ohne Musik kann ich nicht einschlafen.«

»Ach was?« Sean grinst ihn höhnisch an. »Du glaubst doch wohl nicht im Ernst, dass die noch heute Nacht danach suchen, oder?« Er sagt mit Babystimme: »Frankie kann ohne seine Anlage nicht *Bu-Bu* machen, deshalb müssen sämtliche Bullen in Melbourne ausrücken und danach suchen.«

Frank holt zu einem wütenden Fußtritt aus. »Als hättest du irgendeine Ahnung, du *Naffel*!«

Sean weicht ihm aus und die beiden fangen an, sich gegenseitig zu schubsen und anzurempeln.

»Uh, gleich krieg ich Angst!«

»Hau doch ab, du wandelnder Scheißhaufen!«

»Du würdest wohl gerne so aussehen wie ich, was? Du kleine, schwächliche, bleichgesichtige Missgeburt!«

»Ach Jungs, bitte!« Mum reibt sich die Augen. »Könnt ihr nicht mal eine Sekunde aufhören ... *bitte*. Ich kann nicht gleichzeitig nachdenken und ...«

»Es ist jedenfalls klar, dass das Zeug ersetzt werden muss«, sagt Frank mit leiser, drohender Stimme und reißt sich von Sean los. »Ich sehe nicht ein ...«



»Jetzt halt endlich die Klappe, Frank!«, schneidet Dad ihm das Wort ab. Er ahnt, dass Mum gleich zu viel kriegt.

Sie geht wieder zurück in die Küche und wir alle vier hinter ihr her.

»Wieso habt ihr mich auch gezwungen mitzufahren?«, jammert Frank eisern weiter (er hat kein Gespür dafür, wann es genug ist). »Dabei hatte ich sowieso keinen Bock auf Urlaub mit der Family. Aus dem Alter bin ich raus. Ich hätte hier bleiben und mich ums Haus kümmern können.«

Mum und Dad gucken sich an. Offensichtlich versuchen sie sich vorzustellen, wie sich Frank um irgendetwas kümmert (von seiner Plattensammlung mal abgesehen) und finden die Vorstellung total abwegig. Frank kann sich ja noch nicht mal um seine eigene Ernährung kümmern. Wenn man ihm das Futter nicht direkt vor die Nase stellt, isst er nichts. Jedenfalls praktisch nichts ... außer Cornflakes. Ihm zuzusehen, wie er ächzend die Schachtel mit den Weetabix oben aus dem Schrank und dann die Milch aus dem Kühlschrank holt, ist jedes Mal zum Totlachen. Er tut so, als wäre das eine totale Zumutung. Viel zu anstrengend. Ich hab noch nie erlebt, dass er sich ein Sandwich geschmiert oder ein Toast mit Käse überbacken hätte, wie Sean oder ich, wenn unsere Eltern nicht da sind.

»Toll, Frank«, sagt Dad ironisch, öffnet den Kühlschrank, holt eine halb leere Tüte Milch raus und riecht daran. »Danke für diesen konstruktiven Beitrag ... aber du siehst ja, es ist nun mal passiert und wir müssen uns damit abfinden.« Er verzieht das Gesicht. »Und wenn ich mich nicht täusche, solltest du vor der Abfahrt den Kühlschrank ausräumen. Jetzt ist die Milch sauer geworden und hat den ganzen Kühlschrank verpestet.« Er öffnet die Tür ganz weit, beugt sich vor und schnüffelt ein paarmal vernehmlich, zum Schluss kriecht er fast hinein, um zu demonstrieren, wie sehr es darin stinkt.

»Ich sage ja bloß«, Frank redet unbeirrt weiter, »dass es intelligenter von euch gewesen wäre, uns zu erlauben zu Hause zu bleiben – oder …« Er legt eine kurze Pause ein, um Sean einen finsteren Blick zuzuwerfen. »Wenigstens *mir*. Ich hab von Anfang an ganz klar gesagt, dass ich null Bock habe, mich in diesem Kaff von Harrietville zu Tode zu langweilen! Ich bin froh, dass wir in der Stadt wohnen, mein Bedarf an Landleben ist für alle Zeiten gedeckt. Wenn ich hier geblieben wäre, hätten die Einbrecher keine Chance gehabt.«

Niemand sagt etwas. So ist Frank. Er laugt einen total aus. So war es auch die ganze letzte Woche. Man kommt nicht gegen ihn an, wenn er es darauf anlegt, das letzte Wort zu haben. Abgesehen davon finde ich es total widerlich, dass er so über Harrietville herzieht, seit wir nicht mehr dort wohnen.

Dabei hatte er dort doch auch Freunde. Genau wie ich. Er ist ein richtiger Verräter.

»Ich sag euch was …« Dad seufzt und legt einen Arm um Mum, die mit hängenden Schultern dasteht. »Jetzt ist es sowieso zu spät für die Polizei. Wir rufen morgen an. Ich schlage vor, jetzt helft ihr erst mal alle mit, die Sachen aus dem Auto zu holen.« Er zieht die Küchenschublade auf und nimmt ein paar Kulis und Bleistifte heraus. »Und danach schreibt ihr eine Liste mit all den Sachen, die aus euren Zimmern weggekommen sind.«

»Und dann?«, brummt Frank.

»Gebt ihr sie mir.«

»Und was dann?«

»Geht ihr ins Bett.«

»Aber ich kann garantiert nicht schlafen«, jammert Frank. »Darf ich nicht schnell nach nebenan und fragen, ob die mir ein Radio leihen können?«

»Verdammt noch mal, nein!« Dad flippt richtig aus. »Es ist nach Mitternacht, Frank. Schalt doch *einmal* dein Hirn ein!« Er wirft mit dramatischer Geste die Hände in die Luft und alle zucken zusammen, was aber vor allem daran liegt, dass er mit einer Hand einen kleinen Glaskrug vom Regal fegt, der klirrend am Boden zerbricht. Mum seufzt bloß und bückt sich, um die Scherben einzusammeln. (Dad schmeißt ständig irgendwas um. Irgendwie sind ihm seine Arme und Beine öfter mal im Weg.)

»Es wäre schön, wenn du ausnahmsweise auch mal an andere Menschen denken würdest!«, sagt er zu Frank. »Jetzt schreib deine Liste und dann ab in die Falle!«

»Sind wir eigentlich versichert?«, erkundigt sich Sean plötzlich.

»Klar.« Dad seufzt. »Sind wir doch, oder, Schatz?« Er sieht zu Mum rüber und ich höre seiner Stimme an, dass er sich selbst nicht ganz sicher ist. Mum ist bei uns in der Familie diejenige, die alle Rechnungen bezahlt und den Papierkram erledigt. Sie nickt. Dann nimmt sie mich in den Arm und sagt krampfhaft fröhlich: »Jetzt aber ab ins Bett. Und macht euch keine Sorgen. Wir kriegen unsere Sachen alle wieder … von der Versicherung. Schon bald.«

# 1

Tja. Falls ihr jetzt glaubt, es hätte nicht mehr schlimmer kommen können, ist das verzeihlich. Kein Fernseher, keine Stereoanlage, kein Skateboard und kein Computer, aber dafür noch zwei Wochen Ferien, um uns gegenseitig in den Wahnsinn zu treiben? Von jetzt an konnte es ja wohl nur noch in eine Richtung gehen – und zwar aufwärts. Stimmt's?

*Irrtum!*

Es kam schlimmer. Sehr viel schlimmer sogar. Aber gleichzeitig auch besser. Und falls sich das für euch jetzt wie ein verrückter Widerspruch anhört, möchte ich euch gerne darauf hinweisen, dass ich nicht der Erste bin, dem aufgefallen ist, dass zwei total gegensätzliche Sachen mehr oder weniger zeitgleich passieren können. Aus etwas Schlimmem kann etwas Gutes entspringen und umgekehrt. Ich denke beispielsweise an Charles Dickens, den ja wohl jeder kennt. (Falls nicht, sagt das lieber nicht zu laut, wenn ihr nicht für komplett beschränkt gehalten werden wollt.) Mum hat mir mal ein Buch von ihm gegeben, als ich ihr sagte, ich würde gern was lesen, was vor langer Zeit geschrieben wurde und weltberühmt ist. Sie ist auf einen Stuhl gestiegen, hat ein kleines, dickes, rotes Buch aus dem obersten Fach des Regals gezogen und den Staub weggepustet, bevor sie es mir gab.

»Leider haben wir ›Oliver Twist‹ nicht da. Aber probier es ruhig mal mit dem hier. Ist nicht schlimm, wenn es dir nicht gefällt.«

»Okay«, sagte ich und war sofort total hin und weg von dem modrigen Geruch des Einbands und den hauchdünnen Seiten. (Damals war ich erst elf und ich kann euch sagen, dass ich »Oliver Twist« inzwischen gelesen hab.) Das Papier erinnerte mich an die zarte Hautschicht, die man von einem Sonnenbrand abziehen kann. Das Buch hieß »Die Geschichte zweier Städte«. Ich setzte mich hin und versuchte es zu lesen, kam aber nur bis Seite fünfundzwanzig – die Schrift war zu winzig und ich verstand auch nicht so richtig, worum es ging – an den Anfang erinnere ich mich aber noch.

»*Es war die beste und es war die schlimmste aller Zeiten.*«

Ein wirklich *sehr* cooler Anfang für eine Geschichte, wie ich damals fand.

Diese letzten zwei Wochen im Januar, ehe ich in die neunte Klasse kam, sind mir als die bisher schlimmste und beste Zeit meines Lebens in Erinnerung, und ehrlich gesagt fällt mir kein treffenderer Anfang ein als der aus diesem Buch. Deshalb hab ich beschlossen, ihn einfach zu klauen und zu hoffen, dass Charles Dickens' Erben mich deswegen nicht verklagen:

*Es war die beste und es war die schlimmste aller Zeiten.*

Jedenfalls passierte eine ganze Menge. Und diesmal standen nicht wie sonst immer Sean und Frank im Mittelpunkt, nein, ausnahmsweise war der Scheinwerfer mal auf mich gerichtet. Sozusagen. Was okay war, aber gleichzeitig eben auch ziemlich hart, falls ihr mir folgen könnt.

Als ich am Morgen nach dem Einbruch aufwachte, ging es mir ganz gut. Vielleicht war ich noch ein bisschen angespannt, aber ich hatte doch die Hoffnung, dass sich alles regeln lassen würde. Und ich weiß, dass es Dad genauso ging. Ich kam an ihm vorbei, als ich in den Garten bin, um gegen den Zitronenbaum zu pinkeln. (Morgens nach Sean aufs Klo zu gehen, ist glatter Selbstmord.)

Dad fummelte gerade am Rasenmäher rum.

»Das mit der Versicherung geht klar«, erzählte er. »Mum hat vorhin dort angerufen. Heute Nachmittag schicken sie jemanden vorbei. Und in einer halben Stunde kommt die Polizei.«

»Ah, gut.«

Ich sah mich in unserem Garten um und meine Laune sank schlagartig. Sieben ganze Tage lang war mir dieser Anblick erspart geblieben und jetzt lag er wieder vor mir. Gepflegt und langweilig und winzig. Blöde Büsche, die aussahen wie aus Plastik, und eine spießige Einfassung aus Ziegelsteinen rings um die Blumenbeete. Verglichen mit Harrietville waren unser neues Haus und der Garten … voll hässlich. Ich würde mich hier nie zu Hause fühlen, das war mal sicher. In unserem alten Garten standen dicke Feigenbäume und er war einfach gigantisch groß gewesen. Und hinter dem Zaun plätscherte ein Bach, der im Winter zu einem richtigen Fluss anschwoll. Und einen Schuppen hatten wir auch gehabt. Einen richtig großen mit einer Werkbank und vielen Regalen. Dad hat darin immer unser Auto und unsere Fahrräder repariert und für Mum Regale und solche Sachen gebaut. Seine Werkzeuge konnte er unbesorgt draußen liegen lassen, es war nie was weggekommen.

»Wie lange dauert es wohl, bis wir von der Versicherung Geld bekommen?«, fragte ich Dad. Ich durfte nicht mehr an Zu Hause denken. Es war klar, dass ich versuchen musste, das Beste aus dem Umzug zu machen.

Im Grunde waren Mum und Dad nur unseretwegen weggezogen. Sean hatte die Idee gehabt, das letzte Schuljahr an einer anderen Schule zu machen. Er wollte unbedingt Informatik studieren und fand, dass es an unserer Highschool nicht das richtige Fächerangebot gab.

Und Frank wollte weg von der Schule, weil er sich ständig blöde Kommentare über seine Nasenringe anhören durfte. In der Großstadt waren die Schulen angeblich viel cooler. Da konnte man rumlaufen und sich aufführen, wie man wollte und sogar ganz weg bleiben, wenn man keinen Bock hatte.

Ich war als Einziger nicht scharf darauf wegzuziehen. Ich hatte meine Freunde in Harrietville und fühlte mich an der Highschool superwohl. Aber Mum und Dad fanden, in meinem Alter könne ich so einen Umzug noch locker wegstecken. Und während sie noch hin und her überlegten, ob sie es wirklich wagen sollten, bekam Dad, der immer selbstständig gearbeitet hatte, einen Job bei einem großen Malerbetrieb in Melbourne angeboten. Das gab dann den Ausschlag. Er sagte, er könne es sich nicht leisten, das Angebot auszuschlagen, weil die Zeiten für Selbstständige immer härter würden.

Jetzt schraubte Dad stirnrunzelnd die Kappe auf den Tank des Rasenmähers.

»Der Kerl am Telefon hat gesagt, wir bekommen das Geld innerhalb von vierzehn Tagen. Das klingt doch ganz gut.«

»Ja, cool.«

»Brandneue Sachen kriegen wir, Kollege!« Dad zauste mir das Haar. »Neuer Fernseher, neues Skateboard, neue Anlage, neue CDs. Du wirst dich noch umschauen.«

Das hieß dann also im Klartext, dass zwei heiße Januarwochen vor mir lagen und wir noch nicht mal einen Fernseher hatten. Da Dad am nächsten Tag wieder zur Arbeit musste, konnten wir nichts zusammen machen. (Wenn er zu Hause ist, basteln wir oft ein bisschen rum.) Und außer ihm gab es niemanden, mit dem ich was hätte machen können. Keiner aus meiner neuen Schule wohnt in der Nähe. Und mein einziger richtig guter Freund war mit seinen Eltern in den Ferien. Tja – wie es aussah, würden wir die neuen Sachen dann genau pünktlich zum Schulanfang bekommen. *Na, super!* Aber Dad gegenüber konnte ich mich natürlich nicht beklagen, weil ich ja der liebe Sohn sein muss. Sean und Frank sind solche Kotzbrocken – ich kann es einfach nicht bringen, mich auch noch so aufzuführen wie sie. Manchmal fände ich es schön, nicht der Jüngste zu sein. Anfälle haben zu können wie Sean. Beleidigt sein und rumbrüllen und rummotzen zu können wie Frank. Vielleicht werde ich ja automatisch so, sobald sich die Hormone bei mir bemerkbar machen, aber irgendwie glaub ich da nicht dran. (Ich hab mal mitgekriegt, wie Mum am Telefon zu einer Freundin sagte, bei Frank würden sich die Hormone bemerkbar machen. Ich weiß, dass das was mit seiner Art zu tun hat. Und bei Sean ist es wahrscheinlich dasselbe.)

»Hättest du heute Abend Lust auf Kino?«, fragte Dad und sah mich hoffnungsvoll an. »Wenn die von der Versicherung wieder weg sind?«

»Kommt Mum denn auch mit?«, erkundigte ich mich. Mum hat nämlich einen grottenschlechten Geschmack. Wenn man nicht aufpasst, schleppt sie einen in einen Film, in dem absolut nichts passiert. Sie steht total auf so Filme, in denen die Leute nur rumhocken und sich in irgendwelchen Fremdsprachen unterhalten.

»Keine Ahnung.« Dad setzte sich auf die Hintertreppe. »Hab sie noch nicht gefragt.«

Ich guckte Dad an, wie er da auf den Stufen saß, und wusste plötzlich, dass er unseren neuen Garten genauso wenig mochte wie ich. Irgendwie sah er darin verloren aus. Zu groß für so einen kleinen Garten. Ich wollte ihn fragen, ob er auch gerade an unser altes Haus dachte, ließ es aber. Das hätte ihn vielleicht bloß traurig gemacht.

»Wenn nur du und ich gehen, komm ich mit«, sagte ich. Dad steht auf Actionfilme, aber wenn Mum dabei ist, lässt er immer sie aussuchen. »Aber ich hab absolut keine Lust auf einen von Mums Filmen.«



»Ist gebongt.« Dad lachte. »Gut, dann lassen wir Mum

also zu Hause.« Er machte ein nachdenkliches Gesicht und ich ahnte, was als Nächstes kommen würde.

»Was meinst du? Ob Sean und Frank auch mitwollen?«, fragte er und tat so, als wäre es ihm im Grund egal.

Ich schüttelte den Kopf. Es hatte keinen Zweck, die Sache zu beschönigen. »Du brauchst sie gar nicht zu fragen, Dad. Die kommen doch sowieso nicht mit.« Frank und Sean würden beide lieber tot umfallen, als sich zusammen mit Dad (oder Mum) auf der Straße blicken zu lassen – und erst recht nicht im Kino. So ist das nun mal. Da muss man sich nichts vormachen.

»Okay«, seufzte er. »Dann nicht.«

Bevor ich zu dem komme, was als Nächstes passierte (ins Kino gingen wir an diesem Abend jedenfalls nicht mehr), sollte ich noch ein paar erklärende Worte über Dad sagen. Ich möchte nämlich nicht, dass ihr genauso sauer auf ihn seid wie Sean und Frank. Und Mum. Denn sogar Mum, die doch sonst immer sein größter Fan ist, hatte diesmal ziemliche Probleme, seinen Standpunkt zu akzeptieren. Klar hab auch ich ganz schön schlucken müssen. Aber Dad und ich sind echte Kumpel, und obwohl ich seine Entscheidung falsch fand (also, nicht direkt falsch … eigentlich tat er ja nur das *Richtige*), hätte ich ihn das nie so spüren lassen wie die anderen.

Um Dad verstehen zu können, muss man etwas über ihn wissen. Er war gerade mal neun, als seine Mum starb, und lebte mit seinem Vater auf einer Farm irgendwo mitten in der Pampa. Sein Vater war Alkoholiker und verprügelte ihn nach Lust und Laune, vor allem jeden Samstag, wenn er nachts besoffen nach Hause kam. Dad haute ab, sobald sich die erste Chance bot. Er zog herum und verdiente sein Geld als Gelegenheitsarbeiter auf Farmen. Zum Beispiel flickte er Viehzäune in abgelegenen Gegenden in New South Wales und Queensland. Dabei bekam er manchmal wochenlang keinen anderen Menschen zu Gesicht. Innerlich war er ganz schön verbittert und deprimiert über sein Leben. Deswegen trank er auch ziemlich viel und war oft in Schlägereien verwickelt. Eine Zeit lang war er sogar Boxer und trainierte richtig professionell. Aber nachdem ihm zum dritten Mal die Nase zertrümmert worden war, gab er es auf. (Wer sich ernsthaft fürs Boxen interessiert, kann gerne mal vorbeikommen und sich Dads Gesicht anschauen.)

Jedenfalls begegnete er dann irgendwann auf einer Party in Mildura, zu der er ohne Einladung einfach hingegangen war, meiner Mum und verliebte sich sofort in sie. Nicht weil sie das hübscheste Mädchen dort gewesen wäre (obwohl sie das angeblich auch war), sondern wegen ihrer Stimme. Er hatte noch nie jemanden mit einer so sanften Stimme kennen gelernt. Er sagt immer, ihre Stimme hätte ihm bewusst gemacht, dass es im Leben noch mehr gab, als das, was er kannte. Schönes und Gutes. Als er in dieser Nacht nach Hause kam, ging ihm Mums Stimme nicht mehr aus dem Kopf. Und weil er davon überzeugt war, nicht den Hauch einer Chance bei ihr zu haben, war er total aus dem Häuschen, als sie sich mit ihm verabreden wollte. Dad muss stundenlang wie in Trance auf dem Campingplatz herumgeirrt sein. (Er wohnte zu der Zeit mit zwei anderen ziemlich schrägen Typen zusammen in einem Wohnwagen in

Mildura und Mum arbeitete als Krankenschwester im städtischen Krankenhaus.) *Sie will sich mit mir treffen!*, dachte er. *Mit mir! Dave Lightfoot, dem alten Trottel, der ein Gesicht hat wie ein zerbeulter Benzinkanister und Elvis-Tattoos auf beiden Armen!*

Als Mum sagte, dass sie ihn heiraten würde, nahm sich Dad noch im gleichen Augenblick vor, nie mehr etwas zu tun, wofür sie sich schämen müsste. Keinen Alkohol, keine Wutanfälle, keine Krawalle und keine Schlägereien mehr. Er nahm sich vor, sein Leben von Grund auf zu ändern und trat deshalb sogar zu ihrem Glauben über. Mum zieht Dad deswegen immer auf und sagt, er würde die ganzen Gebote der Kirche noch ernster nehmen als Leute, die richtig religiös erzogen worden sind. Jedenfalls heirateten die beiden, er machte sich als Anstreicher selbstständig und dann kamen wir zur Welt. Dad hielt sich all die Jahre hindurch an sein Versprechen. Keiner von uns hat ihn jemals betrunken gesehen oder erlebt, dass er jemanden betrogen oder angelogen hätte. Und obwohl wir nicht reich sind, gibt er immer etwas, wenn er um eine Spende fürs Rote Kreuz oder für die Opfer von Buschbränden gebeten wird. Er teilt gerne mit anderen, sagt er, weil er sich im Inneren mindestens so reich fühlt wie der Medienmogul Kerry Packer. Und der ist der reichste Mann in ganz Australien. Die Heirat mit Mum hat ihm das Leben gerettet, glaubt Dad. Er war dreißig, als sie heirateten, und er sagt immer, bis dahin sei er auf einer Achterbahn ins Nirgendwo gerast.



Wahrscheinlich bin ich voreingenommen, was Dad betrifft. Für mich ist er einfach der Größte. Ich kann mir eigentlich nicht vorstellen, wie er war, bevor er Mum getroffen hat. Außer wenn er ungefähr einmal im Jahr seinen Koller kriegt und total ausrastet. Dann ist es das Klügste ihm einfach aus dem Weg zu gehen, bis er sich wieder eingekriegt hat. Aber in solchen Phasen glaub ich ihm, dass er wirklich mal so gewesen ist, wie er immer erzählt – dass er sich geprügelt und tagelang gesoffen hat, bis er ins Koma fiel. Wenn er einen seiner seltenen Anfälle kriegt, bekommt er so einen komisch stieren Blick und sein Gesicht läuft so rot an wie ein Stück Cornedbeef. Aber 99,9 Prozent der Zeit schreit er noch nicht mal jemanden an. Jedenfalls nicht im Ernst.

»Sie hatten also überprüft, dass das Haus verschlossen war, bevor sie losfuhren.«

Der freundliche kleine Mann in dem glänzenden, blauen Anzug saß mit einem Stapel Fragebögen am Küchentisch, kreuzte Kästchen an und nippte an dem Kaffee, den Mum ihm hingestellt hatte. Was er sagte, klang noch nicht einmal wie Fragen, sondern wie Feststellungen. Wir hatten ihn im Haus herumgeführt und ihm die Liste aller gestohlenen Gegenstände und eine Kopie unserer Aussage bei der Polizei gegeben. Er war total nett und versprach uns, dafür zu sorgen, unsere Ansprüche so schnell wie möglich geltend zu machen, weil ja schließlich Ferien seien und so. Allmählich fanden wir die Sache gar nicht mehr so schlimm.

»Tja, so kann man das eigentlich nicht ausdrücken, was meinst du, Schatz?«, sagte Dad unbehaglich und sah Mum an, die dem kleinen Mann gegenübersaß. »Das Fenster im

Badezimmer stand nämlich noch offen. Also, ich meine ...« Er wandte sich dem Mann zu, der mit einem Ruck von seinen Papieren aufgesehen hatte. »Das war nachlässig von uns und ich möchte Sie nicht belügen.«

Mum holte plötzlich tief Luft. Sie hatte wohl vergessen, dass sie eben von ihrem Kaffee getrunken hatte, denn sie verschluckte sich und begann zu husten.

»... unsere Versicherungsbedingungen haben Sie aber sicher gelesen, Mr Lightfoot?«, fragte der Mann ruhig. »Da steht nämlich leider eindeutig drin, dass die versicherten Wertgegenstände von uns nur ersetzt werden, wenn das Haus ordnungsgemäß verschlossen war.«

»Tja, das war es aber leider nicht«, sagte Dad.

»David!«, rief Mum. »Uns ist alles gestohlen worden! Wir haben nicht das nötige Geld, um die Sachen zu ersetzen. Das weißt du genau!« Sie beugte sich über die Tischplatte und sah den Mann von der Versicherung eindringlich an. »Es war alles verschlossen, okay?«

Dad guckte auf seine Hände. »Stimmt nicht, Helen«, sagte er sehr ruhig.

Sean stand in einem schwarzen, ärmellosen T-Shirt in der Tür und verschränkte die Arme vor der Brust (so sah man seine Muskeln besser). Frank fläzte sich auf einem der Rohrstühle vor dem Fenster und machte wie immer ein tödlich gelangweiltes und genervtes Gesicht. Beiden wurde im selben Moment klar, was gerade passierte.



»Dad!« Frank geriet in Panik. »Wir müssen das Zeug ersetzt bekommen! Mensch, Dad – das ganze Vinyl! Mein Plattenspieler. Die Mundharmonika.«

»Ja, aber wir können die Versicherung nicht belügen.«

»Ich glaub, ich spinne!«, zischte Sean. Er verzog das Gesicht, als würde er was Schlechtes riechen. »Unsere Sachen sind geklaut worden. Alles weg! Ohne Computer brauch ich an der Uni gar nicht erst antanzen.«

Der Mann im blauen Anzug seufzte. Dann schaute er Mum an, ein kleines, vielsagendes Lächeln um die Mundwinkel.

»Was halten Sie davon, wenn ich für einen Augenblick an die frische Luft gehe?«, sagte er und stand auf. »Nehmen wir einfach an, ich hätte nichts gehört, und wenn ich zurückkomme, unterschreiben Sie einfach das Formular und das war's.«

Mum stieß einen erleichterten Seufzer aus. Wir auch. Wahnsinn! Das war ja wohl unglaublich nett. Der Typ hätte uns voll eins reindrücken können. Immerhin arbeitete er für die Versicherung und hätte alles Recht der Welt dazu gehabt. Stattdessen rettete er uns vor unserem durchgeknallten Vater.

»Nein.« Dad hob abwehrend die Hand. »Nicht nötig. Sie brauchen nicht rauszugehen. Ich unterschreibe das Formular nicht. Das wäre Betrug.«

»Dann unterschreibe eben ich«, mischte sich Mum ein. »Geben Sie mir das Formular. Ich unterzeichne es sofort. *David* …«, stieß sie zwischen zusammengepressten Zähnen hervor, »wir haben jahrelang Beiträge gezahlt! Und bis heute haben wir die Versicherung nie in Anspruch genommen. Es ist doch nur fair, dass …«

»Es tut mir schrecklich Leid, Mrs Lightfoot«, unterbrach sie der Mann von der Versicherung. »Aber Ihr Anspruch wird erst gültig, wenn Sie beide unterschrieben haben.« Er sah sich in der Runde um. »Ich weiß jetzt auch nicht, äh … soll ich Ihnen vielleicht noch ein bisschen Zeit geben?«

»Ja«, sagte Mum.

»Nein«, sagte Dad.

Alle begannen wie wild auf Dad einzureden, damit er das Formular doch noch unterschrieb. Als deutlich wurde, dass nichts zu machen war, packte Frank plötzlich einen schweren Topfdeckel, der auf dem Herd lag, und schleuderte ihn in die Ecke, wo zwei Tüten mit Einkäufen standen. Irgendetwas in der einen Tüte zerbrach klirrend. Einen Augenblick lang schwiegen alle erschrocken. Dann sprang Mum stinksauer auf und lief ein paar Schritte auf Frank zu, als wollte sie ihm eine knallen.

»Das waren die neuen Gläser, die ich gekauft habe, Frank. Die waren teuer. Was jetzt kaputtgegangen ist, ersetzt du mir gefälligst von deinem eigenen Geld.«

»Was ist das hier eigentlich für eine Scheißfamilie?«, brüllte Frank zurück. »Nur Loser und Idioten!«

Typisch Frank, gleich auf uns alle loszugehen. Dabei hatten Sean, Mum und ich doch genauso versucht Dad zu bearbeiten, damit er seine Meinung noch änderte. Aber Frank steigerte sich richtig in seine Wut rein. Ihm stiegen sogar Tränen in die Augen. Ich wusste, dass er an seine Anlage dachte und an die CD-Sammlung, und irgendwie tat er mir ja auch Leid. Die ganzen Platten und CDs hatte er sich nach und nach im Laufe der vergangenen vier Jahre zusammengespart, von der Anlage ganz zu schweigen. Er war superstolz auf seine DJ-Ausrüstung. Und sein teures Keyboard war auch geklaut worden. Er hatte es an den Computer angeschlossen und oft daran gesessen und komponiert. Frank war, seit er zwölf war, der totale Techno-Freak und interessierte sich für nichts anderes. Techno und seine Mundharmonika – das war sein Leben.

»Du bist so ein *Arschloch*, weißt du das!«, schrie er Dad an.

»So redest du nicht mit mir, Frank.« Dad stand auf und wollte Frank am Arm packen. »Setz dich wieder. Ich finde, du ... *ihr alle* solltet euch erst mal meine Gründe anhören, damit ihr versteht, warum mir das so wichtig ist.«

»Ich hab keinen Bock mir deine gequirlte Scheiße anzuhören!« Frank drängelte sich an Dad und dem Versicherungsvertreter vorbei und stürzte zur Tür. »Du bist doch total durchgeknallt!«

Bevor Dad ihn einholen konnte, war Frank schon zur Küche hinaus und hatte die Tür hinter sich zugeworfen.

Sean setzte sich hin. Es war ihm deutlich anzusehen, dass er den Entschluss gefasst hatte, die Sache »erwachsen« zu regeln. Der Versicherungsvertreter war in den Stuhl zurückgesunken und schien immer mehr in sich zusammenzuschrumpfen, je lauter die Stimmen um ihn herum wurden.

»Hör mal, Dad, jetzt spinn nicht rum«, sagte Sean in sachlichem Ton. »Du hast die Versicherungsbeiträge gezahlt. Diese lächerlichen moralischen Spitzfindigkeiten sind doch kein Grund jetzt auf alles zu verzichten.«

»Na, das ist ja ganz toll!« Dad schlug mit der flachen

Hand auf den Tisch. »Haben wir euch etwa dazu erzogen, Werte wie Ehrlichkeit für lächerliche moralische Spitzfindigkeiten zu halten, ja?«

Mum saß vornübergebeugt auf ihrem Stuhl, die Hände zwischen den Knien eingeklemmt und starrte auf ihre Schuhe. »Dann darf ich meine lächerlichen moralischen Spitzfindigkeiten jetzt vielleicht auch mal erklären?«, schrie Dad und schaute in die Runde. »Ich persönlich bin nämlich der Meinung, dass man nicht nur dann das Richtige tun sollte, wenn es einem gerade in den Kram passt.« Den letzten Satz brüllte er richtig heraus. »Sondern auch dann die Wahrheit zu sagen, wenn es wehtut – *besonders*, wenn es wehtut!«

Sean erhob sich kopfschüttelnd von seinem Platz. »Weißt du was? Du spinnst«, sagte er kalt, hob seinen Pulli vom Boden auf und schlang ihn sich um die Hüfte. »Ich bin echt froh, wenn ich endlich aus dieser Klapsmühle ausziehen kann. Ich wäre lieber heute als morgen weg!« Dann ging er aus der Küche und zog leise die Türe hinter sich zu.

Irgendwie war Seans stiller Abgang schlimmer als die Szene, die Frank uns hingelegt hatte. An Franks Wutanfälle waren wir wahrscheinlich einfach gewöhnt. Dad seufzte und ließ sich mit einem flehenden Blick in Mums Richtung wieder auf seinen Stuhl fallen. Als sie ihn nicht ansah, vergrub er das Gesicht in den Händen. Ich war der Einzige, der sah, wie der Versicherungsvertreter aufstand und die Unterlagen in seine lederne Aktentasche packte. Auf dem Weg zur Tür blieb er noch einmal stehen, zögerte und hielt Mum dann seine Karte hin.

»Ich warte noch, bis ich meinen Bericht schreibe«, sagte er. »Bis morgen. Rufen Sie mich an, falls ... sich noch etwas ändert.«

Ich ging in mein Zimmer und legte mich aufs Bett. Die kleine Stereoanlage, die ich zu Weihnachten bekommen hatte, war geklaut worden, die Playstation auch. Aber am härtesten traf mich der Verlust meines Skateboards. Skateboard fahren war das Einzige, was ich in dieser blöden Wohngegend ohne Freunde unternehmen konnte. Soweit ich es bisher beurteilen konnte, wohnte in unserer Straße nicht nur niemand, der in meine Schule ging, sondern überhaupt niemand in meinem Alter. Ich fahre ganz gut Skateboard. Im Gegensatz zu Frank bin ich aber nicht besonders musikalisch. Dad kann mit Techno überhaupt nichts anfangen und ist deshalb, glaub ich, froh, dass Frank auch so gut Mundharmonika spielt. Manchmal setze ich mich abends zu Dad nach draußen in den dunklen Garten und wir hören Frank zu, wenn er in seinem Zimmer auf der Mundharmonika spielt. Oft sind es so leise, traurige Melodien, die eigentlich gar nicht zu ihm passen. »Das ist eben seine andere Seite«, sagt Dad. Ich weiß, was er meint. Der Frank, der Mundharmonika spielt, ist nicht derselbe wie der Techno-Frank.

Wenigstens hatten mir die Einbrecher den Wecker dagelassen. Er stand auf der kleinen Kommode neben meinem Bett. Ich lag im Halbdunkel, die Arme hinter dem Kopf verschränkt, und sah zu, wie der Sekundenzeiger langsam und regelmäßig über die Ziffern glitt. Es war einer dieser altmodischen, runden Wecker mit zwei Glockenschalen obendrauf, in dem hinten ein Schlüssel steckt, der sich langsam dreht, bis die Spule nach vierundzwanzig Stunden abgewickelt ist.

*Ticktack. Ticktack.* Ich musste ihn jeden Abend aufziehen und stellen, aber mir war nie aufgefallen, wie laut er war.

Ticktack. *Ist das der Lauf der Zeit?* Mein Großvater hatte sich den Wecker zugelegt, als er jung gewesen war. Ich war mir aber sicher, dass er sich in seinem Leben nie so gelangweilt hatte wie ich in diesem Moment. Der Wecker tickte monoton vor sich hin. Vor mir lagen noch die ganzen restlichen Ferien. Ha! Und ich wusste noch nicht mal, wie ich den Rest dieses Nachmittags hinter mich bringen sollte. Es war erst drei Uhr. Meine Brüder hatten sich abgesetzt. Wahrscheinlich zu Freunden. Beide kannten hier in der Gegend Leute. Sean war so sauer gewesen, dass er vielleicht gar nicht nach Hause kommen würde. Manchmal rief er gegen zehn an (wenn meine Eltern anfingen sich Sorgen zu machen), um zu sagen, dass er woanders übernachtete. Aber so wie ich Frank einschätzte, würde er zum Abendessen wieder auftauchen. In letzter Zeit erzählte er nie, wo er gewesen war. Er kam nach Hause, schlang schnell irgendwas herunter und verschwand dann hinter dem Haus in seinem Zimmer, wo er sich verschanzte und Musik hörte.

Plötzlich wurde ich voll trübselig. Früher war alles anders gewesen. Da hatten meine Brüder oft Kricket im Garten gespielt. Manchmal durfte ich mitmachen. Bei den Mahlzeiten saß die ganze Familie miteinander am Tisch, wir lachten und rissen Witze. Was war bloß aus uns geworden? Ob es irgendwann wieder wie früher sein würde?

Ich stand langsam vom Bett auf und streckte mich. Ich musste raus, auch wenn ich nicht wusste, was ich draußen machen sollte. Ich musste was anderes sehen als die vier Wände meines Zimmers und die leeren Stellen, an denen meine geklauten Sachen gestanden hatten. Ich wollte nicht rumliegen und sehnsüchtig an früher denken. Das machen nur alte Leute. Sich nach Dingen sehnen, die man nicht mehr hat. Sich erinnern. Das Leben hat sich eben geändert. Gewöhn dich dran!, sagte ich mir selbst. Ich war zu jung, um zurückzuschauen.

Die Sonne strahlte grell vom Himmel, als ich die Haustür öffnete und nach draußen ging. Es kam mir beinahe so vor, als wollte sie mir persönlich eins auswischen. Gemein und unbarmherzig – ein bisschen wie Frank. Ich kniff die Augen zusammen und spürte sofort, wie sie mir die nackten Arme versengte. Beinahe wäre ich noch mal zurückgegangen, um meine Sonnenbrille zu holen und mir ein langärmliges T-Shirt anzuziehen, war dann aber doch zu faul. Drauf geschissen. Eigentlich war es mir egal, ob ich mir die Arme verbrannte. Dann hätte ich wenigstens was, womit ich mich beschäftigen konnte.

Ich warf erst einen langen Blick die Straße entlang – die verschnarchte Dobson Street, in der tagaus, tagein rein gar nichts passierte –, bevor ich schließlich in die einzige Richtung lostrottete, die ich immer von zu Hause aus einschlug: südwärts auf den Bahnhof zu, wo ich morgens den Zug zur

Schule nahm. Ich hatte die Aufnahmeprüfung für eine ziemlich noble staatliche Schule geschafft, an der nur besonders begabte Schüler angenommen wurden und die am anderen Ende von Melbourne lag, sodass ich täglich eine Stunde pendeln musste. Mittlerweile hätte ich es fast besser gefunden, ich hätte nicht so gut abgeschnitten und wäre dafür auf eine Highschool in unserer Gegend gekommen. Die Schule an sich war schon okay, aber dadurch war mir die Möglichkeit verbaut Gleichaltrige aus unserem Vorort kennen zu lernen.

Abgesehen von einem alten Mann, der gerade seinen Briefkasten geleert hatte, und zwei alten Frauen in weißen Bowlingkostümen, die aus einem Auto stiegen, war niemand zu sehen. Super! Niemand unter siebzig. Nur zwei endlose Reihen spießige, mehr oder weniger gleich aussehende Holzhäuser, die verwaist nebeneinander standen. Wieso waren wir auch in eine Straße gezogen, in der niemand in meinem Alter wohnte?

Ich schlenderte auf den Park zu, der genau auf halbem Weg zwischen unserem Haus und dem Bahnhof liegt, und dachte darüber nach, wie einfach es für die Dreckschweine gewesen war, unsere Sachen zu klauen. Sie hatten sich noch nicht mal irgendwie tarnen müssen. Wahrscheinlich waren sie einfach am helllichten Tag mit einem stinknormalen Umzugswagen vorgefahren! Es war ja garantiert niemand auf der Straße gewesen, der sie hätte sehen können.



Wenn ich mein Skateboard noch gehabt hätte, wäre ich in den Park gefahren. Der war zwar an sich nicht besonders aufregend, aber es führte ein asphaltierter Weg hindurch, und wenn niemand da war, konnte ich auf der Kante der zwei niedrigen, geraden Mäuerchen, mit denen die Sträucher eingefasst waren, entlangrutschen und meine Grinds verbessern. Dass mein Skateboard weg war, machte mir wirklich am meisten zu schaffen. Hundertfünfzig Lappen! Ich hatte es mir im vergangenen Jahr als Zeitungsausträger zusammengespart. Drei Monate lang superfrüh aufstehen und vor der Schule mit dem Rad durch Dunkelheit und Kälte fahren. Es war einfach eine Riesengemeinheit, dass irgendwer daherkam und es sich einfach so schnappte. Wenn ich nur an den Schweinehund dachte, der das getan hatte, kam mir schon die Galle hoch.

Ich ging am Park vorbei auf die erste Kreuzung zu. Aber statt die Straße zu überqueren, blieb ich unschlüssig stehen. Wohin wollte ich überhaupt? Bis zum Bahnhof war es verdammt weit. Und was sollte ich dort? Mit meiner Monatskarte in die Stadt fahren? Wozu? Ich hatte kein Geld und außerdem war es zu heiß. Also machte ich kehrt und ging auf der gegenüberliegenden Straßenseite zurück, wo etwas mehr Schatten war. Dabei fiel mir auf, dass ich jetzt schon ein Jahr in dieser Straße wohnte, ohne auch nur einmal ans andere Ende gegangen zu sein. Ich erwartete zwar nicht, dort auf irgendwas Interessantes zu stoßen, aber nach Hause wollte ich auch noch nicht. Wenn doch nur mein bester Freund aus Harrietville da gewesen wäre. Mit Blake hätte ich auf dem öffentlichen Tennisplatz eine Runde spielen oder – bei diesem Wetter – schwimmen gehen können. Ein paar Straßen weiter gab es ein Freibad. Ich war im Laufe des Sommers sogar schon ein paarmal da gewesen, aber im Schwimmbad ist es nicht besonders lustig, wenn man keinen kennt.

Ich ging in entgegengesetzter Richtung an unserem Haus vorbei, bis ich etwa zehn Häuser weiter plötzlich Musik hörte. Schrammelnde Gitarrentöne und eine schluchzende Männerstimme hallten durch die Straße.

*»If you loved me half as much as I love you, you wouldn't worry me half as much as you do …«*

Amerikanischer Country. Dad hört so was auch manchmal, spätabends, wenn alle anderen schon im Bett liegen. Hank Williams und Lonnie Mack. Kris Kristofferson. Frank hasst Country. Er rastet schon aus, wenn er bloß ein paar Takte hört. »Stell dieses ätzende Gejaule ab!«, brüllt er dann sofort los und presst sich beide Hände auf die Ohren, als wäre Country eine Art lebensgefährliche Lärmbelästigung. Ehrlich gesagt, kann ich auch nicht so ganz nachvollziehen, was Dad daran findet, aber ich muss zugeben, dass es mich in dem Augenblick richtig begeisterte. Endlich mal ein *Lebenszeichen*. Die Musik schien aus der Richtung eines Hauses zu kommen, das noch ein Stück weit entfernt lag. Je näher ich kam, desto lauter wurde sie. Plötzlich hörte ich eine weibliche Stimme.

»Geht's vielleicht noch ein bisschen lauter!«

Die Musik wurde leiser gedreht. Aber nicht sehr. Sie war nach wie vor laut.

»Oh Mann, ich liebe diesen Song!«



*»You're nice to me, when there's no one else around«*, jaulte die Stimme und ich erinnerte mich lächelnd daran, dass Dad genau dieses Lied mal in Harrietville für Mum

gesungen hatte, als sie mit ihren Schwestern zum Pferderennen gefahren und er zu Hause geblieben war, um den Zaun zu streichen. Mum hatte gelacht und versucht ihm einen Abschiedskuss zu geben, ohne ihren Lippenstift zu verschmieren.

Das machte mich irgendwie neugierig und ich schlich mich langsam vorwärts, um herauszufinden, wo die Musik genau herkam. Die Hitze spürte ich gar nicht mehr.

*»You only build me up to let me down ... if you only loved me half as much as I love you!«*

Die Klänge schallten zur offen stehenden Haustür eines schäbigen Eckhauses heraus. Es sah ziemlich verranzt aus. Die übrigen Häuser in der Straße waren genauso frisch gestrichen wie unseres und hatten gepflegte Vorgärten – dieses hier fiel richtig unangenehm auf. Von der verblichenen, popelgrünen Holzverkleidung blätterte die Farbe ab und die Stützpfosten der Veranda waren halb verrottet. In der Einfahrt parkte eine Rostlaube ohne Reifen, daneben standen ein paar Kartons mit vergilbten Zeitungen, ein durchgesessenes Sofa mit herausquellender Füllung und anderer Sperrmüll. Mir schoss durch den Kopf, dass es mir ganz schön peinlich wäre, hier wohnen zu müssen. Die Bewohner waren wahrscheinlich in der ganzen Nachbarschaft verschrien.

Dann bemerkte ich Leute im Vorgarten und das war schon die zweite Premiere des Tages. Ich hatte in unserer Straße bisher noch niemanden gesehen, der seinen Vorgarten auch wirklich nutzte. Zwei alte Frauen in Badeanzügen und mit Sonnenbrillen lagen auf gelb gestreiften Plastikliegestühlen und ließen sich von der Sonne braten. Die eine war richtig alt und fett. Sie hatte einen dieser widerlichen Bikinis mit Tigerfellmuster an und trug goldene Armreifen und mehrere Ketten übereinander. Ihre Haut war ledrig und ölig und ihre Haare waren zu einer silbrigen Löckchenfrisur aufgetürmt, als wäre sie gerade beim Frisör gewesen.

Die andere Frau war nicht ganz so fett und jünger – vielleicht so alt wie Mum –, aber genauso aufgedonnert wie die andere. Sie trug einen glänzenden schwarzen Badeanzug, der an den Hüften ganz hoch ausgeschnitten war und goldene Sandaletten mit dünnen Absätzen. Ihre Haare und der größte Teil ihres Gesichts wurden von einem riesigen leuchtend orangen Strohhut verdeckt, unter dem nur ihr knallrosa geschminkter Mund hervorschaute. Die beiden lagen mitten auf der von hohem Gras und Unkraut überwucherten Wiese, die Arme steif neben sich ausgestreckt und rührten sich nicht. Nur ihre Lippen bewegten sich beim Mitsingen.

*»If you missed me half as much as I miss you …«*

Die Szene erinnerte mich irgendwie an das Motiv einer Witzpostkarte.

*Willkommen in unserem Luxushotel. Nur du fehlst uns noch zu unserem Glück.*

Ich zuckte zusammen, als ich plötzlich ein etwa sechzehnjähriges Mädchen mit kurzen schwarzen Haaren bemerkte, das ein rotes T-Shirtkleid und Flip-Flops trug und gerade einen Gartenschlauch an einen Wasserhahn an der Seite des Hauses schraubte. Ich wollte mich schon umdrehen und weggehen, als sie mich entdeckte und den Zeigefinger an die Lippen legte. Also blieb ich gespannt stehen. Sie schlich sich auf Zehenspitzen an die Frauen heran.

»Da – ihr alten Schabracken!«, schrie sie und bespritzte zuerst die ältere der beiden Frauen. Dann hielt sie die Düse mit einem Finger zu, um den Druck zu erhöhen, und richtete den Strahl direkt auf das Gesicht der anderen. Beide Frauen sprangen kreischend auf.

»Ahhh ... du!«, brüllte die jüngere der beiden. »Du mieses kleines Ding!«

»Oh! Oh! Oh Gott. Das ist soooo kalt das Wasser!« Die dicke Alte hüpfte schrill kreischend von einem Fuß auf den anderen und versuchte sich das Wasser aus ihrer Löckchenfrisur zu schütteln.

»Ich hätte fast gehabt einen Herzinfarkt!«, schimpfte sie mit starkem osteuropäischen Akzent. »Getötet hast du mich fast. Und eines Tages du wirst mich töten, Mädchen. Und wenn ich bin erst mal tot, dann es wird dir Leid tun!«

Die jüngere Frau begann das Mädchen quer durch den Garten zu jagen. »Das wirst du büßen!«, drohte sie. »Warte nur, wenn ich dich kriege!«

Das Mädchen wieherte vor Lachen, hüpfte im Kreis um die beiden herum und wich ihnen geschickt aus. »Ihr habt's verdient!«, rief sie. »Und zwar alle beide!«

»Oh nein!« Die ältere Frau keuchte laut. »Ich gehe zum Notar noch heute Nachmittag!«, keifte sie. »Das böse Kind kriegt nichts, wenn ich sterbe einmal. Hörst du? Nichts. Du bist ein Bratensteufel! Keinen Penny kriegst du.«



»Ihr liegt die ganze Zeit nur lasch rum!«, sagte das Mädchen vorwurfsvoll. »Nie macht ihr was.«

»Was soll das heißen ...?« Die jüngere Frau streifte ihre Sandalen ab, schüttelte ihr Badetuch aus und schlug nach dem Mädchen, sobald es in ihre Nähe kam.

»Ihr habt gesagt, dass wir in die Stadt fahren«, maulte das Mädchen.

»Ja, aber später«, riefen die beiden.

»Wenn ihr euch nicht langsam mal aufrafft, sind die ganzen Geschäfte zu!«

»Blödsinn.«

Die alte Frau ließ sich wieder auf ihren Liegestuhl fallen, die andere setzte sich ins Gras. Beide fummelten an ihren Haaren herum, um sie wieder hochzustecken, und schimpften kopfschüttelnd vor sich hin.

Ich wollte gerade weitergehen, als das Mädchen zum Gartentor sprintete.

»Hi«, sagte sie.

Aus der Nähe betrachtet, sah sie trotz ihrer superkurzen, gefärbten Haare und der leicht schief stehenden Zähne, die beim Lächeln auffielen, ziemlich hübsch aus. Sie war blass und hatte schöne hellbraune Augen. Und Sommersprossen auf der Nase, genau wie ich. Obwohl ich nicht ganz so hellhäutig bin, wie sie es war.

»Hi«, grüßte ich zurück. Mehr fiel mir erst mal nicht ein. Ich hatte nie besonders viel mit Mädchen zu tun gehabt. Mit denen aus meiner Klasse verstand ich mich ganz gut, aber ich war noch nie richtig mit einem Mädchen befreundet gewesen – und hatte auch keine Freundin. Jetzt wo sie vor mir stand, war ich mir sicher, dass sie viel älter war als ich. Sie war nicht größer als ich und dünn, wirkte aber trotzdem entwickelter. Mir fiel der BH auf, der sich unter ihrem Kleid abzeichnete, und sie hatte … na ja, Rundungen. Hüften, würde ich mal sagen.

»Was machst du gerade?«, fragte sie, an den Zaunpfahl gelehnt. Sie verschränkte die Arme und schaute die Straße hinauf und hinunter, als erwarte sie noch irgendjemanden.

»Eigentlich nichts.«

»Ich hab dich schon auf dem Skateboard gesehen«, sagte sie.

»Ja?« Ich versuchte mir meine Überraschung nicht anmerken zu lassen und wünschte gleichzeitig, ich hätte mein Brett noch. Dann könnte ich ein bisschen rumtricksen, während sie mich abcheckte.

»Ja.« Sie nickte. »Du fährst ziemlich gut.«

»Na ja, geht so«, murmelte ich, ohne zu zeigen, wie geschmeichelt ich mich fühlte. Ich hätte ihr gern gesagt, dass es gar keine Kunst war, Straße zu fahren, und dass sie mich mal auf einer Rampe oder auf diesen niedrigen Mäuerchen im Park sehen müsste.

»Doch echt«, sagte sie. »Ich hab dich im Park beobachtet.« Sie grinste plötzlich. »Wie du auf den Mäuerchen um die Blumenbeete entlanggeschlittert bist!«

Das haute mich echt um. Ich spürte, wie mir die Röte in die Wangen schoss. Wieso hatte sie mich gesehen und ich sie nicht?

»Ich geh manchmal mit unserem alten Hund im Park spazieren«, erklärte sie, als könnte sie meine Gedanken lesen. »Skaten ist für dich so ein richtig ernster Sport, was?«

»Ich weiß nicht.«

»Du siehst dabei aber immer voll konzentriert aus«, sagte sie.

Auf einmal kam mir der Gedanke, sie könnte mich für einen verklemmten, einsamen Spinner halten. »Na ja, in der Gegend gibt's ja nicht viel, was man sonst machen könnte«, antwortete ich mit meiner allercoolsten Stimme. »Irgendwie muss man sich ja beschäftigen.«

»Also, *ich* wohne gern hier«, sagte sie leicht eingeschnappt. Sie drehte sich zu der Bruchbude von Haus um, vor dem die beiden Frauen saßen und uns kichernd beobachteten, was mir sehr peinlich war. »So schön haben wir noch nie gewohnt.«

Das haute mich noch mehr um. Das sollte wohl ein Witz sein! Jeder normale Mensch erkannte mit einem Blick, dass dieses Haus kurz davor stand, in sich zusammenzufallen. Mein Dad sagt über solche Bruchbuden immer, die könnte man nur noch per Abrissbirne renovieren.

»Ist das da deine Mutter?«, fragte ich, um das Thema zu wechseln.

Sie nickte.

»Und die andere?«

»Meine Großmutter«, sagte sie. »Sie wohnt bei uns. Beachte sie am besten gar nicht«, fügte sie leiser hinzu. »Die haben beide ein Rad ab.«

»Und wieso wohnt sie bei euch?«, wollte ich wissen. Ich versuchte mir vorzustellen, wie es wäre, wenn Grandma bei uns wohnen würde. Unmöglich. Dann wäre es bei uns zu Hause noch eine Million Mal unerträglicher als jetzt.

Meine Großmutter ist nämlich ein echter Drache. Sie motzt an allen nur rum. Selbst Mum – also ihre eigene Tochter – findet sie verdammt anstrengend. Gran legt sich immer mit jemandem an und dann jammert und meckert sie die ganze Zeit. Besuche bei ihr versuchen wir möglichst zu vermeiden. Natürlich müssen wir an Weihnachten, an Ostern und an ihrem Geburtstag hin, aber wenn es nicht unbedingt sein muss, lassen wir es lieber.

Das Mädchen zuckte mit den Schultern. »Sie hat schon immer bei uns gewohnt.«

»Und dein Vater. Wo ist der?«, sagte ich und merkte zu spät, dass ich das vielleicht nicht hätte fragen sollen. Aber die Frage schien ihr nichts auszumachen.

»Ist vom Bus überfahren worden«, sagte sie ganz locker, als würde sie mir mitteilen, sie hätte ein Ei zum Frühstück gegessen. »Als ich vier war. Er wollte über die Straße gehen und wurde platt gewalzt.«

*Vom Bus überfahren?* Ich musste fast lachen. *Platt gewalzt?* Also, das hörte sich an, wie gerade eben ausgedacht. Es ist mir zwar peinlich es zuzugeben, aber ehrlich gesagt musste ich mich richtig *zusammenreißen*, um nicht laut loszuprusten. Und wenn es nun stimmte? Dann wäre es ganz schön krass, darüber zu lachen. Ich guckte sie noch mal an und sah keine Anzeichen dafür, dass sie einen Witz machte. Ich hätte gern gesagt: »Oh, das tut mir Leid«, war mir aber nicht sicher, ob ich das mit dem nötigen Ernst rausbringen würde. Aus irgendeinem hirnverbrannten Grund fand ich die Vorstellung witzig, dass jemand von einem Bus überfahren worden war. Krank, ich weiß. Aber das Lachen kroch mir unaufhaltsam in der Kehle hoch, bis ich mir schließlich eine Hand vor den Mund halten und einen Hustenanfall vortäuschen musste.

»Das findest du wohl witzig, was?«, sagte sie.

»Überhaupt nicht!«, stotterte ich. »Kein bisschen witzig find ich das. Ich musste nur gerade dran denken …«

»Du bist echt komisch«, fiel sie mir ins Wort, aber ganz gelassen, so als würde sie das kein bisschen stören.

Wir räusperten uns beide und guckten zur Seite.

»Tja, dann geh ich mal wieder«, sagte ich und kam mir vor wie ein Vollidiot. »Bis irgendwann mal.«

Ich wäre eigentlich gern stehen geblieben, aber mir fiel einfach kein vernünftiger Satz ein, den ich zu ihr hätte sagen können. Nachdem ich darüber gelacht hatte, dass ihr Vater von einem Bus überfahren worden war, hätte alles blöd geklungen.

»Wie alt bist du?«, fragte sie plötzlich.

»Vierzehn«, sagte ich. »Und du?« (Eigentlich wurde ich erst ein halbes Jahr später vierzehn, aber das musste sie ja nicht wissen.)

»Sechzehn«, antwortete sie. »Du hast noch Brüder, die älter sind, oder?«

Wieder war ich überrascht. Und ich muss zugeben, dass ich gleichzeitig auch enttäuscht war. Das leichte Herzklopfen, das ich gespürt hatte, seit ich dieses merkwürdige Mädchen kennen gelernt hatte, verebbte. Ich bin daran gewöhnt, dass Mädchen versuchten sich über mich an meine Brüder ranzumachen. Vor allem Sean ist der totale Mädchenschwarm. Ständig rufen irgendwelche Tussen bei uns an und lassen ihm irgendwas ausrichten. Manchmal labern sie mich sogar auf der Straße an und wollen mich über ihn oder Frank ausquetschen.

»Hach, dein Bruder ist echt voll süß!«, kichern sie. »Sag ihm schöne Grüße von mir, ja?«

»Ja, zwei«, brummte ich unwillig. Ich hatte keine Lust hier rumzustehen und Fragen über meine Brüder zu beantworten. Schließlich war ich in die Nachmittagshitze rausgegangen, um die beiden möglichst zu vergessen.

»Der Größere hält sich ja wohl für den King, was?«, sagte sie. »Und der andere zieht jedes Mal so eine Fresse, wenn man ihn sieht. Was hat der eigentlich für ein Problem?«

Ich konnte mir mein Grinsen nicht verkneifen. Sie hatte die Lage ziemlich gut erkannt.

»Sag du's mir.« Ich zuckte mit den Schultern. »Dann wissen wir es beide.«

»Sag mal, willst du nicht reinkommen und was trinken, oder so?«

Ich zögerte. Ich wollte schon, wusste aber nicht, ob ich die Einladung annehmen sollte. Die beiden komischen alten Schrullen hatten es sich wieder zum Sonnen auf ihren Liegestühlen bequem gemacht und glotzten in unsere Richtung. Das Lied war zu Ende und es war plötzlich merkwürdig still geworden.

»Los, komm hintenrum rein«, sagte das Mädchen entschlossen, was eher nach Befehl als nach Vorschlag klang. »Dann müssen wir nicht mit denen reden.«

»Oh, okay«, murmelte ich und ging hinter ihr her seitlich am Haus vorbei. »Ich ... hab wirklich ziemlichen Durst.«

»Leg noch eine neue CD ein, Herzblatt, ja?«, rief uns die Großmutter hinterher.

»Steh doch auf und mach's selber, du Fettschwarte!«, brüllte das Mädchen und drehte sich dann grinsend zu mir um.

»Je mehr man für sie tut, desto mehr scheuchen sie einen rum. Es ist echt unglaublich! Ich hab mal abgespült und seitdem denken sie, dass ich es jeden Tag tue. Mit der Wäsche ist es dasselbe. Deshalb mach ich jetzt gar nichts mehr.«

Ich nickte und fand das Ganze ziemlich abgedreht.

»Ach ja, wie heißt du überhaupt?«, fragte sie, während sie mich über den rissigen Asphalt, durch das Unkraut, an zwei verrosteten Rädern vorbei zu der mit verbeultem Fliegengitter bespannten Hintertür führte.

»Jack«, sagte ich und folgte ihr ins Haus.

»Wohl eher John, oder?«, sagte sie angriffslustig. »Jack ist doch bloß ein Spitzname für John.«

»Ja, okay. Ich heiße eigentlich auch John«, gab ich zu und stellte in diesem Moment fest, dass mich ihre neugierige, freche Art gar nicht störte, dass ich sie sogar mochte. »Aber alle nennen mich Jack.«

»Na gut.« Sie stieß eine der Türen auf, die vom Flur abgingen. »Auf der Geburtsurkunde von meinem Dad stand auch John und alle haben ihn Jack genannt.«



»Ist ja meistens so.«

»Wenn du mal ein berühmter Skateboarder wirst, kannst

du dich ja Flash Jack nennen, wie der Typ aus diesem Folksong ›*Flash Jack from Gundagai*‹«, sagte sie mit total ernster Miene. »Als Künstlername, meine ich.«

»Ja, klar.« Ich wollte lächeln, tat es aber nicht. »Könnte ich.«

# 2

Ich kann nicht sagen, was ich erwartet hatte, aber als ich dieses Haus betrat, wurde ich an die Albträume erinnert, die ich als kleines Kind gehabt hatte. Träume, in denen man an irgendeinem total abgedrehten Ort herumirrt und nicht mehr herausfindet. Die Küche kam mir vor wie ein Zimmer aus einem Fantasyfilm aus einer anderen Zeit. In Küchen gibt es ja normalerweise einen Herd, einen Kühlschrank, Arbeitsflächen und ein Spülbecken. Also, ein Spülbecken, in dem sich ein Berg Geschirr türmte, gab es zwar – daran erkannte ich, dass es sich wirklich um die Küche handelte. Aber abgesehen von diesem Spülbecken und dem wackeligen alten Esstisch in der Mitte, war in dieser Küche fast nichts so, wie man es sich normalerweise vorstellt. Überall hingen Fotos und Bilder rum und die Wände waren mit allen möglichen bunten Tüchern dekoriert. Vor den Fenstern hing ein schwerer roter Samtvorhang. Und dann standen noch lauter kleine Statuen herum und Lampen, die mit Spitzendeckchen verhüllt waren. Eine der Statuen war über einen Meter groß: eine nackte, schwarze Frau, die eine Vase auf der Schulter trug.

Auf dem Fensterbrett sah ich eine coole Lampe, die aussah wie ein Flugzeug, das gerade abhebt. Und eine andere auf einem kleinen Tischchen erinnerte an einen gefüllten Obstkorb. Zu beiden Seiten des Tisches standen rosa Samtsofas, die zwar eine abgerundete Rückenlehne, aber keine Armlehnen hatten. Alles sah superedel und uralt aus, als würde es eigentlich in ein Schloss gehören, gleichzeitig waren die Sachen aber auch verblichen, abgewohnt und verkratzt. Es roch nach alten Möbeln, nach feuchtem Holz und dann war da noch so ein schwacher Geruch, den ich von meinem Großvater her kannte. So roch es auch immer in dem Schuppen, in dem die Schafe geschoren wurden. Ratten.

»Ziemlich gewöhnungsbedürftig, was?«, sagte das Mädchen, als ich mich umsah.

Ich gab keine Antwort. Schwer zu sagen, ob es ihr peinlich war oder ob sie kein Problem damit hatte. Zwei schwarze Katzen schlüpften durchs offene Fenster herein und stolzierten über die Arbeitsfläche auf einen Teller mit halb geschmolzener Butter zu, der neben dem Herd stand.

»Wir haben Limettensirup da. Soll ich uns Limonade machen?«, fragte das Mädchen und verscheuchte die Katzen mit einer lässigen Handbewegung.

»Ja, gerne.« Ich nickte. Das Mädchen bückte sich und zog einen schweren bestickten Vorhang zur Seite, der unterhalb der Arbeitsfläche angebracht war und hinter dem überraschenderweise ein Kühlschrank zum Vorschein kam: einer dieser Minibar-Kühlschränke, wie sie in Motels stehen. Ich sah zu, wie sie aus einer Plastikschale Eiswürfel in zwei Gläser drückte.

»Wie heißt du eigentlich«, fragte ich.

»Diana«, sagte sie, gab mir ein Glas in die Hand und zeigte auf ein goldgerahmtes Porträt von Prinzessin Diana, das über dem Spülbecken hing. »Wie die Prinzessin.« Sie setzte sich mir gegenüber an den Tisch, nahm einen großen Schluck aus ihrem Glas und grinste dann plötzlich. »Ich seh nicht gerade prinzessinnenmäßig aus, was?«

»Na ja ... sie ist tot«, sagte ich und nippte an der grünen Flüssigkeit, die nach Gift aussah.

»Ach was? Echt? Das wusste ich gar nicht! Die Prinzessin ist tot, na so was. Zum Glück leb ich noch. Vielleicht bin ich ja ihre Wiedergeburt. Und, schmeckt die Limo?«

Ich nickte. Ehrlich gesagt war sie ein bisschen zu süß, aber ich wollte nicht meckern. Irgendwie fand ich das hier alles sehr interessant.

»Auf welche Schule gehst du denn?«, wollte ich wissen.

Sie stützte beide Ellbogen auf den Tisch und legte das Kinn auf die Hände. Es verunsicherte mich ganz schön, dass sie mich so ungeniert anschaute. Ich weiß nicht, ob ich gut aussehe oder nicht. Okay, würde ich sagen. Ziemlich durchschnittlich. Ich hab braune Augen, gerade Zähne und glatte braune Haare, die je nach Lichteinfall auch rot aussehen können. Sie reichen mir fast bis zu den Schultern und ich klemme sie mir immer hinter die Ohren. Eigentlich hatte ich ja vor, sie mir in den Ferien zur Abwechslung mal blond zu färben, aber dann hatte ich mich doch nicht getraut. Was ich in diesem Moment bereute. Wahrscheinlich werde ich später mal so ein Typ wie Frank: groß und dünn. Sagen jedenfalls Mum und Dad. Die beiden behaupten, ich sehe gut aus, aber ich habe den Verdacht, das sagen sie bloß, weil Sean und Frank mich immer als hässlichen Zwerg und Missgeburt bezeichnen.

»In gar keine mehr«, antwortete sie.

»Was soll das heißen?«, sagte ich. »Das geht doch gar nicht. Jeder *muss* in die Schule. Vom Gesetz her.«

Sie zuckte mit den Schultern. »Seit ich fünfzehn bin, muss ich nicht mehr hin.«

»Und was machst du jetzt?«

Ich war ziemlich baff. Bis jetzt hatte ich noch nie jemanden kennen gelernt, der mit fünfzehn von der Schule abgegangen war. Und da Diana offensichtlich nicht besonders viel machte, fügte ich schnell noch hinzu: »Ich meine, was willst du jetzt machen?«

Sie zuckte wieder mit den Schultern und trank einen Schluck Limo. »Ich finde Schule *total*, *total*, *total* Scheiße«, stieß sie dann hervor. »Ich war in meinem Leben schon auf fünfzehn Schulen und jede war noch ein bisschen schlimmer als die davor. Ich fand sie alle Scheiße!«

»Fünfzehn! Du meinst, seit du in die Grundschule gekommen bist, warst du auf fünfzehn Schulen?«

»Ganz genau.« Sie nickte. Plötzlich heiterte sich ihre Miene auf und sie lächelte. Und ich glaub, in dem Moment ist es passiert, dass ich mich in Diana verliebt hab. Sie saß in ihrem roten T-Shirtkleid vor mir, mit diesen hellbraunen, oval geschnittenen Augen, sah mich an und grinste, weil ich so geschockt war. Ihr Gesicht war auch oval mit einem spitzen Kinn und niedlichen kleinen Ohren unter stacheligen Haaren. Es lag nicht nur an diesem Blick, mit dem sie mich anschaute – sie schien meine Reaktion richtig zu genießen –, sondern daran, dass plötzlich etwas in mir drin passierte. Ich fühlte mich ihr so nahe. Und das hatte ganz bestimmt nichts damit zu tun, dass sie Schule Scheiße fand. Ich war schon immer gut in der Schule. Ich verstehe mich mit den meisten Lehrern und lerne ganz gern.

Allerdings machte mich dieses unvermutete Gefühl nicht gerade glücklich. Es brachte mich eher durcheinander. Ohne jeden Anlass beugte sich Diana dann plötzlich über den Tisch, legte ihre Hand auf meine, drückte sie kurz und zog sie wieder zurück.

»Hey, Jack«, sagte sie leise. »Wir könnten uns doch anfreunden, oder? Ich meine, wo wir doch in derselben Straße wohnen.«

*Ja, ja, ja!*, wollte ich brüllen. Aber ich war immer noch total überwältigt davon, dass sie meine Hand gedrückt hatte. Mir war fast ein bisschen schwindlig.

»Ja«, sagte ich. »Gute Idee.« Ich versuchte es ganz cool zu sagen, so als würde ich täglich solche Angebote von Mädchen bekommen. Keine Ahnung, ob sie mich durchschaute.

»Wie wär's, wenn wir Freitag ins Bad gehen?«, fragte sie.

»Wieso nicht morgen?«, presste ich hervor. »Es soll ja heiß werden.« Ich spürte noch das Prickeln, das ihre kühlen, weichen, schlanken Finger auf meiner Hand hinterlassen hatten.



»Da muss ich schon Mum helfen«, sagte sie und verzog ihr Gesicht.

»Wobei?«, fragte ich enttäuscht.

»Zeug ausliefern.« Sie sah auf ihre Hände hinunter.

»Was für Zeug denn?«

»Ach, so Kosmetikkram. Sie ist Vertreterin und fährt von Haus zu Haus. Eigentlich sind die Sachen gar nicht so schwer, aber das Ein- und Ausladen ist schon anstrengend für sie. Sie hat es am Rücken.«

»Könnt ihr nicht bei uns vorbeikommen und eine Lieferung machen?« Ich grinste. »Wir brauchten bloß ein paar Fernseher und Computer und ein Skateboard. Unser Haus ist nämlich ausgeraubt worden.«

»Wann denn?«

»Keine Ahnung, wann genau. Als wir aus dem Urlaub zurückkamen, war nichts mehr da.«

»Das ist ja der Hammer.« Sie guckte wieder auf ihre Hände und knibbelte stirnrunzelnd an einem Fingernagel herum, von dem der glänzende, schwarze Lack abgesplittert war. »Aber deine Eltern sind doch bestimmt versichert, oder?«, fragte sie nachdenklich, so als würde ihr gleichzeitig noch etwas anderes durch den Kopf gehen.

»Schon, aber ... wir kriegen die Sachen wohl nicht wieder ...«

Sie hob ruckartig den Kopf. »Wieso das denn?«

Ich seufzte und fragte mich, ob ich ihr die traurige Story von Dads moralischen Bedenken erzählen sollte.

»Tja, das ist 'ne lange Geschichte.«

»Und?« Sie zog ein Stück Nagellack mit den Zähnen ab. »Seh ich aus, als hätte ich es besonders eilig?«

Also erzählte ich ihr alles. Sie wirkte interessiert, obwohl sie nicht viel sagte. Und als ich fertig war, ging es mir irgendwie besser. Ich hatte das Gefühl, dass alles, was in unserer Familie zurzeit schief lief, irgendwie doch noch in Ordnung kommen würde.

Ihre Mutter und Großmutter kamen ins Haus. Ich hörte, wie sie im Flur redeten. Plötzlich plärrte wieder laute Musik los.

*»Your cheating heart will tell on you …«*

Ich leerte mein Glas mit einem Schluck und stand auf. Diana verstand wohl, dass ich im Augenblick keine große Lust hatte, den beiden gegenüberzutreten.

*»You try and try but sleep won't come!«*

»Wenn wir hinten rausgehen, musst du nicht an ihnen vorbei«, sagte sie und hielt mir die Tür auf.

Ich folgte ihr auf demselben Weg nach draußen, den wir auch reingekommen waren, und war total selig. Wir waren für Freitag verabredet.

# 3

Die nächsten Tage schleppten sich unendlich träge dahin. Ich wache grundsätzlich früh auf, sogar in den Ferien, und Dad geht meistens so gegen sieben zur Arbeit. Sonst war ich immer mit ihm aufgestanden und wir hatten zusammen gefrühstückt. Aber mir war irgendwie nicht mehr danach.

Es war okay noch ein, zwei Stunden rumzuliegen und zu lesen. Aber dann reichte es mir auch und ich wollte irgendwas machen. Die Frage war nur, was? Klar – früher war mir auch mal langweilig gewesen, aber da hatte ich wenigstens ein paar Tricks auf dem Skateboard üben, mich vor die Glotze setzen, Playstation spielen oder Musik hören können. Meine Brüder stehen in den Ferien immer erst mittags auf (es sei denn Sean hat die Frühschicht bei Pizza Hut), aber in der letzten Zeit unternahmen wir ja sowieso nichts mehr zusammen.

Mum war vollauf damit beschäftigt, sich einen richtigen Job zu suchen. Im vergangenen Jahr hatte sie nur als Schwester im Bereitschaftsdienst gearbeitet. Sie hatte uns versprochen, die meisten der geklauten Sachen zu ersetzen, sobald sie eine Vollzeitstelle gefunden hätte. Selbst wenn wir dafür bei der Bank einen Kredit aufnehmen müssten. Die ganze Zeit schrieb sie Bewerbungen oder ging zu Vorstellungsgesprächen. Sie machte irgendwie einen leicht geistesabwesenden Eindruck auf mich, genau wie Dad. Und empfindlich war sie. Es dauerte eine Weile, bis ich begriff, was los war. Zwischen ihr und Dad lief es nicht wie sonst. Sie verstanden sich nicht mehr so gut. Okay, sie redeten zwar miteinander, aber übertrieben höflich, als wären sie sich plötzlich fremd geworden.

»David, hast du etwas dagegen, wenn ich das Auto heute nehme, um zu meiner Schwester zu fahren?«

»Natürlich nicht, Helen.«

Früher war es »Honey« oder »Darling« oder etwas Lustiges wie »mein dicker Bär« und »Hellie-Baby« gewesen. Nie »David« und »Helen«. Ich begann sogar nach Anzeichen dafür zu suchen, ob diese Menschen überhaupt meine echten Eltern waren. Total verrückt, aber ich konnte einfach nicht anders. Sean und Frank kriegten natürlich wieder mal nichts mit. Und wenn doch, ließen sie es sich zumindest nicht anmerken.

Am Schlimmsten waren die Mahlzeiten. Wir fünf schwiegen uns eisig an oder gaben knappe sarkastische Kommentare ab und schaufelten hastig das Essen in uns rein, um so schnell wie möglich voneinander wegzukommen.

Früher hatte Frank immer rumgenölt: »Wieso können wir nicht vor dem Fernseher essen, wie normale Leute?« Tja, jetzt hatten wir noch nicht mal mehr einen Fernseher, vor dem wir hätten essen können.

Manchmal hielten wir nicht mal die zehn Minuten durch, die so ein Essen normalerweise dauerte. Plötzlich stritten alle rum und brüllten sich gegenseitig an. Hauptsächlich traf es Dad. Er tat mir Leid. Alle gaben ihm die Schuld für das, was schief gelaufen war. Sogar Mum. Das spürte ich. Und obwohl ich Mitleid mit Dad hatte, konnte ich es ihm irgendwie nicht zeigen. Dabei hatten wir immer so ein gutes Verhältnis gehabt. Die ganze Situation war echt zum Davonlaufen.

Diana erwähnte ich nicht. Sie war mein Geheimnis. Ich konnte es kaum erwarten, sie endlich wiederzusehen. Und ich wollte um jeden Preis verhindern, dass irgendjemand aus der Familie von ihr erfuhr.

Freitag war Seans Geburtstag und Mum hatte extra für ihn gekocht.

Ich hatte morgens noch mitgekriegt, wie er ihr sagte, dass er zum Abendessen gar nicht da sein würde, aber dann hatte Mum so viel Druck gemacht, dass er sich schließlich doch breitschlagen ließ, wenigstens für eine Stunde zu kommen und seine Kumpels erst nach dem Essen zu treffen. Mum hatte mir ein bisschen Leid getan, weil sie sich solche Mühe gab fröhlich zu klingen.

»Aber Dad und ich wollen dir doch zum Geburtstag gratulieren, Sean.«

»Könnt ihr ja jetzt machen!«

»Dad arbeitet doch!«

Sean stöhnte gequält, als sei er eben zu einem Monat Jugendstrafanstalt verdonnert worden.

»Okay, dann komm ich eben«, seufzte er.

Mum fuhr ihm liebevoll durchs Haar. »Es gibt auch dein Lieblingsessen«, sagte sie.

Sie ging vormittags einkaufen und stellte sich dann drei Stunden in die Küche, um sein Lieblingsessen zu kochen. So was mit Huhn und Reis. Für den Nachtisch hatte sie ein besonders edles Eis besorgt und einen Schokoladenkuchen gebacken. Kaum saßen wir alle am Tisch, begann Frank Sean wegen des Hemds anzumachen, das er trug.

»Das ist meins«, sagte er und zeigte darauf. »Zieh das sofort wieder aus. Das hab ich letztes Jahr zu Weihnachten gekriegt.«

»Ja und dann haben wir getauscht«, raunzte Sean ihn an und lud sich eine Mikro-Portion Huhn auf den Teller. »Wohl vergessen, was? Ich hab dir mein Schwarzes gegeben und dafür das hier gekriegt.«

Mum war deutlich anzusehen wie enttäuscht sie war, weil sich Sean so wenig für ihr Essen interessierte.

»Nimm dir doch noch ein bisschen«, forderte sie ihn auf.

»Ich ess nachher noch was mit den anderen«, brummte er.

Mum war tief verletzt, aber sie zeigte es nicht.

»Wo geht ihr denn hin?«, erkundigte sie sich übertrieben fröhlich.

Oh nein. Es ist immer total schrecklich für mich, wenn Mum weint. Für uns alle. Aber meine Brüder, diese Idioten erkennen die kleinen Anzeichen natürlich nicht. Mums Stimme klingt dann nämlich immer ganz betont fröhlich und ihre Augen bekommen so einen bestimmten Glanz. Sie weint nicht besonders oft, aber wenn ... ich weiß nicht, wie ich es ausdrücken soll. Das ist dann, als würde in mir drin das Dach einstürzen. Meistens reißt sie sich ja zusammen. Ich hoffte, dass sie es auch diesmal schaffen würde.

»Also, wo geht ihr hin?«, fragte sie noch mal.

»Nur mit ein paar Freunden«, knurrte Sean. »Wahrscheinlich fahren wir nach St. Kilda an den Pier und saufen uns da die Hucke voll, oder so.«

Mum und Dad passt es überhaupt nicht, wenn Sean und seine Freunde zu viel trinken, aber sie sagten nichts. Mums Lippen wurden nur schmal.

»Ich dachte, du wolltest dein Geld sparen«, murmelte sie.

»Das war der letzte Fetzen, den du mir da angedreht hast!«, stieß Frank plötzlich mit vollem Mund hervor. »Den kannst du gern wiederhaben. Ich will das hier zurück! Und zwar jetzt sofort.«

»Na, sicher doch!«, sagte Sean höhnisch. »Mach ich doch glatt. Ich zieh es sofort aus, Frankie!« Er schüttelte den Kopf.

»Da-ad!« Frank ist sich nicht zu schade dafür, sich sogar an seinen ärgsten Feind zu wenden, wenn er Hilfe braucht. »Sag ihm, er soll es ausziehen. Es ist meins!«

»Eben nicht, Arschloch! Wir haben getauscht.«

In diesem Moment rastete Mum aus. Aber komplett. Sie warf ihr Besteck auf den Tisch.



»Das ertrag ich nicht länger!«, schrie sie. »Nicht eine Sekunde länger! Verstanden?«

Sean und Frank hörten sofort auf zu streiten und starrten sie mit offenem Mund an. Mum stand vom Tisch auf. Sie versuchte ihr Schluchzen zu unterdrücken.

»Helen, Liebling. So schlimm, wie es klingt, ist es doch gar nicht«, sagte Dad sanft und legte seine Hand auf ihren Arm.

»Nein!« Mum riss sich los. »Nein, lass mich ... bitte! Du kannst dich ja mit ihnen rumärgern. Ich ertrag das nicht mehr. Ich gehe.«

Sie war schon an der Tür, bevor es Dad schaffte, etwas zu sagen.

»Wohin?«, fragte er traurig. »Wo willst du denn hin?«

»Ist mir egal«, brüllte sie und griff nach den Autoschlüsseln, die auf der Anrichte lagen. »Hauptsache weit weg von hier.«

Ich half Dad noch das Geschirr abräumen und legte mich dann eine Weile aufs Bett. Natürlich machte mir das mit meiner Familie Sorgen. Besonders das mit Mum. Es sah gar nicht gut aus. Aber ich wollte mich wieder in den Nachmittag hineinflüchten, den ich mit Diana im Freibad verbracht hatte. Ich musste mir jede Einzelheit noch einmal ganz genau in den Kopf rufen.

Wir hatten uns für den Mittag verabredet, und ich war genau fünf nach zwölf bei ihr, um sie abzuholen. Natürlich war ich schon seit neun Uhr morgens fertig gewesen, aber ich hatte es für klüger gehalten, das Ganze locker anzugehen. Wenn ich zu früh bei ihr aufgekreuzt wäre, hätte ich mich womöglich lächerlich gemacht. Es war ein merkwürdiges Gefühl, auf die Bruchbude von Haus zuzugehen und das verrostete Gartentor zu öffnen. Ich war ziemlich nervös, als ich den rissigen, von Unkraut überwucherten Weg entlang zur Haustür ging. Und wenn sie es sich anders überlegt hatte? Vielleicht hatte sie ja was Besseres vor? Oder – noch schlimmer – war überhaupt nicht da! Vielleicht hatte sie unsere Verabredung total vergessen und saß mit einem Haufen viel älterer und coolerer Freunde herum, die mich auslachen würden, wenn sie mich in meinen Bikershorts und den alten Badelatschen ankommen sahen, mit dem geschmacklosen roten Strandtuch um den Hals.

Die Tür stand weit offen und ich konnte direkt in den versifften Hausflur sehen. Es schien aber niemand zu Hause zu sein. Ich suchte vergeblich nach einer Klingel und klopfte dann. Erst zweimal vorsichtig, dann, als nichts passierte, lauter. Ich hörte ein Schlurfen und als Nächstes spähte die alte Frau, die Großmutter, aus einem der Zimmer heraus. Sie trug bloß ein kurzes, weißes, halb durchsichtiges Nachthemd mit so einem aufgeplusterten Rüschensaum unten.

»Oh, hallo«, krächzte sie und watschelte sofort auf mich zu, was mir megapeinlich war. »Komme schon, komme schon!«, rief sie dabei keuchend.

Der kurze Blick auf sie in diesem Aufzug hatte mir gereicht. Ich starrte auf meine Füße. Ich hatte wirklich keine Lust, mir ihren Altfrauenkörper näher anzuschauen, ihre Beine, deren Haut mich an runzliges braunes Leder erinnerte, und den Rest von ihr, den man durch den dünnen Stoff sehen konnte. Plötzlich verstummte das schnalzende Geräusch ihrer Schlappen auf dem Linoleumboden. Mir blieb nichts anderes übrig, als den Kopf zu heben und nachzusehen, was sie machte, aber sie war verschwunden.

»Ich ziehe nur etwas über mich!«, hörte ich sie aus einem der anderen Zimmer rufen. Dann tauchte sie wieder auf. Zum Glück hatte sie sich in einen schmuddeligen, alten Morgenmantel gewickelt.

Sie kniff die Augen zusammen und strahlte dann. »Ach, das ist ja der *Junge*!«, kreischte sie. Anscheinend erkannte sie mich erst jetzt richtig.

»Komm herein, komm herein!« Sie packte mich am Arm. »Steh doch nicht so draußen, Junge!«

Sie zog mich in Richtung Küche. Ich kam mir total bescheuert vor, weil sie sich an mich klammerte, als wäre ich ein lange verschollener Freund. Aber was hätte ich tun sollen? Sie roch merkwürdig. Viel starkes Parfüm vermischt mit dem fettigen Geruch von Sonnencreme. Oh Mann! Hätte sie doch nur meinen Arm losgelassen.

»Die kleine Miss ist fortgegangen für eine kurze Weile«, keuchte sie mir ins Ohr.

»Echt? Tja …« Enttäuscht machte ich mich von ihr los. Dann hatte Diana unsere Verabredung also wirklich vergessen. Meine schlimmste Befürchtung hatte sich bestätigt. »Dann geh ich wohl lieber wieder.«

»Nein, nein, nein!« Die alte Frau drückte mich auf einen Stuhl. »Hier setzt du dich hin! Ich will dir was erzählen!«

»Was denn?«, fragte ich misstrauisch. Das war wirklich die seltsamste alte Frau, die mir je begegnet war. Ihr Haar war immer noch zu perfekten Löckchen gekräuselt und obwohl sie nur ihren Morgenmantel trug, war ihr Gesicht mit Schminke zugekleistert. Und ihre Hände erst! Wie Hühnerkrallen: so runzlig und knotig, aber mit langen, rot lackierten Nägeln.

»Meine Bekannte hat gesehen diese Räuber!«, flüsterte sie mir theatralisch zu.

»Was?«, fragte ich dämlich zurück.

»Jawohl!« Sie ließ sich neben mich auf einen Stuhl fallen und griff zu meinem Entsetzen nach meiner Hand. »Jawohl. Meine Enkeltochter hat erzählt, dass ihr wurdet ausgeräubert. Und meine Bekannte hat gesehen die Männer, wo euch ausgeräubert haben. Sie hat sie gesehen!«

Es war mir mega-unangenehm, wie sie meine Hand fest in ihren beiden Klauen hielt, aber dann überlegte ich mir, dass mich hier ja keiner sehen konnte und meine Neugier siegte.

»Wirklich?«, sagte ich. »Wer ist Ihre Bekannte denn?«

»Die Doris!«, flüsterte die alte Frau. »Die, wo auf die andere Straßenseite wohnt. Wir gehen spazieren jeden zweiten Tag. Und sie ist an eurem Haus vorbeigegangen, als sie ging zum Bahnhof. Es war am letzten Montag oder Dienstag, sie weiß nicht genauer, aber …« Sie musste einen Augenblick innehalten, um nach Luft zu schnappen. »Ich sage ihr, sie soll versuchen zu erinnern. Sie muss. Aber sie hat sie gesehen ganz bestimmt. Es war so ein Auto … ein langes.«

»Ein Kombi?«, fragte ich.

»Heißen die so, ja? Es war geparkt rückwärts in eure Einfahrt. Sie hat gesagt, dass es waren zwei Männer. Wenn sie nur hätte gewusst, dass ihr seid im Urlaub. Dann sie hätte die Polizei gerufen. Sie hat gesagt, dass sie haben geschleppt die Sachen durch die Haustür und in den Kombi. Den Fernseher und die anderen Dinger …« Sie wedelte mit der Hand, während sie nach dem richtigen Begriff suchte. »Du weißt schon, was sie im Büro haben?«

»Computer?«, fragte ich.

»Ja.« Sie lächelte. »Die Computer! *Ich* wusste ja, dass ihr seid im Urlaub«, stöhnte sie. »Ach, wenn ich nur mitgegangen wäre mit meine Bekannte.«

»Woher wussten Sie das denn?«, fragte ich ziemlich verwundert. »Dass wir im Urlaub waren, meine ich.«

»Ich habe deine Mama in der Straße getroffen«, erklärte die alte Frau strahlend. »Von allen Leuten in dieser Straße ist eure Familie die netteste Familie. Eine sehr nette Familie seid ihr. Deine Mama bleibt oft stehen und wir schwitzen ein bisschen.«

*Schwitzen?* Wahrscheinlich meinte sie *schwatzen*, trotzdem zog ich ruckartig meine Hand weg. Mir reichte es schon, in dieser total merkwürdigen Küche neben dieser total merkwürdigen Alten zu sitzen, ich musste nicht auch noch Händchen mit ihr halten. Woher wusste sie überhaupt, dass meine Familie *nett* war? Sie konnte wohl Gedanken lesen, denn sie riss ihren mit schiefen, fleckigen Zähnen gefüllten Mund zu einem noch breiteren Lächeln auf.

»Oh, ja«, sagte sie. »Mit deinem Vater habe ich auch schon geschwitzt. So ein freundlicher Mann ist das. Und deine großen Brüder! Eieiei! Hübsche Burschen! Jawohl. Wie du auch. Ein hübscher Bursche bist du.« Eine ihrer

Krallenhände schnellte nach oben und kitzelte mich unter dem Kinn. Ich versuchte nicht zurückzuzucken, aber allmählich wurde mir das Ganze doch ein bisschen zu … na ja, *intim*.

»Und ich weiß, dass ihr herbeigezogen seid von dem … Dorf auf dem Land, wo es so schön war. Und wo du hattest einen besten Freund.« Jetzt betatschte sie mein Knie und ich versuchte ein Stück von ihr wegzurutschen. »Und die große Stadt ist nicht so gut für dich. Na – und deine schöne Mutter. Immer winkt sie zu mir, wenn sie mich sieht auf meinem Spaziergang. Und dann schwitzen wir manchmal.«

Ich wollte sie gerade fragen, ob ihre Bekannte noch etwas beobachtet hatte, als plötzlich die Hintertür aufgerissen wurde und Diana hereingestürzt kam, als hätte sie es supereilig. Sie schleppte zwei Tüten mit Einkäufen, die sie sofort fallen ließ, als sie mich sah.

»Ach, du bist schon da!«, rief sie. »Ich musste in diesem doofen Supermarkt stundenlang anstehen. Willst du immer noch schwimmen gehen?«

»Klar«, sagte ich und mein breites, dämliches Grinsen verriet wahrscheinlich sofort, wie sehr ich mich freute, sie zu sehen. Sie sah ziemlich verrückt aus in ihrem grellen Mini-Strandkleid und den Flip-Flops. Zwei dieser knallbunten Spangen mit vielen Zähnen dran hielten ihr rechts und links das Haar aus dem Gesicht. Sie war sogar noch hübscher, als in meiner Erinnerung.

»Bist du fertig?«, fragte sie, verschwand kurz im Flur und kam mit einem Badetuch um den Hals zurück. »Dann mal los. Gehen wir!«

Ich wollte aufstehen, aber die alte Frau zog mich sofort wieder runter.

»Ich bin nicht fertig mit meiner Geschichte, was die Doris gesehen hat!«, beschwerte sie sich und legte mir wieder eine ihrer Krallen aufs Knie.

»Nan!«, rief Diana ungeduldig. Aber als sie das beleidigte Gesicht ihrer Großmutter sah, seufzte sie. »Okay, ich wollte sowieso noch was trinken.«

»Die Räuber haben alles genommen«, erzählte mir die alte Frau in vertraulichem Flüsterton. »Alle eure Sachen am hellen Tag! Kannst du das glauben?«

Weil sie das bestimmt so erwartete, schüttelte ich den Kopf. Dabei glaubte ich ihr sofort.

»Jetzt hör doch endlich mit der Geschichte auf, Nan«, unterbrach Diana sie und warf mir ein entschuldigendes Lächeln zu. »Wahrscheinlich hat sich die alte Doris das Ganze sowieso nur eingebildet. Dass sie den Einbruch beobachtet hat, meine ich. Und dich langweilt das Thema bestimmt auch schon zu Tode, was?«

»Na ja ... irgendwie schon«, sagte ich, während ich versuchte mein Hirn wieder anzukurbeln. Sie hatte fast Recht. Im Moment war mir der Einbruch wirklich schrottegal. Mir gingen alle möglichen anderen Dinge im Kopf rum – vor allem wollte ich endlich mit Diana allein sein.

»Haben die Bullen denn schon einen Verdacht?«, erkundigte sich Diana beiläufig, während sie sich ihre Tasche wieder umhängte.

»Weiß ich gar nicht«, murmelte ich. »Da müsste ich mal meinen Vater fragen.«

»Braver Junge!« Dianas Großmutter tätschelte mir noch mal das Knie und erhob sich dann schnaufend. »Sag ihm, dass meine Bekannte gern hilft der Polizei, wenn sie kann, ja?«

Diana sah mich an und verdrehte die Augen, als wollte sie mir zu verstehen geben, ihre Großmutter sei nicht ganz zurechnungsfähig. »Wir gehen jetzt ins Schwimmbad«, sagte sie zu der alten Frau und küsste sie auf die Wange. »Wir kommen bald wieder, mach dir keine Sorgen.«

»Ah, schwimmen!«, murmelte ihre Großmutter vor sich hin. »Passt auf bloß, dass ihr nicht ersauft!« Die beiden umarmten und küssten sich noch einmal. Ich war etwas überrascht darüber, wie liebevoll sie auf einmal miteinander umgingen, wo sie sich das letzte Mal doch so gefetzt hatten.

»Wir geben uns Mühe.« Diana warf mir einen Blick zu und lächelte.

Nachdem wir den Eintritt bezahlt hatten, mussten wir erst einmal durch das total überfüllte Hallenbad gehen – überall plärrende Kleinkinder, kreischende Jungen und Mädchen auf der Wasserrutsche und Mütter, die ihre Babys auf der Hüfte trugen. Eine Glastür führte nach draußen ins Freibad.

Übrigens bin ich für mein Alter eigentlich ein ganz guter Schwimmer. In meiner alten Schule in Harrietville haben sie mich sogar dazu gedrängt, an Wettkämpfen teilzunehmen und eine Zeit lang hab ich auch richtig ernsthaft trainiert. An drei Tagen pro Woche musste ich schon um sechs Uhr morgens aus dem Bett und mich eine Stunde lang unter der

Fuchtel unseres alten und ziemlich durchgeknallten Trainers Bill Mackie abrackern. Ich gewann ein paarmal bei Wettschwimmen gegen andere Schulen, bis ich irgendwann die Nase davon voll hatte, mich morgens so quälen zu lassen. Es gibt nämlich nichts Langweiligeres als in aller Frühe eine Stunde lang in einem Becken auf und ab zu schwimmen.

Ich ging hinter Diana nach draußen. Der Zementboden, der das Außenbecken umgab, war verdammt heiß. Der Pool war von Menschen umringt, aber im Wasser schwammen relativ wenige. Die älteren Kids hingen alle in der Nähe des Zauns am Rand herum. Grüppchen braun gebrannter Mädchen in Winzbikinis schlenderten kichernd an Jungs vorbei, die lässig herumlümmelten, ihre Bodys zeigten und sie abcheckten. Die meisten waren viel älter als ich. Zu meiner Erleichterung zeigte Diana auf einen kleinen Baum, der ein Stück vom Zaun entfernt auf einer mit Gras bedeckten Anhöhe stand.

»Ich muss in den Schatten«, erklärte sie. »Weil ich so leicht Sonnenbrand krieg.«

Unter dem Baum breiteten wir unsere Badetücher aus.

»Ich geh gleich ins Wasser.« Sie schlüpfte aus ihrem Kleid.

»Ja, ich auch.«

Ich fand es gut, dass sie nicht rumzickte. Mir war aufgefallen, dass sich viele Mädchen erst total zieren und nicht nass werden wollen. Ich weiß nie, ob sie nicht vielleicht sogar wollen, dass man sie ins Becken schmeißt oder nass spritzt. So gefiel es mir jedenfalls viel besser. Ich sah Diana hinterher, als sie zum Becken rannte. Sie wollte schwimmen, genau wie ich.

In den vergangenen zwei Tagen hatte ich oft versucht mir auszumalen, wie sie in Badesachen aussehen würde. Die Wirklichkeit übertraf meine Träume sogar noch. Sie hatte einen knappen schwarzen Badeanzug an, der auf ihrer weißen Haut total schön aussah. Ihre Haut war so glatt wie eine Eierschale. Sie war schlank, aber nicht mager und hatte lange Beine. Ich schlenderte hinter ihr her zum Pool und sah zu, wie sie ins Wasser sprang – ziemlich gekonnt, muss ich sagen – und dann mit gleichmäßigen Zügen zum tiefen Ende schwamm. Gar nicht übel, dachte ich. Schwimmen konnte sie jedenfalls. Ich hielt kurz die Hand ins Wasser, um die Temperatur zu prüfen, und sprang dann mit einem Kopfsprung ins Becken. Ein paar Runden würden mich abkühlen.

Wir schwammen beide etwa zehn Minuten lang konzentriert hin und her, ohne uns auch nur anzusehen, wenn wir uns in der Beckenmitte begegneten. Nachdem ich etwa acht Runden hinter mich gebracht hatte, bemerkte ich, dass sie sich an einem Ende des Beckens ausruhte. Ich schwamm zu ihr hin.

»Du hast ein ganz schönes Tempo drauf«, sagte ich. »Hast du mal trainiert?«

»Letztes Jahr ein bisschen.« Sie hielt sich am Beckenrand fest, streckte den Körper aus und paddelte mit den Beinen. »Aber ich bin total aus der Übung. Was ist mit dir?«

»Eine Weile mal. Aber dann hatte ich keinen Bock mehr auf das frühe Aufstehen.«

Wir fingen an, ein paar Kunststückchen zu machen. Ich zeigte ihr meinen Wasserhandstand und sie mir ihre Rolle rückwärts. Dann versuchten wir uns unsere Tricks gegenseitig beizubringen, aber das mit der Rolle kriegte ich nicht hin. Vielleicht lag es daran, dass wir im Wasser waren oder an den vielen Leuten um uns herum, aber irgendwie löste sich jede Unsicherheit oder Verlegenheit zwischen uns einfach auf. Wir lachten und flachsten herum. Sie war die Erste, die plötzlich abtauchte und mir die Beine wegzog, sodass ich nach hinten kippte und eine ordentliche Menge Wasser schluckte. Danach packte ich sie an den Füßen und schleppte sie durchs Becken.

Sie klammerte sich hinterrücks an mir fest und versuchte mich unterzutauchen. Unsere Rangeleien wurden nie richtig brutal, wir blödelten nur rum und ärgerten uns gegenseitig ein bisschen. *Ich* – der ich bis zu diesem Tag noch nie ein Mädchen auch nur angefasst hatte. Aber auf einmal kam es mir wie die einfachste und natürlichste Sache der Welt vor.

Nach einer Weile beschlossen wir wieder rauszugehen. Als sie mir die Hand hinstreckte, um mir aus dem Wasser zu helfen, war das wie ... es fühlte sich einfach total gut an, so als würden wir einander schon ewig kennen.

»Und, wie geht's jetzt weiter, Jack?«

Wir streckten uns unter dem kleinen Baum auf unseren Badetüchern aus. Ich lag auf dem Rücken, blinzelte in das Sonnenlicht, das durch das Blattwerk flimmerte, fragte mich, ob ich einen Sonnenbrand kriegen würde, war aber gleichzeitig zu faul, die Sonnenmilch rauszukramen, und

Diana lag bäuchlings neben mir, das Kinn auf eine Faust gestützt, während sie mit der anderen Hand im Gras spielte.

»Wann denn?«, murmelte ich. »Lang- oder kurzfristig?«

»Fang ruhig mit der nächsten halben Stunde an.«

»Ich geh gleich mal zur Fressbude rüber und hol mir einen Burger. Ich hab totalen Hunger«, sagte ich ohne zu zögern. »Sobald ich die Kraft dazu aufbringe.«

»Cooler Plan!«, rief sie ganz begeistert. »Hast du Geld mit?«

»Ich dachte immer, Mädchen mögen keine Burger?«

»So einen Quatsch hab ich ja noch nie gehört!« Sie lachte sich halb tot, rollte sich auf die Seite und fing an mich mit einem langen Grashalm zu kitzeln. »Wie kommst du denn auf den Scheiß?«

»Weiß ich auch nicht.«

»Mädchen lieben Burger!«

»Im Ernst?«

»Ja, klar. Über alles!«

Ich weiß ehrlich gesagt nicht mehr, worüber wir geredet haben. Über alles und nichts. Ich erfuhr, dass ihre Großmutter nach dem Zweiten Weltkrieg aus Rumänien geflohen war, dass ihre Mutter auch Verkaufsveranstaltungen für Kosmetikprodukte abhielt und Diana ihr manchmal dabei helfen musste. Sie organisierte Schminkpartys, wo die Frauen bei Wein und Knabberzeug zusammenhockten und sich über die neuesten Kosmetiktrends informieren ließen. Diana langweilte das alles zu Tode, aber ihre Mutter und ihre Großmutter waren totale Kosmetikfreaks. Sie erzählte mir, dass sie zuletzt in Sydney gewohnt hatten und davor in

Griffith, einer Stadt in New South Wales. Ich versuchte rauszukriegen, weshalb sie es in der Schule so schlimm gefunden hatte, aber sie wollte nicht darüber reden. Sie war ziemlich überrascht, als ich ihr sagte, dass ich gern in die Schule gehe und auch ganz gute Noten habe, obwohl die Anforderungen an meiner Highschool besonders hoch sind.

»Dann bist du also eine Strebersau?«

»Würde ich nicht unbedingt sagen.«

»Na klar bist du eine …«

»Und was warst du dann?« Ich lachte. »Wahrscheinlich eine von denen, die immer in der letzten Reihe sitzen und alle, die weiter vorne sitzen, mit Papierkügelchen beschießen, was?«

»Ganz genau.« Sie grinste. »Ich hab immer allen möglichen Scheiß gebaut. Auf meiner letzten Schule hab ich eine Fensterscheibe eingeschlagen und durfte danach nicht mehr in meine Klasse zurück. Ich musste das ganze restliche Schuljahr allein draußen auf dem Gang sitzen. Also hab ich denen gleich noch eine Scheibe demoliert.«

»Im Ernst?« Ich starrte sie an – verwundert, würde ich mal sagen. An der Highschool in Harrietville hatte es auch welche gegeben, die sich so aufgeführt hatten. Aber das waren Mädchen gewesen, die total prollig und irgendwie beschränkt gewirkt hatten. Diana war mit Sicherheit nicht beschränkt. Sie war ganz anders.

»Und dann?«, fragte ich.



»Dabei hab ich mir die Hand zerschnitten.« Sie deutete auf zwei etwa zehn Zentimeter lange, dünne, weiße Narben, die quer über ihre rechte Handfläche verliefen. »Ich durfte sechs Wochen gar nicht mehr in die Schule. Das war natürlich geil.«

»Wahnsinn.«

»Glaubst du mir etwa nicht?«

»Doch.« Ich zuckte mit den Achseln. »Klar glaub ich dir. Aber ich finde es auch ganz schön krass. Du wirkst irgendwie so … friedlich.«

»Ich bin ja auch friedlich«, sagte sie ernsthaft. Plötzlich nahm sie meine Hand in ihre vernarbte Hand und verschränkte unsere Finger. Mir blieb die Luft weg. »Ich bin von Natur aus sehr friedlich«, wiederholte sie leise. »Man darf mich bloß nicht in die Nähe einer Schule bringen.«

»Dann flippst du aus, was?«

»Ganz genau.« Sie grinste. »Und wie.«

»Dann lass ich das lieber.«

»Dann lässt du was?«

Unsere Köpfe berührten sich fast. Ich sah die feinen, hellen Härchen unter ihren Augenbrauen. Ihre niedlichen kleinen Ohren befanden sich direkt vor meinem Mund. Ich war plötzlich so glücklich, dass ich kaum Luft bekam. Ich konnte mir nichts Schöneres vorstellen. Dieser Moment reichte mir vollauf. Ich hätte mir gewünscht, dass er niemals aufhört.

»Dich in die Nähe einer Schule bringen«, murmelte ich. »Das werd ich nie machen. Versprochen.«

Da beugte sie sich vor und küsste mich. Ganz schnell, aber auf den Mund. Mit ihrem. Es war mein erster Kuss.

# 4

Hand in Hand und glücklich gingen wir zum Ausgang. Es gab nur eine Sache, die uns einen kleinen Dämpfer versetzte. Als wir uns gerade durchs Drehkreuz nach draußen schoben, stießen sich ein paar Mädchen, die dort rumstanden, gegenseitig an und begannen zu flüstern.

»Hey, da ist ja die durchgeknallte Prinzessin!«, rief eine. »Die verrückte Lady Di – hoffentlich frisst sie bald ein Hai.«

Ich hätte gern irgendwas Schlagfertiges geantwortet, damit sie den Mund hielten. Ich kannte den Typ von Mädchen. Die getrauen sich nur etwas zu sagen, wenn ein Trupp von fünfzig Freundinnen um sie herumsteht. Doch Diana packte mich noch fester an der Hand und zog mich weiter, also ging ich mit ihr mit.

»Hast du in letzter Zeit mal wieder ein paar Scheiben eingeschlagen, Prinzessin?«, rief eine andere Stimme hinter uns.



»Hey, du da mit den schwarzen Shorts. An deiner Stelle wäre ich vorsichtig. Pass auf, dass sie dich nicht absticht!«

Ich hörte wieherndes Gelächter und Prusten. »Die Alte spinnt total.«

Endlich bogen wir um die Ecke und verschwanden aus ihrem Blickfeld.

»Jetzt weiß ich wenigstens, dass du mir keinen Scheiß erzählt hast«, sagte ich. »Du hast also echt Fenster eingeschlagen.«

Statt mir das krumm zu nehmen, wie ich befürchtet hatte, zuckte sie bloß mit den Schultern, als wollte sie eine unangenehme Erinnerung von sich abschütteln.

»Hab ich. Aber jetzt ist sowieso alles egal. Ich geh da nie mehr hin.«

»Waren die aus deiner alten Schule?«

»Hmmm. Aber weißt du was?« Sie wechselte schnell das Thema. »Ich hab über das nachgedacht, was du mir vorgestern erzählt hast. Dass dein Vater die Versicherung nicht anlügen will.«

»Ja?« Ihr plötzlicher Gedankensprung überraschte mich. »Und was hast du dir gedacht?«

»Ich weiß nicht«, sagte sie stirnrunzelnd, ohne meine Hand loszulassen. »Ich finde das irgendwie ... beeindruckend. Klingt, als wäre dein Vater ziemlich nett.«

»Ist er auch«, sagte ich froh. »Mein Dad ist echt okay.«

»Ja, aber dass ihr eure Sachen nicht mehr zurückbekommt, ist nicht okay«, sagte sie niedergeschlagen.

Ich drückte ihre Hand. »Ach, das ist ja nicht dein Problem.«



Es war schon ein komisches Gefühl in Richtung Dobson Street zu gehen. Und wenn Sean oder Frank nun zufälligerweise in der Nähe waren und uns sahen? Oder Mum und Dad? Aber meine geliebten Brüder ließen sich nicht blicken und meine Eltern ebenso wenig. Bevor wir um die nächste Ecke bogen, küssten wir uns noch mal – dieses Mal länger. Ich hatte gerade angefangen, ein Gefühl dafür zu kriegen, wie man küsste, ohne dass die Zähne aneinander klackerten, als sich Diana plötzlich von mir losmachte.

»Ich muss mich beeilen«, sagte sie. »Mum hat heute Abend eine Verkaufsveranstaltung in Surrey Hills und … ich muss mich noch fertig machen.«

»Wieso musst du denn mit?«, fragte ich. Ich hatte gehofft, wir würden noch zu ihr gehen und was trinken oder so.

»Muss ich eben.«

»Sollen wir morgen wieder schwimmen gehen?«, fragte ich hoffnungsvoll.

»Geht nicht«, sagte sie. »Da hab ich zu tun. Wie wär's mit Montag?«

»Ja, okay. Dann eben Montag.« Ich gab mir Mühe cool zu klingen, obwohl es mir richtig das Herz zerriss, wenn ich an die lange Wartezeit dachte. »Dann hol ich dich wieder ab.« Ich fing schon an sie zu vermissen, bevor wir uns überhaupt getrennt hatten!

Als wir in die Dobson Street einbogen, sah ich, dass vor Dianas Haus irgendwas los war. Es standen Leute davor und irgendjemand brüllte rum.



»Du bist doch nicht mehr normal, weißt du das!«, schrie ein Mann. Er wankte auf den Grünstreifen zu und hielt sich dabei den Kopf. »Du gehörst eingeliefert!«

Eine Frauenstimme kreischte: »Schafft mir den Kerl aus den Augen! Aber schleunigst.« Und dann waren lauter verschiedene Leute zu hören, die wild durcheinander redeten, und dazwischen immer wieder die schrille Frauenstimme. »*Schafft ihn weg!*«

Beim Näherkommen sah ich jemanden auf dem Gehsteig liegen. Ein Unfall. Anscheinend war in unserer ruhigen, langweiligen Straße jemand angefahren worden. Ich spürte, wie mir sofort eine Ladung Adrenalin durch den Körper schoss. Ich ging schneller. Der Mann, der sich an den Kopf fasste, blutete aus einer Schnittwunde über dem Auge und schlurfte wie benommen im Kreis herum.

In diesem Moment stöhnte Diana neben mir laut auf, drehte sich ruckartig um und ging in die Richtung zurück, aus der wir gerade gekommen waren. »Scheiße! Das gibt's nicht!«, fluchte sie leise vor sich hin. »Ich glaub es einfach nicht!«

»Hey, Diana!« Ich packte sie am Arm. »Sollen wir nicht nachschauen, was los ist?« Es wurde immer dramatischer. Jetzt bog ein Polizeiauto in die Straße ein. Weitere Nachbarn kamen aus ihren Häusern gelaufen. Einige bildeten einen Kreis um die Frau, die auf dem Gehsteig lag.

Vielleicht war das ja Dianas Mutter oder Großmutter. Womöglich hatte eine von ihnen einen Unfall gehabt. *Ist sie tot? Oder schwer verletzt?* Es dauerte eine ganze Weile, bis ich endlich kapierte, was los war. Für einen Jungen, der als ziemlich helle gilt, hatte ich eine verdammt lange Leitung.



»Platz da! Aus dem Weg!« Eine Polizistin schob sich durch die Menge. »Also, was ist hier passiert?« Der Kollege, der ihr gefolgt war, zückte ein kleines schwarzes Notizbuch und sah sich streng unter den Schaulustigen um, als würde er gleich von allen die Namen notieren.

»Könnten sich jetzt bitte all diejenigen, die nichts mit der Sache zu tun haben, entfernen!«

Niemand ging. Die Leute traten nur ein paar Schritte zurück, guckten aber genauso neugierig wie vorher.

»Wieso kann dieser Idiot sie nicht in Ruhe lassen?«, zischte Diana wütend, drehte sich wieder um und marschierte an mir vorbei auf ihr Haus zu. »Ich pack's echt nicht!«

Was blieb mir anderes übrig, als hinter ihr herzugehen?

»Diana! Liebling, wo hast du gesteckt?«

Die Frau am Boden war ihre Mutter. Sie streckte ihr die Arme entgegen und schluchzte: »Du bist einfach verschwunden und plötzlich kam er hier an und suchte dich. Ich hab nicht gewusst, was ich ihm sagen soll.«

Als ich sie das letzte Mal in ihrem Badeanzug in der Sonne liegen gesehen hatte, hatte sie so anders ausgesehen, dass ich sie im ersten Augenblick kaum wiedererkannte. Ihr Haar war strähnig, ihr ungeschminktes Gesicht wirkte verquollen und sie trug einen verfleckten, schäbigen Morgenmantel, der ihr bis über die Knie hochgerutscht war. Vorne klaffte er auch weit auf. Man sah, dass sie nichts darunter anhatte.

Diana blieb stehen und sah auf ihre Mutter hinunter, die

sofort theatralisch losschluchzte. »Ach, mein Liebling. Ich bin so froh, dass du da bist. Aber jetzt kann er uns nichts mehr tun, das ist die Hauptsache.«

»Verdammt es reicht, blöde Kuh!« Der Mann mit der Kopfwunde ging in ein paar Metern Entfernung immer noch auf und ab. »Was diese Frau für eine Show abzieht! Halt doch lieber gleich den Mund, wenn sowieso nur Lügen rauskommen! Diana, wo warst du? Ich dachte, wir hätten eine Verabredung.«

Diana wurde rot, antwortete aber nicht. Sie würdigte den Mann keines Blickes, sondern schob sich noch näher an ihre Mutter heran.

»Diana?«, sagte der Mann drängend und machte einen Schritt auf sie zu.

»Halt's Maul!«, murmelte sie. »Idiot!«

Die Polizistin kniete neben Dianas Mutter und redete leise auf sie ein. Aber Dianas Mutter stieß sie plötzlich beiseite, richtete sich auf den Ellenbogen halb auf und brüllte den Mann wieder an.

»Wann hättest *du* denn schon mal die Wahrheit gesagt!«

»Mit Sicherheit öfter als du!«, schrie der Mann und ließ sich von einem der Umstehenden ein Taschentuch geben, das er sich auf die blutende Wunde über dem Auge drückte. »Du … du dreckige Schlampe!«

»Schlampe, ja? Das sagt der Richtige! Du hast doch noch nie den Arsch hochgekriegt und gearbeitet wie andere ehrliche Leute. Du tust doch nichts anderes als uns nachzuspionieren und uns das Leben schwer zu machen.«

Der Mann schäumte vor Wut und wollte sich auf sie stürzen. Zwei Männer packten ihn am Arm, um ihn zurückzuhalten. »Ganz ruhig, Kumpel, ganz ruhig. Nicht aufregen.«

»Wieso lässt du das Mädchen nicht endlich in Ruhe?«, fauchte Dianas Mutter. Dann wandte sie sich an die Umstehenden. »Ich hab diesen Kerl jahrelang ertragen!«, schrie sie. »Jahrelang hab ich alles mitgemacht, seine versponnenen Pläne, seine Betrügereien. Dann bin ich endlich aufgewacht. Gerade noch rechtzeitig!«

»Ich möchte diese Frau anzeigen!«, brüllte der Mann wieder. »Wegen Körperverletzung. Ich saß friedlich auf der Treppe, da ist sie mit einem Holzbrett auf mich losgegangen!« Er trug einen speckigen, dunklen Anzug, hatte kräftiges, graues Haar und sprach viel gepflegter als man es seinem Aussehen nach erwartet hätte. Vorne auf seinem weißen Hemd und dem Anzug sah ich Blutspritzer.

»Friedlich!«, stieß Dianas Mutter höhnisch hervor. »Der Kerl weiß doch gar nicht, was das heißt. Pflanzt sich einfach frech in meinen Garten und sagt, er bleibt sitzen, bis seine Tochter nach Hause kommt. Ich hab ihm gesagt, dass ich nicht weiß, wo sie steckt. Da bekomme ich zu hören, dass ich eine schlechte Mutter bin. Eine schlechte Mutter!«, kreischte sie hysterisch. »Fragen Sie doch mal meine Tochter!« Sie deutete auf Diana. »Die kann Ihnen erzählen, wie friedlich dieser Versager von einem Mann ist!«

Ich warf einen Blick auf Diana und beschloss, sie nicht zu fragen, was das alles zu bedeuten hatte.

»Dann ist diese Frau also deine Mutter?«, erkundigte sich die Polizistin bei Diana.



»Ja.« Diana lief knallrot an, weil auf einmal alle sie anstarrten.

»Und dieser Mann da ist ... dein Vater?«

»Ja«, stieß Diana zwischen zusammengepressten Zähnen hervor. »Mensch, Mum! Steh auf! Na, los! Steh endlich auf! Alle schauen dich an!« Als sie ihrer Mutter einen gezielten Tritt in den Knöchel versetzte, hielten die Umstehenden die Luft an. Manche schüttelten missbilligend den Kopf, andere mussten sich ein Grinsen verkneifen. Dianas Mutter schrie auf und schluchzte wieder los. »Steh endlich auf! Du machst dich total lächerlich!«

»Ich steh nicht auf, solange die Polizei ihn nicht weggebracht hat!«, schrie sie. »Weg da! Haut ab!«, herrschte sie die Schaulustigen an. »Was hier los ist, geht niemanden was an! Neugieriges Pack!«

Verlegen rückten die Leute von ihr ab. Ich war ziemlich verunsichert. Irgendwie hielt ich es für mein gutes Recht zu bleiben, weil ich schließlich mit Diana gekommen war, aber sicher war ich mir nicht.

»Sagen Sie mir bitte Ihren Namen«, bat die Polizistin Dianas Mutter.

»Quirk. Beatrice Quirk. Ich bin dreiundvierzig Jahre alt und Kosmetikvertreterin. Ich habe eine ordentliche Arbeit. Und ich wohne mit meiner Mutter und meiner Tochter in dem Haus da.« Sie deutete auf das große, verwahrloste Eckhaus. »Meine Mutter und ich sind die Hauptmieterinnen und teilen uns die Miete.«

»Ist Ihre Mutter denn auch hier?«

»Nein! Sie geht jeden Tag spazieren. Ich weiß nicht, wo sie ist. Sie hat mit der Sache auch nichts zu tun.«



»Und Ihr Name, Sir?«

»John Quirk«, hörte ich den Mann antworten.

»Überprüfen Sie seine Personalien!«, rief Dianas Mutter. »Na los, machen sie schon. Und schauen Sie sich bei der Gelegenheit auch gleich mal sein Vorstrafenregister an! Und dann sagen Sie mir, ob ich diesem Mann erlauben soll, auf seine Tochter zu warten!«

»Das wird dir noch Leid tun!«, drohte Dianas Vater ihr. »Das versprech ich dir!«

»Er droht mir! Haben Sie das gehört, Officer?«

Jetzt kannte ich also Dianas Nachnamen. *Quirk*. Gestern Abend hatte ich noch wach gelegen und mir überlegt, wie komisch es war, in ein Mädchen verliebt zu sein und nicht mal ihren Nachnamen zu kennen. Ziemlich ungewöhnlich, ihn dann auf diese Weise zu erfahren.

»Haben Sie diesen Mann angegriffen, Mrs Quirk?«, fragte die Polizistin.

»Ja, hab ich«, räumte Dianas Mutter triumphierend ein. »Und es tut mir nur Leid, dass ich nicht fester zugehauen hab. Ich hätte ihn bewusstlos schlagen sollen!«

Das wütende Wortgefecht setzte sich weiter fort, als die ersten Regentropfen fielen und um uns herum auf dem Gehsteig zerplatzten. Ich legte den Kopf in den Nacken und genoss die angenehm kühlen Spritzer im Gesicht. In der Ferne grollte es dumpf und alle blickten schaudernd zum Himmel hoch, der sich verdunkelt hatte. Mit einem Mal schlug die Stimmung um. Die Menge begann sich zu zerstreuen. Im Weggehen unterhielten sich die Leute leise miteinander. Ich hörte immer wieder die Worte »häusliche Gewalt«. Dass sich in der Nachbarschaft ein »Fall von häuslicher Gewalt« ereignet hätte, man sich jedoch keine

Sorgen machen müsse. Niemand sei ernsthaft verletzt worden. Ich hatte den Ausdruck schon früher mal gehört. Irgendwie freute es mich, dass ich jetzt verstand, was er bedeutete.

»So, jetzt reicht es aber.« Die Polizistin blieb ganz ruhig. »Vielleicht können wir Ihnen jetzt beim Aufstehen behilflich sein und reingehen.«

»Ich geh nicht ins Haus, solange *er* nicht weg ist!«, kreischte Dianas Mutter.

»Na gut. Können wir uns dann bitte wenigstens auf die Veranda setzen, um die Sache zu besprechen?«, fragte die Beamtin. »Es fängt jeden Moment an zu regnen.«

Dianas Mutter rappelte sich mühsam auf. Ich war etwas ratlos, weil ich nicht wusste, was Diana von mir erwartete. Sollte ich bleiben oder gehen? Dianas Gesicht blieb völlig ausdruckslos, als sie ihrer Mutter das Gartentor öffnete und sie den Weg zur Veranda entlangführte. Ich hockte mich auf den Gartenzaun und versuchte zu ergründen, welches Verhalten jetzt angebracht war. Womöglich machte ich, indem ich blieb, alles noch schlimmer für Diana? Aber wenn ich mich jetzt still und leise verzog und sie in dieser Situation allein ließ, hielt sie mich vielleicht für feige.

Natürlich war mir die Geschichte peinlich. Obwohl diese hysterische Frau ja schließlich nicht meine Mutter war, fand ich es unangenehm mit ihr in Verbindung gebracht zu werden. Trotzdem wollte ich eigentlich lieber bleiben.

Allmählich entspannte sich die Lage. Dianas Großmutter kam nach Hause zurück und ihre Mutter schraubte ihre Stimme um ungefähr fünfzig Dezibel runter. Die Polizisten brachten Dianas Vater ins Krankenhaus, um die Wunde nähen zu lassen, und versicherten Dianas Mutter, dass sie ihn anschließend nicht wieder herbringen würden. Das leichte Nieseln wuchs sich schnell zu einem echten Dauerregen aus. In der Ferne hörte man es weiter donnern, also konnte das Gewitter nicht weit sein.

Die Neugierigen hatten sich verzogen und irgendwann kam Diana wieder nach draußen, wo ich immer noch auf dem Zaun unter einem überhängenden Ast saß, der mich vor dem Regen schützte.

»Willst du noch kurz mit reinkommen?«

»Okay«, sagte ich.

»Aber lass uns hintenrum gehen. Ach, übrigens, danke fürs Warten.«

Ich folgte ihr um das Haus herum zur Hintertür und nahm an, dass sie mir drinnen alles erklären würde: Weshalb ihre Mutter so wütend geworden war und was sich zwischen ihren Eltern abgespielt hatte. Aber sie ging wortlos vor mir her, den Flur entlang in ihr Zimmer.

Ihr Zimmer war der totale Gegensatz zum übrigen Haus. Es sah sehr kahl und aufgeräumt aus. Sogar so ordentlich, dass es fast ein bisschen deprimierend wirkte, aber das gestand ich mir damals noch nicht ein. Es stand nur ein Bett mit einer weißen Überdecke darin, ein massiger, brauner Schrank und vor dem Fenster ein Schreibtisch. Es gab keinen Computer, keine Bücher, noch nicht mal irgendwelchen herumliegenden Kram. Auch keinen Teppich – bloß einen breiten, abgetretenen grauen Vorleger vor dem Bett. An der Wand hingen ein paar gerahmte Fotos. Mir fiel das Bild eines lachenden Mannes im Anzug auf, der ein etwa zweijähriges Kind in die Höhe hielt. Ich nahm an, dass es Diana mit ihrem Vater zeigte, aber ich fragte sie nicht und schaute es mir auch nicht näher an.

»Hier – zieh dir den her und setz dich drauf«, sagte sie und zeigte auf einen Knautschsack, der unter ihrem Bett hervorschaute. »Ich hol uns was zu trinken.«

»Der Mann eben war also dein Vater, ja?«, fragte ich sie, als sie mit zwei Dosen aus dem Kühlschrank zurückkam.

»Ja.« Sie zog den Ring von einer der Dosen ab und hielt sie mir hin. »Er taucht immer mal wieder auf und macht Stress.«

»Wohnt er denn in der Nähe?«

»Eigentlich nicht.«

»Was macht er denn?« Ich nahm einen Schluck aus meiner Dose und versuchte ganz beiläufig zu klingen.

»Ach, eben nur Ärger.« Sie ließ sich auf den Knautschsack fallen.

»Ja?« Ich ging zum Fenster. Der Regen wurde immer heftiger. Ich hatte noch so viele Fragen. *Sag schon, wieso hast du mich angelogen und behauptet, dein Vater wäre von einem Bus überfahren worden? Und wieso lag deine Mutter da draußen auf dem Gehsteig?* Aber ich hielt mich zurück. Wenn sie wollte, konnte sie es mir von sich aus erzählen.

»Danke«, sagte ich und hielt meine Dose hoch. »Ich war halb am Verdursten.« Ich nahm einen Schluck, grinste sie an und rülpste laut. Sie tat dasselbe.



»Wann haben sie sich getrennt?«

Diana zuckte mit den Schultern. »Ach, früher haben sie

mal zusammengearbeitet, aber dann ... wollte Mum weg von ihm.«

»Was für eine Arbeit war das denn?«

Sie errötete leicht und guckte aus dem Fenster. »Na ja, also ... sie hatten so 'ne Art Firma, du weißt schon.«

»Ach so.« Ich nickte, als würde das alles erklären. Dann setzte ich mich ihr gegenüber vor den alten Kamin und wir sagten eine Weile lang gar nichts.

»Manchmal ist er auch ganz okay.« Sie spielte mit den Clips in ihrem Haar herum. »Aber Mum möchte jetzt in Ruhe ihr eigenes Leben leben.«

»Dann ...?« Ich zögerte, weil ich nicht genau wusste, wie ich die Frage formulieren sollte. Und weil ich spürte, dass sie es allmählich ein bisschen satt hatte ausgequetscht zu werden. Andererseits hätte ich gern wenigstens eine grobe Vorstellung davon gehabt, wie die Dinge bei ihr lagen. »Dann triffst du dich wohl manchmal heimlich mit ihm?«

»Manchmal«, gab sie zu.

Dianas Mutter steckte den Kopf zur Tür herein und bat Diana für einen Augenblick nach unten zu kommen, weil die Polizistin ihr ein paar Fragen stellen wolle. Ich guckte ihr mitleidig hinterher und machte mich kurze Zeit später auf den Heimweg.

# 5

»So kann es nicht weitergehen, Dave! Wir müssen etwas tun – *irgendwas*!«

Ich kam gerade vom Einkaufen im Supermarkt um die Ecke nach Hause zurück, als ich sah, wie sich Sean und Frank an die geschlossene Verbindungstür zwischen Küche und Esszimmer pressten, wo sie offensichtlich versuchten die Unterhaltung zwischen Mum und Dad zu belauschen. Die Haustür fiel krachend hinter mir zu und Frank funkelte mich an, als wollte er mich ermorden. Ich zeigte ihm den Mittelfinger, stellte die Einkaufstüten auf dem Küchentisch ab, ging zum Spülbecken und kickte auf dem Weg dorthin absichtlich laut eine offene Schranktür mit dem Fuß zu. Die beiden konnten mir jetzt nichts mehr anhaben. Ich war mit Diana zusammen – richtig zusammen. Ich stand außerhalb von Raum und Zeit.

»Mensch, sei leise!«, zischte Sean mir unhörbar zu. Ich goss mir was zu trinken ein, ohne mich dabei zu bemühen, besonders leise zu sein. Die beiden konnten mich mal. Wie zwei Vollidioten sahen sie aus, die Horchklappen an die Tür gedrückt.

»Na gut, wenn du also wirklich meinst, dass es etwas bringt …«, hörte ich Dads Stimme gedämpft durch die Wand. Er klang sehr ruhig, wie immer, aber ich merkte trotzdem, dass er von Mums Vorschlag nicht besonders angetan war. Was auch immer sie ausgebrütet hatte. Ich stand am Spülbecken und betrachtete die Gesichter meiner gespannt lauschenden Brüder, als es mir plötzlich dämmerte, wie ungewöhnlich das war: *Sean und Frank belauschten Mum und Dad?* Das konnte nur eins bedeuten. Irgendwas braute sich da zusammen. Auf Zehenspitzen schlich ich zu den beiden rüber. Eine Schande, ich weiß, aber ich konnte einfach nicht anders.

»Ach, Dave.« Mum seufzte unglücklich. »Die beiden streiten doch nur noch! Und was wird aus uns beiden? Mir wächst das alles über den Kopf.«

»Aber sie sind doch fast noch Kinder, Schatz … und Jungs …«, murmelte Dad traurig. »Jungs streiten sich eben.«

»Ständig? Nein, Dave, das ist nicht mehr normal!«

»Okay, okay«, sagte Dad. »Dann machen wir's eben. Ich hätte es nur besser gefunden, wenn … wenn du vorher mit mir darüber gesprochen hättest.«

»Ich weiß doch genau, was du gesagt hättest!«

»Das weißt du *nicht*, Helen! Du gehst immer davon aus, ganz genau zu wissen, was ich sage oder denke, das ist dein Fehler.«

»Na gut«, räumte Mum mit leiserer Stimme ein. »Aber jetzt hab ich nun mal schon alles organisiert. Am Montag um fünf haben wir einen Termin.«

In diesem Moment schubste mich Frank mit einem Rippenstoß zur Seite, um besser hören zu können. Ich hätte fast aufgeschrien, so weh tat es, aber ich riss mich zusammen, weil ich unbedingt wissen wollte, wie es weiterging.

»Wo ist das Ganze denn?«, fragte Dad.

»In Nunawading«, antwortete sie.

»Um Gottes willen. Hättest du denn nicht etwas in der Nähe suchen können? Und wie viel kostet so was, weißt du das schon?«

»Nein«, sagte sie trocken. »Aber es wird bestimmt teuer.«

Ich spürte, wie sich in meinen Eingeweiden eine unangenehme Kälte ausbreitete. Wollten sie uns etwa hinterrücks loswerden? In ein Erziehungsheim abschieben oder an Familien abgeben, die keine eigenen Kinder hatten? Sagen wir mal so: Die Sache beunruhigte mich sehr. Und als ich in Frank und Seans Gesichter schaute, sah ich, dass sie ähnliche Gedanken hatten. Ich nutzte die Chance und trat Frank zur Rache auf die Zehen, was er allerdings noch nicht mal mitzukriegen schien.

»Was ich daran nicht verstehe, Schatz ...« Dad sprach sehr leise, aber wir verstanden ihn trotzdem, »... es gibt doch Therapeuten wie Sand am Meer. Man muss nur ins Telefonbuch schauen.«

Therapeuten! *Was?* Wir hatten so einen an der Schule und der war total harmlos. Der tat überhaupt nichts. Also stand uns dreien doch nichts Schlimmes bevor. Frank boxte mich gleich noch mal in die Rippen, um zu demonstrieren, dass *ihm* der Arsch keineswegs auf Grundeis gegangen war und er immer noch der Chef war. Aber diesmal spürte ich es kaum und außerdem war mir sowieso alles egal.

»Ach komm, David. Du weißt genau, dass die nicht alle gleich gut sind!«, fuhr Mum Dad gereizt an. »Wir brauchen jemanden mit Erfahrung. Wir müssen eingreifen, bevor alles zu spät ist und es einen Riesenknall gibt …«

»Hmm«, machte Dad. Wahrscheinlich hätte er allem zugestimmt, damit Mum nicht noch saurer wurde. »Ja, wahrscheinlich hast du Recht.«

Riesenknall? Ich versuchte mir vorzustellen, wie dieser Riesenknall aussehen könnte. Früher, bevor sich Frank in das widerwärtige Ekel verwandelte, das er jetzt war, hatten wir uns manchmal Knallfrösche gekauft, unsere Modellflugzeuge damit bestückt und sie dann in der Luft explodieren lassen. Das hatte immer mordsmäßig geknallt. Man war danach noch einige Zeit taub, als hätte man Watte in den Ohren. Ein komisches, aber irgendwie auch angenehmes Gefühl. Ich dachte daran, wie sehr ich in Diana verknallt war. War sie jetzt schon meine Freundin? So richtig echt?

Sean hatte schon mal eine gehabt. Letztes Jahr. Das ganze erste Halbjahr lang. Emma – eine richtig Hübsche, schlank, mit dunkelbraunen Haaren. Eigentlich war sie perfekt gewesen, außer dass sie nie was von sich gegeben hatte, wenn sie bei uns war. Bloß »Ja« oder »Nein«. Und egal was Sean vorgeschlagen hatte, sie war immer mit allem einverstanden gewesen. Ich glaub nicht, dass Sean sie überhaupt vermisste, wenn sie nicht da war. Irgendwann hat er dann Schluss gemacht, weil sie ihn ständig angerufen und voll geschwallt hat, wenn er sich abends mit seinen Freunden treffen wollte. Manchmal war ich ins Wohnzimmer gekommen und hatte die beiden knutschend auf dem Sofa erwischt.

Frank hatte zwar noch nie eine mit nach Hause gebracht, aber ich hatte ihn schon ein paarmal mit verschiedenen Mädchen gesehen. Einmal war er Händchen haltend mit einer aus einem Kino in der Innenstadt gekommen. Ein echter Schuss, blond, mit tonnenweise blauem Lidschatten nicht nur auf, sondern auch *unter* den Augen. Dazu schwarze Netzstrümpfe und silberne Doc-Martens-Stiefel. Ein anderes Mal hatte er am Bahnhof mit einer Rothaarigen rumgemacht. Das war nach der Schule gewesen, sie hatte noch ihre Schuluniform angehabt. Er hatte mich beide Male gesehen, aber jedes Mal so getan, als würde er mich nicht kennen. Dieser Vollarsch. Es wäre doch nichts dabei gewesen, zu sagen: »Hey, da ist übrigens mein jüngerer Bruder«, oder so was. Ich wäre schon nicht rumgelaufen und hätte es allen erzählt und abgesehen davon war es ja nicht so, als hätte er irgendwas Verbotenes getan.

An diesem Abend baten uns Mum und Dad nach dem Essen noch sitzen zu bleiben, sie hätten zwei Dinge mit uns zu besprechen. Die erste Ankündigung hätten sie sich eigentlich sparen können, weil wir ja schon längst informiert waren. Trotzdem mussten wir überrascht tun, als sie uns eröffneten, dass wir am Montag einen Termin beim Familientherapeuten hätten. Außerdem erfuhren wir, dass wir das nächste Wochenende im Haus unserer Großmutter auf dem Land verbringen würden. Die zweite Nachricht schockte uns fast noch mehr als die erste.

»Wieso denn …?«

»Ich hasse sie!«

»Gran ist so eine alte …«

»Ihr könnt ruhig alleine mit Jack fahren«, schlug Frank großzügig vor und grinste mich gehässig an. »Jack liebt Grandma.«

»Nein«, sagte Dad. »Wir fahren alle hin.«

Das Schlimme an meiner Großmutter ist ihr totaler Mangel an Taktgefühl. Sie spricht einfach alles aus, was ihr in den Kopf kommt. Als Frank vor ein paar Jahren mal ein paar Kilo zu viel wog, hat sie zu ihm gesagt: »Du bekommst immer mehr Ähnlichkeit mit einer verdammten Dampfwalze, Frank! Und deine Beine erst – dick wie Baumstämme. Wieso treibst du nicht ein bisschen Sport?«

»Weil ich Sport hasse!«

»Das wundert mich nicht. Bei dem Gewicht. Wahrscheinlich will dich keiner in der Mannschaft haben. Du wärst ja eher eine Belastung. ›Schafft den Fettsack vom Platz!‹, würden die Zuschauer rufen.«

Mum wäre fast gestorben, als Grandma das sagte. Genau solche Sachen hat sie nämlich immer zu ihr gesagt, als sie selbst noch jung war, und sie erträgt es überhaupt nicht, dass wir es jetzt auch wieder abkriegen.

»Bitte, Mum!«, rief sie. »Das wächst sich doch noch aus! Lass den Jungen in Ruhe!«

»Ach du meinst, er wächst noch?« Meine Großmutter kicherte. »Ja, in die Breite vielleicht.«



Ich muss aber ehrlicherweise zugeben, dass Sean und ich sehr gelacht haben. Es tat gut, Frank auch mal rot werden zu sehen. Er blieb noch ungefähr ein halbes Jahr moppelig, dann setzte ein plötzlicher Wachstumsschub ein und dieses Jahr hat er alles überflüssige Gewicht verloren. Inzwischen ist er sogar richtig dürr.

»Setz mal deinen fetten Hintern in Bewegung, Sean«, hat Grandma letztes Mal gesagt, als wir bei ihr waren, »und bring mir ein Glas Wasser für meine Tabletten.«

Zwar ist Seans Hintern, gemessen an seiner Größe, kein bisschen fetter als er sein sollte, aber Sean stand trotzdem auf und holte ihr das Wasser. Natürlich bedankte sie sich mit keinem Wort, sondern schaute ihn stattdessen total entsetzt an.

»Was ist das für ein rotes Geschwür da auf deiner Nase?«

»Das ist ein Pickel, Grandma«, sagte er, lief knallrot an und lachte verlegen. Normalerweise hat er eine sehr gute Haut, aber Grandma brauchte anscheinend jemanden, den sie fertig machen konnte.

»Wieso überschminkst du ihn nicht?«, fragte sie angewidert. »Das Ding sieht aus wie eine Glühbirne.«

Meine Großmutter hat einen absolut unfehlbaren Spürsinn für diese winzigen Details, die einem peinlich sind, und von denen man hofft, sie würden unbemerkt bleiben. Dafür kriegt sie die wirklich wichtigen Sachen manchmal nicht mit – zum Beispiel, dass sie allen die Stimmung versaut. Aber man kann es auch positiv sehen. Sie verstellt sich nie. Bei Grandma weiß man immer, woran man ist.

»Ihr kriegt dieses Jahr nichts zu Weihnachten«, verkündete sie uns im letzten November. »Ihr habt sowieso schon viel zu viel. Verwöhnte Bande.«

»Ach komm, Grandma«, protestierte Sean mechanisch. Ich bin mir sicher, insgeheim machen ihm die kleinen Streitereien mit ihr richtig Spaß. »Wir sind kein bisschen verwöhnt!«

»Verzogen bis zum Gehtnichtmehr!«, blaffte sie und schaltete den Fernseher an. Dabei sind ihre Geschenke sowieso nicht gerade der Bringer. Wir bekommen von ihr immer nur billige T-Shirts und Wasserpistolen, die schon nach ein paar Schusswechseln hin sind.

»Von vorne und hinten kriegt ihr es reingestopft«, brummte sie, den Blick starr auf irgendeine Tiersendung gerichtet. »Dieses Jahr spende ich mein ganzes Geld den Missionskrankenhäusern in Afrika.«

Wir saßen da und kicherten hinter vorgehaltener Hand. Ihr ganzes Geld! Diese Missionskrankenhäuser konnten sich glücklich schätzen, wenn sie zwanzig Dollar von ihr bekamen. Sie ist echt superknickerig. Mum sagt immer, das liegt daran, dass sie die große Wirtschaftskrise mitgemacht hat, wo das Geld plötzlich nichts mehr wert war.

Während der Werbepause wühlte Grandma in ihrem Sessel herum und hielt uns dann eine aufgeschlagene Zeitschrift unter die Nase. Auf der Seite war ein Foto abgebildet, das sechs schwarze Kinder zeigte, denen so eitriger Schleim aus den Augen triefte.

»Schaut euch diese Kinder an! Ihr solltet euer Taschengeld lieber sparen und nach Afrika schicken. Mit nur sechs



Dollar kann man genug Salbe kaufen, um einem Baby das Augenlicht zu retten.« Dann fing sie an zu weinen.

Mum sagt immer, Grandma sei eine »arme, alte Frau«,

weil sie ohne Gehhilfe kaum mehr laufen kann und oft weint. Früher hat sie mir auch immer Leid getan, aber in letzter Zeit ist mir aufgefallen, dass sie immer nur wegen Leuten weint, die nichts mit ihr zu tun haben: Kinder in Krisengebieten oder Leute aus hundert Jahre alten Büchern. Mir tun die ja auch alle Leid, aber ich finde, man sollte auch an die Menschen um einen herum denken. Und das tut sie eben nicht.

Sean guckte sich das Foto, das Grandma uns hinhielt, sehr genau an. Ich merkte, dass es ihm irgendwie wirklich nahe ging und dass er sich richtig Gedanken über die Kinder mit den eitrigen Augen machte.

»Wo in Afrika ist das genau?«, wollte er von Gran wissen. Das klingt jetzt nicht besonders aufregend, aber ihr könnt mir glauben, für Seans Verhältnisse war das schon eine extrem einfühlsame Frage.

»Ach, das interessiert dich doch sowieso nicht«, knurrte Grandma ihn unter Tränen an. »Ihr Kinder bekommt so viel, ihr wisst ja gar nicht, was ihr damit anfangen sollt.«

»So ein Quatsch!«

»Doch. Ihr wisst gar nicht, wie gut es euch geht!«

Manchmal kommt es mir vor, als würde sie uns hassen. Ich verstehe wirklich nicht, warum Mum sie immer wieder besuchen will. Obwohl sie so gemein zu uns ist. Es ist nämlich echt nicht so, als wären wir besonders verwöhnt. Wir bekommen von unseren Eltern nur an unseren Geburtstagen und an Weihnachten richtig was geschenkt.



Als wir später alle genervt beim Weihnachtsessen saßen, zeigte Grandma plötzlich mit dem Finger auf mich.

»Jetzt schaut euch mal Jacks Nase an«, sagte sie, wobei ihr beinahe die ganzen halb zerkauten Essensbrocken aus dem Mund fielen. »Genau wie die von Onkel Tom.« Sie sah Mum an. »Da musst du doch was unternehmen!«

»Was schlägst du denn vor?«, stieß Mum zwischen zusammengepressten Zähnen hervor. »Sollen wir ihn operieren lassen?«

»Heutzutage geht so was ganz problemlos«, behauptete Grandma und wandte sich dann wieder ihrem Teller zu. Wahrscheinlich überlegte sie schon, wen sie als Nächstes piesacken konnte.

»Er ist noch ein Kind, Mum!« Meine Mutter schäumte richtig vor Wut.

»Kein Grund, sich nicht rechtzeitig darum zu kümmern«, schnaubte meine Großmutter. »Das wird mal eine richtige Hakennase. Ich hatte eine Schulkameradin, Louise hieß sie, die hatte eine so krumme Nase, dass sie die Spitze beim Trinken immer in die Tasse tunkte. Im Winter hatte sie oft eine verbrühte Nasenspitze, weil sie nicht warten konnte, bis der Tee kalt war …«

Als ich an die arme Louise mit ihrer verbrühten Nase dachte, bekam ich ziemliche Angst. Die anderen kicherten. Nur Grandma konnte nichts Lustiges daran finden.

»Sei so gut und gib mir mal die Bratensoße, Dave«, sagte sie zu Dad. »Bevor die Kinder sie ganz leer machen.«

Kaum war das Essen vorbei, stand ich auf und stürzte ins Bad, um meine Nase zu untersuchen. Ich konnte nichts Auffälliges daran entdecken. Es hatte vorher auch noch nie jemand eine Bemerkung gemacht. Trotzdem begann ich mir

Sorgen zu machen. Vielleicht stimmte wirklich was nicht mit ihr. Na ja, so ist sie jedenfalls. Meine Großmutter. Die Mutter von meiner Mutter. Da kann man es uns wohl nicht übel nehmen, dass wir keine Lust hatten, übers Wochenende zu ihr zu fahren.

Ihre ganzen alten Freunde sind schon tot. Mum sagt, das sei auch ein Grund, warum sie etwas schrullig wird. Sie sieht kaum noch was und kriegt nur noch selten Besuch.

Aber zurück zur Familientherapie.

Natürlich flippten meine beiden Brüder total aus, als ihnen so richtig klar wurde, was ihnen bevorstand.

»Wie lange dauert so was denn?«, fragte Sean.

»Jede Sitzung dauert ungefähr eine Stunde«, sagte Mum etwas nervös.

»Eine Stunde!« Sean war ehrlich entsetzt. »Du meinst, wir müssen eine volle Stunde rumhocken und reden?«

»Ja.«

»Aber worüber denn?«

»Tja, also das hängt von …«

»Vergiss es!«, unterbrach Sean sie. »Ich hab keinen Bock zu so einem Labersack zu gehen.«

»Wenn ich an all die Kohle denke, die wir sparen könnten«, sagte Frank und schüttelte mit leidgeprüfter Miene den Kopf. »Wenn ihr beide (damit meinte er Mum und Dad) nicht alles zum Fenster rauswerfen würdet! Wir haben noch nicht mal einen Fernseher und ihr wollt einem Seelenklempner Geld in den Rachen stopfen!«



Es wurde still am Tisch. Ich wusste genau, dass jetzt wieder alles in ihnen hochkam und sie Dad die Schuld dafür gaben, dass wir in diesem armseligen, halb leer geräumten Haus wohnen mussten. Wir hatten nie sonderlich viel Geld gehabt, weshalb uns der Einbruch doppelt hart getroffen hatte. Ich wusste zwar nicht, wie viel so eine Therapie kostete, aber ehrlich gesagt wäre es mir, genau wie Sean, lieber gewesen, wir hätten mit dem Geld ein paar der gestohlenen Sachen ersetzt.

Mum stand auf, um Tee zu machen. Als sie zurückkam, legte sie eine Packung Schokokekse aus der Anrichte auf den Tisch. Leider war ihre Taktik zu leicht zu durchschauen. Sie wollte uns die unangenehmen Neuigkeiten, die wir noch zu verdauen versuchten, nur etwas schmackhafter machen.

Sean stürzte sich auf die Kekse und gab sich Mühe ausnahmsweise mal ganz erwachsen zu klingen.

»Hör mal, Mum«, sagte er. »Wir sind eine total normale Familie und alle sind glücklich und zufrieden. Wir brauchen keinen Therapeuten.«

»Wir sind nicht alle glücklich und zufrieden«, widersprach sie und trank einen Schluck Tee. »Ich zum Beispiel nicht. Und ich ertrage eure ständigen Streitereien nicht mehr.«

»Dann schick Frank aufs Internat! Ich verstehe sowieso nicht, wieso ihr nach mir überhaupt noch Kinder wolltet. Die beiden sind doch den ganzen Ärger gar nicht wert. Schickt am besten beide ins Internat. Damit wären alle Probleme gelöst! Jack ist auch alt genug!«



Mum lächelte noch nicht mal. Sie sah mit versteinerter Miene zu Dad rüber. Als er nach ihrer Hand greifen wollte, zog sie sie weg und stand auf.

»Oh Mann, du bist echt so ein Hirschkopf, Sean!«, sagte ich – unfähig noch eine Sekunde länger still zu halten. »So bescheuert wie du kann man doch gar nicht sein.«

Sean klappte vor Überraschung die Kinnlade runter. Ich hatte mich zur Wehr gesetzt und das bedeutete Krieg. Aber er hatte angefangen. Und außerdem stimmte es doch – er war wirklich ein bescheuerter Hirschkopf!

Mum schob langsam und fast geräuschlos ihren Stuhl zurück und ging aus dem Zimmer. Sie sah aus, als würde sie gleich in Tränen ausbrechen.

»Es ist mir egal, was ihr davon haltet«, sagte Dad bestimmt. »Wir machen diese Therapie und ich erwarte, dass ihr mitarbeitet.«

»Leck mich doch«, brummte Sean, griff sich eine Zeitschrift und ließ sich auf die Couch fallen.

»Was hast du gesagt, Sean?«, fragte Dad aufgebracht.

Aber Sean zuckte bloß mit den Achseln und zog ein gelangweiltes Gesicht. Es wurde für Dad immer schwieriger, sich durchzusetzen, weil Sean inzwischen so groß war wie er.

Als ich an diesem Abend ins Bett ging, versuchte ich mir vorzustellen, wie es in der Praxis eines Familientherapeuten aussah. Worin bestand so eine Therapie überhaupt? Musste ich da auch was sagen? Meine Brüder hatten einstimmig erklärt, sie würden nicht mitkommen. Aber ihnen würde gar nichts anderes übrig bleiben, wenn Dad sie dazu zwang.

# 6

Der Montag ließ sich gut an. Ich holte Diana wieder zu Hause in der alten Bruchbude ab. Die Stimmung war ganz entspannt. Ihre Großmutter und ihre Mutter waren weg und wir saßen noch eine Weile bei ihr rum. Sie war stiller als beim letzten Mal, irgendwie kam sie mir ein bisschen abwesend vor, so als würde sie sich über irgendwas Wichtiges den Kopf zerbrechen.

Auf dem Weg zum Schwimmbad kamen wir an einem Zeitungskiosk vorbei. »Was hältst du denn von der Sache?« Ich deutete auf das Titelblatt der *Herald Sun*, das vor dem Kiosk an einem Aufsteller hing. *Kasinos sollen Karten auf den Tisch legen. Premier zögert mit Einsetzung eines Untersuchungsausschusses* – lautete die Schlagzeile.

»Von welcher Sache?«, fragte sie und schaute in die Richtung, in die ich zeigte.

Ich wunderte mich etwas. Schließlich hing nur eine einzige Zeitung vor dem Laden.



»Na ja, findest du, dass er diesen Untersuchungsausschuss einsetzen soll?«

»Wer?«, fragte sie.

»Na, der Premierminister.«

»Was interessiert mich irgend so ein Premierminister«, fauchte sie mich an.

Hätte ich auch nur ein Klümpchen Hirn im Schädel gehabt, wäre mir klar gewesen, dass es klüger wäre, das Thema nicht weiter zu vertiefen. Aber ich Idiot bohrte natürlich nach.

»Na ja, es gibt ja eine ganze Menge Leute, die in Spielkasinos gehen, deshalb fände ich es eigentlich schon gut, wenn sie das mal untersuchen würden.« Ich gab einfach das wieder, was ich Dad zu dem Thema hatte sagen hören und hoffte, sie damit in ein Gespräch zu verwickeln. Aber Diana erwiderte nichts darauf. Schweigend trotteten wir weiter in Richtung Schwimmbad. Ich spürte, dass sie irgendwas gegen mich hatte. Aber mir fehlte der Mut zu fragen, was los war. Wir gingen wieder zu dem Baum, unter dem wir schon das letzte Mal gelegen hatten, und warfen unsere Badetücher auf den Rasen. Hatte ich irgendwas Blödes gesagt? Hatte ich ihr einen Grund geliefert, auf mich sauer zu sein?

Es war heiß. Am liebsten wäre ich sofort ins Wasser gesprungen, war mir aber nicht sicher, ob es okay war, einfach so loszustürzen. Also wartete ich wie ein kompletter Vollidiot neben ihr, während sie in aller Ruhe ihren Kram auspackte. Ich hielt es für klüger, erst mal abzuwarten, was sie machen wollte. Als sie schließlich zufrieden war – sie hatte das Badetuch fein säuberlich ausgebreitet, ihr Miniradio auf den richtigen Sender eingestellt und ihre Badetasche zusammengefaltet –, ließ sie sich wortlos auf ihr Badetuch fallen und drehte mir den Rücken zu.

Wie sollte ich darauf reagieren? Weiter wie angewurzelt stehen bleiben? Einfach schwimmen gehen? Oder mich neben sie auf mein Badetuch legen und so tun, als wäre alles in bester Ordnung?

Ich entschied mich für die feigste Variante.

»Willst du noch nicht ins Wasser?«, fragte ich lahm und setzte mich neben sie.

»Nö«, brummte sie.

Was ich dann machte, entpuppte sich als der dämlichste Einfall, den ich jemals gehabt hatte. Ich entdeckte nämlich plötzlich nur wenige Meter von uns entfernt eine Ausgabe der *Herald Sun*, die jemand liegen gelassen hatte. Ich holte sie mir her und begann darin herumzublättern, weil ich hoffte auf etwas zu stoßen, das Diana interessieren könnte. In Südamerika waren bei einem Flugzeugabsturz zweihundertdreizehn Passagiere ums Leben gekommen. *Zu deprimierend.* Ein ausführlicher Artikel darüber, weshalb sich Leute auf Partys betrinken. *Langweilig*. Ein Foto von Bären in einem Zoo, die zur Abkühlung mit einem Schlauch abgespritzt wurden. Das war das Richtige, um die angespannte Atmosphäre zwischen uns etwas aufzulockern. Mädchen lieben Tiere. Und ganz besonders solche niedlichen Bären.

»Hey, schau dir mal die Bären an«, sagte ich und schob ihr die Zeitung hin. Sie drehte mir unwillig den Kopf zu, stützte sich auf die Ellenbogen, warf einen flüchtigen Blick auf das Bild und rollte sich wieder zur Seite.



»*Waaas?*« Ich versuchte zu lachen. »Magst du etwa keine Bären?«

»Doch, Bären sind schon okay«, murmelte sie.

»Aber was ...?« Ich verstand gar nichts mehr.

Plötzlich setzte sie sich mit einem Ruck auf. »Wo hast du überhaupt die Zeitung her?«, fauchte sie.

»Die lag hier rum.«

Sie schnaubte und schlüpfte dann blitzschnell aus ihrem Kleid. Darunter trug sie denselben schwarzen Badeanzug wie beim letzten Mal.

»Ich geh doch nicht ins Schwimmbad, um mir von dir was vorlesen zu lassen!«, fuhr sie mich an und sprang auf.

»*Was?*« Ich war so baff, dass ich richtig krächzte. »Was hast du denn auf einmal?«

»Lies die beknackte Zeitung doch zu Hause, wenn du so scharf drauf bist!«, rief sie, riss sich ihre winzigen Schmetterlings-Clips aus dem Haar und warf sie in ihre Tasche. »Aber bring sie nicht mit ins Schwimmbad. Ich interessiere mich nicht für Premierminister und Regierungen ... und auch nicht für Bären. Also verschon mich damit, okay?«

»Okay.« Ich guckte ihr hinterher, wie sie zum Becken rannte.

Eine Weile blieb ich sitzen und brütete vor mich hin. Anscheinend hatte sie sich das mit uns anders überlegt. Wahrscheinlich war sie heute Morgen aufgewacht und hatte gedacht: *Oh Gott, heute muss ich ja mit diesem kleinen Idioten aus unserer Straße ins Schwimmbad, kotz.* Das mit der Zeitung war bloß ihre – ziemlich bescheuerte – Art mir zu verklickern, dass ich unerwünscht war. Tja, so was musste man mir nicht zweimal sagen. *Danke, habe kapiert. Nachricht angekommen. Over und aus.*

Ich hob mein Badetuch auf und hängte es mir über die Schulter. Blöd, dass ich jetzt bei dieser Hitze nicht ins Wasser kommen würde, aber ich konnte mich ja zu Hause unter die kalte Dusche stellen. Ich ging im Stechschritt zum Ausgang, weil ich weg sein wollte, bevor sie vom Schwimmen zurückkam.

»Hey, Jack!«

Ich fuhr herum. Diana klammerte sich keuchend am Beckenrand fest und sah in meine Richtung. In diesem Moment rannte eine Horde kleiner Kinder zwischen uns vorbei, was mir ganz recht war. Sie musste ja nicht sehen, dass ich rot angelaufen war.

»Wo willst du denn hin?«, fragte sie überrascht. Ihre Stimme klang ganz entspannt und freundlich, als hätte ich mir die letzte halbe Stunde nur eingebildet. »Kommst du denn nicht ins Wasser?«

Ich spielte kurz mit dem Gedanken, zu ihr rüberzugehen und ihr zu sagen, wie schwach ich es fand, dass sie nicht in der Lage war, Klartext mit mir zu reden. Wieso hatte sie nicht den Mut, mir ins Gesicht zu sagen: »Hey, Kiddie, sei nicht sauer, aber das mit uns lassen wir lieber. Du bist einfach zu jung für mich.« Aber ich wusste nicht, ob ich dabei cool bleiben konnte. Ich wollte mir wenigstens ein Fünkchen Würde bewahren, also sagte ich nichts – sondern drehte mich bloß achselzuckend um und ging davon.

Kaum stand ich draußen vorm Schwimmbad, bereute ich meine Entscheidung schon wieder. Diana hatte so nett geklungen, als sie mich gefragt hatte, warum ich nicht ins Wasser kam. Wieso war ich nicht einfach reingesprungen und ein paar Bahnen geschwommen? Vielleicht hätte ich rausgekriegt, was sie so verärgert hatte.

Als ich zu Hause ankam, war ich mir ziemlich sicher, dass ich irgendwas falsch verstanden und die Situation dadurch nur noch verschlimmert hatte. Ich hatte das Gefühl alles vermasselt zu haben. Jetzt war alles aus zwischen uns, noch bevor es richtig angefangen hatte.

Ich stellte mich unter die Dusche und drehte das kalte Wasser auf. Glücklicherweise blieb mir aber keine Zeit mich so richtig in die Verzweiflung über das unrühmliche Ende meiner gerade erblühten Romanze mit Diana reinzusteigern, denn kaum war ich mit dem Duschen fertig, kam Mum mit Tüten beladen vom Einkaufen zurück.

»Vergiss nicht, dass wir heute Nachmittag den Termin bei der Familientherapeutin haben, Jack.« Sie lächelte mir zu. »Ach, und rate mal, was passiert ist? Ich bin zu drei Bewerbungsgesprächen eingeladen worden.« Ich hatte Mum seit Tagen nicht mehr so fröhlich erlebt und vor lauter Erleichterung darüber vergaß ich sogar für ein paar Sekunden meine eigenen Probleme.

»Cool, Mum!« Ich versuchte genauso fröhlich zu klingen wie sie.

»Wenigstens bei einer der Stellen müsste es doch klappen«, sagte sie.

»Wahrscheinlich kriegst du sie alle drei.« Und das meinte ich ernst. Jedes Krankenhaus kann sich glücklich schätzen, eine Schwester wie sie zu bekommen. Sie sieht gut aus, ist zu allen immer freundlich und hat eine Mordsenergie. »Wer dich nicht nimmt, der spinnt, Mum.«

Sie lachte, dann guckte sie wieder ernst. »Hey, Jacko«, sagte sie und legte mir einen Arm um die Schulter. »Kann es sein, dass du ein Problem hast?« Und einfühlsam ist sie auch total. Sie hat einen untrüglichen Instinkt dafür, wie es dir wirklich geht.

»Alles okay«, sagte ich.

»Ganz sicher?«

»Klar.«

Wäre das Leben doch nur normal gewesen. Ich meine, wenn wir nicht ausgeraubt worden wären, hätte ich Playstation spielen oder draußen ein bisschen mit dem Skateboard rumgurken können. Ich hätte mich irgendwie von der Geschichte mit Diana ablenken können. So aber blieb mir nichts anderes übrig, als in einer todlangweiligen Gegend in einem leer geräumten Haus rumzuhocken und darauf zu warten, bis wir unseren Termin bei dieser beknackten Familienberatung hatten. Superaussichten für den Tag! Es war überhaupt nicht »alles okay«. Und plötzlich packte mich das Bedürfnis, das jemandem zu sagen.

»Sag mal Mum, hast du eigentlich echt versucht mit Dad zu reden?«, fragte ich und kam mir dabei ganz schön fies vor. »Wegen der Versicherung, meine ich.«

Mum hörte auf, die Einkäufe wegzuräumen und drehte sich um. Das fröhliche Strahlen war aus ihren Augen verschwunden.

»Natürlich hab ich es versucht.« Sie seufzte. »Aber du kennst ihn doch.« Sie schob mir einen Stuhl hin und setzte sich dann selbst. »Wenn er sich mal was in den Kopf gesetzt hat …«

Ich setzte mich zögernd mit einer Pobacke auf den Stuhl. Ein vertrauliches Gespräch mit Mum über Dad war ehrlich gesagt so ungefähr das Letzte, worauf ich jetzt Bock hatte.

»Du vermisst deine ganzen Sachen, was?«

»Vor allem das Skateboard«, stöhnte ich und tat mir in diesem Moment selbst ganz furchtbar Leid. »Ich weiß echt nicht, was ich ohne machen soll.«

»Gibt's denn niemanden aus deiner Schule, mit dem du dich mal treffen könntest?«, fragte sie hoffnungsvoll. »Was ist denn mit diesem Jason, der mal hier war?«

»Der wohnt am Arsch der Welt – in Elwood.«

»Ja gut, aber vielleicht sitzt er am ›Arsch der Welt‹ und fragt sich auch gerade, was er machen soll.« Sie verzog den Mund zu einem kleinen Lächeln. »Man weiß nie. Ruf ihn doch wenigstens mal an.«

»Wenn ich bloß mein Board hätte ... dann wäre alles kein Problem.« Ich ignorierte ihren Vorschlag. Ich hatte keine Lust ihr zu erklären, dass Jason und ich schon seit längerem nichts mehr miteinander zu tun hatten. Jason ist ein ziemlicher Klugscheißer, an den ich mich Anfang des Schuljahres ein bisschen drangehängt hatte, als ich noch niemanden kannte. Wir hatten uns nicht verkracht oder so. Irgendwann hörten wir einfach auf, Sachen zusammen zu machen. Allein schon sein Spleen die Turnschuhe im Spind immer ganz parallel zueinander auszurichten. Überhaupt sah sein Schließfach aus wie eine Schaufenstervitrine – alles picobello aufgeräumt und eingeordnet. Einmal war es total heiß und ich hab mir auf dem Heimweg zwanzig Cent von ihm geborgt, die mir noch zu einem Milchshake fehlten –

als wir uns am nächsten Tag wiedersahen, wollte er als Erstes sein Geld zurück. *Zwanzig Cent!*

Ich hatte mich im Laufe des Schuljahres mit einem anderen Jungen aus meiner Schule richtig gut angefreundet. Er ist Chinese, heißt Ricky Lee und hat lange Haare und einen Pferdeschwanz. Blöderweise verbrachte er die Ferien mit seinen Eltern in Hongkong. Ricky hat gute Noten in der Schule, ist ein Schach-Genie und hat den Rhetorikkurs belegt. Er ist ziemlich sportlich, obwohl er nicht gerade der Dünnste ist und hat oft so einen leicht abwesenden Gesichtsausdruck, als würde er über irgendwas nachgrübeln. Vor allem mag ich an ihm, dass man mit ihm immer was zu lachen hat. Wir haben uns von Anfang an super verstanden. Er wohnt in Toorak. Seinen Eltern gehört so eine große Kaufhauskette mit Ablegern in ganz Australien und Asien. Die Lees sind echt stinkend reich, aber Ricky ist trotzdem total in Ordnung. Dem ist es wirklich egal, in was für einem Haus jemand wohnt oder was für Klamotten man anhat. Solche Sachen langweilen ihn eher. Ich finde es toll, dass er so ganz anders ist, als man erwartet.

»Ich weiß gar nicht, ob die geklauten Sachen so wichtig waren, wie du glaubst«, sagte Mum jetzt.

»Wie meinst du das?«

»Dass alles weg ist, hat die Situation natürlich verschlimmert«, sagte sie. »Das geb ich schon zu.«

»Also, dann verstehe ich erst recht nicht, was du meinst.«

»Unsere familiären Probleme.« Sie machte eine hilflose Geste. »Ich glaub nicht, dass die bloß was damit zu tun haben, dass unsere Sachen geklaut worden sind ...«

Es war weniger, was sie sagte, als ihr Blick, *während* sie es sagte. Wütend, aber gleichzeitig auch müde und mutlos. Ich hätte sie gerne gefragt, worin unsere eigentlichen Probleme ihrer Meinung nach bestanden, aber ich fürchtete mich zu sehr vor ihrer Antwort.

»Ach, Jacko … manchmal hab ich das Gefühl, ich stehe kurz vor einem Nervenzusammenbruch«, sagte sie leise. »Irgendwas muss passieren … es muss sich was ändern. Ich weiß zwar nicht was oder wie, aber …«

Noch bevor ich richtig über diesen Satz nachgedacht hatte, durchrieselte es mich kalt. *Und wenn Mum uns nun sitzen ließ?* Was sollte aus uns werden, falls sie beschloss, dass sie die Nase voll hatte und zu einer ihrer Schwestern zog? Was sollten wir dann machen? Dad, Sean, Frank und ich? Wir wären absolut verloren ohne Mum. Innerlich schrie ich auf: *Tu das nicht, Mum! Geh nicht weg!*

»Was sagst *du* denn dazu, Jack?«

»Keine Ahnung«, murmelte ich.

Mum stand auf und zerzauste mir das Haar. Dann zog sie mich zu sich hoch und drückte mich einen Moment lang fest an sich. Ich legte auch die Arme um sie.

»Mach dir keine Sorgen, Jack«, flüsterte sie mir ins Ohr. »Wir schaffen es schon.«

Ich machte mich von ihr los, als wäre mir die Umarmung unangenehm. Für mich bedeutete ihr »Wir schaffen es schon« genau das Gegenteil. Als wollte sie mir damit sagen, sie hätte keine Hoffnung mehr, dass wir es schaffen konnten. Was auch immer »es« war.

# 7

Im Wartezimmer zappelten Frank und Sean total herum. Sie sprangen ständig auf, setzten sich wieder, stöhnten und ächzten und taten so, als würde es ihnen schon körperliche Schmerzen bereiten, überhaupt mitgekommen zu sein.

Irgendwann entdeckten sie den Stapel mit Lesestoff auf dem kleinen Beistelltisch an der Wand und griffen natürlich sofort beide nach derselben Zeitschrift: ein zerfleddertes Magazin mit dem blutrünstigen Foto einer Schießerei unter Motorradgangs auf dem Titel. Frank hatte sich die Zeitschrift als Erster geschnappt, aber Sean war so interessiert, dass er sich sogar neben Frank setzte, um über seine Schulter gebeugt mitzulesen, was für Sean ziemlich ungewöhnlich war.

»Mensch, hau ab. Rück mir nicht so auf die Pelle!«, stöhnte Frank nach ungefähr drei Sekunden genervt. Er hielt die Zeitschrift so, dass Sean nicht reinschauen konnte. »Ich geb sie dir, wenn ich fertig bin.«

»Dann beeil dich gefälligst.« Sean versuchte sie ihm wegzureißen. »Du liest schon seit 'ner halben Stunde.«

Danach ließ sich Frank natürlich erst recht Zeit. Er las den gesamten Artikel ein zweites Mal, bloß damit ihn Sean nicht in die Finger bekam.

»Jetzt gib schon her, du Arsch!«

»Da liegen doch noch tausend andere Zeitschriften rum. Die hier lese ich jetzt.«

»Du hast sie doch schon längst gelesen, du Furzbacke!«

»Schluss jetzt, ihre beiden!«, fuhr Dad sie an.

Er sah älter, grauer und irgendwie auch gestresster aus als sonst. Ich hätte ihn ja gern gefragt, wie es auf der Arbeit lief und ob er mit seinem Chef jetzt besser zurechtkam, aber in Sean und Franks Gegenwart ging das nicht.

Wir mussten eine halbe Ewigkeit in diesem superhässlich grau und pink eingerichteten, fensterlosen Raum warten. Es stank nach Teppichreiniger und Mum war so unruhig, dass mich ihr bloßer Anblick total nervös machte. Ständig schaute sie auf ihre Armbanduhr und dann zu Dad rüber, als wollte sie ihn an irgendwas erinnern, was sie vergessen hatten. Aber er guckte absichtlich nicht von der Zeitschrift auf, in die er sich vergraben hatte. Sie war von 1991 und vorne drauf war ein Bild aus dem Golfkrieg.

Die Frau, die uns schließlich holen kam, hatte schulterlanges rotes Haar, das ihr offen auf die Schultern fiel, wie bei einem jungen Mädchen. Dabei war sie schon alt. Na ja, ziemlich alt jedenfalls. Sie hatte Falten um die Augen und am Hals. Sie trug einen schwarzen Minirock und solche schwarz-weiß geringelten Strumpfhosen, wie sie eigentlich auch nur jüngere Frauen anziehen. Was nicht heißen soll, dass es schlecht aussah. Nur ungewohnt. Sie strahlte uns mit so einem ultrafreundlichen, leicht weltfremden Lächeln an, das bei mir sofort sämtliche Alarmglocken bimmeln ließ. *Oh nein! Bitte nicht eine von der Sorte!*

»So, willkommen in meiner Praxis. Wen haben wir denn da?« Sie warf einen Blick in ihre Unterlagen. »Aha, die Lightfoots. Sean, Francis und John?«

»Äh … eigentlich nennen wir ihn immer Jack«, warf meine Mutter nervös ein.

»Oh, entschuldige bitte, Jack!« Weil sie mich anlächelte, versuchte ich zurückzulächeln, aber ich sah, wie Frank sie hinter ihrem Rücken nachäffte. »*Entschuldige bitte, Jack!*«

»Okay, wenn dann bitte alle mit mir mitkommen würden.« Die Frau drehte sich um und ging aus dem Wartezimmer.

»Und Francis wird Frank gerufen«, brüllte Dad ihr mit seiner durchdringenden Stimme hinterher.

Frank warf ihm einen genervten Blick zu. »Wieso sagst du es nicht gleich im Radio durch!«, brummte er.

Die Therapeutin tat so, als hätte sie diese Bemerkung gar nicht gehört. »Aha, dann also *Frank*. Vielen Dank, Mr Lightfoot.«

Ich wusste sofort, dass das Ganze in die Hose gehen würde. Es tat mir nur Leid wegen Mum. Und wegen der ganzen Kohle, die dabei draufging. Aber es war klar, dass Sean und Frank diese kindergartentantenmäßige Frau total auflaufen lassen würden. Bei ihnen hatten – außer Mum – nur solche Frauen eine Chance, die sich nichts bieten ließen. Unberechenbare, knallharte Frauen wie Grandma. Sie behaupten zwar immer, Grandma zu hassen (na ja, irgendwie hassen wir sie wohl alle) aber gleichzeitig fasziniert sie uns auch ein bisschen. Und zwar uns alle – Sean, Frank und mich. Weil sie so anders ist. Irgendwie ist sie witzig, auch wenn es keine Absicht ist.

Wir trabten hinter der Therapeutin her in ein anderes Zimmer. Dort setzten wir uns auf die Stühle, die im Halbkreis um ihren Stuhl herum angeordnet waren. Sie lächelte schon wieder so warmherzig und lieb in die Runde und versuchte uns dabei allen in die Augen zu sehen.

»So, dann noch mal herzlich willkommen«, sagte sie. »Schön, dass auch wirklich alle kommen konnten. Als Erstes möchte ich noch einmal die Namen überprüfen, ich will ja nichts Falsches sagen.«

Sie warf einen Blick auf ihre Unterlagen, runzelte die Stirn und trug dann irgendetwas darin ein. Mir war es ein Rätsel, was sie zu diesem frühen Zeitpunkt über uns aufschreiben konnte. Es hatte doch noch niemand etwas gesagt. Sie ging noch einmal alle Namen durch. Sean und Frank brummten, als sie ihre Namen vorlas, und schauten weg. Mum war so was von höflich, dass es schon peinlich war. Als die Frau mit unseren Namen durch war, schwieg sie einen Moment, rieb sich die Augen und rückte ihre Brille zurecht. Zum Schluss – als hätte sie eine wichtige Entscheidung getroffen – schob sie die Kappe auf ihren Füller.

»Wahrscheinlich fühlen sich alle in unsere Runde ein klein wenig unwohl – aber das ist nicht weiter schlimm … es ist ganz normal, die Situation unnormal zu finden.« Sie schwieg kurz und lächelte, aber ich war der Einzige, der sie anschaute. Meine Brüder saßen mit vor der Brust verschränkten Armen da und starrten ernst vor sich hin, die Lippen zusammengepresst, als hätten sie eben mitbekommen, wie ein fremder Hund auf der Straße überfahren worden war.

»Wie fühlst du dich denn, Sean?«, fragte sie. Es war eine harmlose Frage, um mit ihm warm zu werden, aber ich wusste, dass es reine Zeitverschwendung war, und hätte ihr das am liebsten auch gesagt. Es ist verdammt schwierig für Fremde mit Sean warm zu werden, außer sie unterhalten sich mit ihm über Sport.

»Passt schon«, brummte er. Sie stellte ihm noch ein paar Fragen, die er mit »Okay«, »Ja«, und »Nö« beantwortete. Dad und Mum wurden zusehends nervöser. Ihre Anspannung war fast mit Händen greifbar. Wieso redete die Therapeutin nicht mit *den beiden*? Sie hätten bestimmt geantwortet. Schließlich waren sie ja diejenigen, die diese Familientherapie gewollt hatten. Sie hätten sicher mehr als Ja und Nein von sich gegeben. Gleichzeitig hasste ich Sean dafür, dass er die Frau so abfahren ließ.

»Was bedeutet ›passt schon‹ für dich genau, Sean?«, fragte sie mit ihrer harmlos-freundlichen Stimme, in der aber tiefe und bedeutungsvolle Untertöne mitschwangen.

Plötzlich veränderte sich Seans Gesichtsausdruck. Er konnte nicht mehr. Er gab ein schnarchendes Prusten von sich und brach lachend zusammen. Sein Gesicht lief knallrot an, er guckte zu Frank rüber und im nächsten Moment

krümmten sich beide vor Lachen. Oh Mann! Wie zwei Sechstklässler, die gerade ein paar Stinkbomben losgelassen hatten. So viel also zu der Mitarbeit, die Dad eingefordert hatte. Die Therapeutin lächelte auch, allerdings sah ihr Lächeln ein bisschen schief aus. Schwer zu sagen, ob sie mit dieser Reaktion zufrieden war oder nicht. Allmählich tat sie mir Leid. Es war offensichtlich, dass sie sich verdammt viel Mühe gab. Ob sie überhaupt wusste, dass die beiden über sie lachten? An ihrer Stelle hätte ich langsam mal aufgehört so zu lächeln. Damit lieferte sie den beiden Knalltüten neben mir doch nur noch mehr Munition. Na ja, wenigstens war der Lachanfall eine angenehme Abwechslung zu dem eintönigen Ja-Nein-Antwortspiel.

»Und wie geht es dir, Jack?«

Oh nein! Der Augenblick, vor dem es mir gegraut hatte, seit wir diesen Raum betreten hatten ... jetzt war er da.

»Ganz gut«, sagte ich, krampfhaft darum bemüht, nicht zu unhöflich, aber auch nicht zu schleimig zu klingen. »Ich glaub bloß, dass Mum oft unglücklich ist wegen uns.« Ich hielt es für das Beste, gleich zum Thema zu kommen. Es brachte doch nichts, stundenlang darüber zu reden, was Sean unter »passt schon« verstand.

»Sie findet es total schlimm, dass wir uns so oft streiten«, sagte ich. Ich wusste zwar nicht, ob das die Art von Antwort war, die die Therapeutin erwartete, aber die Worte blubberten einfach so aus mir heraus. »Dabei ist das gar nicht so schlimm. Wir meinen es ja nicht so.«

»Was meint ihr nicht so?«

»Och ... na ja.« Ich zuckte mit den Achseln. »Wenn wir uns streiten und beschimpfen und so ...«



Ich hatte die Hoffnung, sie würde zur Belohnung dafür, dass ich so nett war und so toll mitarbeitete, den Scheinwerfer auf jemand anderen richten. Aber sie nickte nur bedächtig, als hätte ich etwas sehr Interessantes von mir gegeben, worüber sie erst mal nachdenken müsste. Das Ganze war total absurd. Ich hätte am liebsten auch gelacht. Als die Therapeutin Mum und Dad ansah, warf Frank mir einen vernichtenden Blick zu.

»Arschkriecher!«, zischte er leise. »Du jämmerlicher Arschkriecher!«

Ich zuckte bloß die Schultern. Frank kann man es sowieso nicht recht machen.

»Vielleicht möchten Sie mir jetzt etwas über Ihre eigenen Eltern erzählen?«, schlug die Therapeutin vor.

*Oh nein. Auch das noch*. Mum und Dad sahen sich voller Panik an. Jetzt kam die ganze Leier mit Dads Alkoholikervater, den Schlägereien, dem Boxen. Und Mums Mutter, die immer auf ihr rumhackte, und ihrem Bruder, der Selbstmord begangen hatte, und ihrer einen Schwester, die nicht mehr mit ihr redete, weil Mum ihr erstes Kind Sean genannt hatte, obwohl sie (Tante Marie) ihren Sohn doch zuerst Sean genannt hatte. Und dass keiner von uns Grandma ausstehen konnte und so weiter …

Dad begann zu schwitzen. Unter seinen Achseln bildeten sich riesige Schweißflecken. Es sah irgendwie voll daneben aus, wie er da saß. Viel zu groß für den Stuhl, die Hände auf den Knien sahen aus wie die knorrigen Wurzeln eines Baumes. Mit einem Schraubenzieher oder Malerpinsel in der Hand sieht Dad echt gut aus oder wenn er auf einer Leiter steht, um irgendein Rohr zu flicken. Aber hier in diesem Zimmer hatte er mehr was von einem Clown. Es versetzte mir einen schuldbewussten Stich, dass ich mich tatsächlich für ihn schämte, für sein treuherziges, breites Gesicht. Dann packte mich die Wut. Wie lange dauerte diese Sitzung denn noch?

Mum und Dad begannen über ihre Kindheit zu reden und obwohl manches davon auch traurig war, löste sich die Spannung ein bisschen. Ich glaube, für Geschichten aus der eigenen Familie interessiert sich jeder, selbst wenn die Familie zu einem Großteil aus Psychopathen und Säufern besteht. Die meisten Storys kannten wir zwar schon, aber es half, die Atmosphäre zu lockern.

Die fünfzig Minuten gingen dann doch überraschend schnell vorbei. Irgendwann klappte die Therapeutin bedächtig ihr Notizbuch zu und warf einen Blick auf ihre Armbanduhr, obwohl auch an der Wand eine große Uhr hing.

»Das war's für heute«, sagte sie seufzend. Dann stand sie gemächlich auf und ging langsam zu ihrem Schreibtisch rüber. Ich fragte mich, ob man so was in der Therapeutenausbildung beigebracht bekommt. Alles ganz langsam und bedächtig zu machen.

»Nächste Woche um dieselbe Zeit?«, fragte sie Mum und Dad mit einem Lächeln. Beide nickten.

Als wir aus dem Zimmer kamen, guckte die Sekretärin an der Anmeldung von ihren Unterlagen auf und sagte zu Dad: »Dann bekomme ich bitte fünfundneunzig Dollar von Ihnen.«



Dad zog seine Visa-Karte aus der Tasche und gab sie ihr, ohne mit der Wimper zu zucken.

Sobald wir draußen standen, explodierten Sean und Frank gleichzeitig.

»Fünfundneunzig Lappen!«

»Die haben ja wohl ein Rad ab!«

»Totaler Beschiss ist das!«

Mum und Dad gingen mit versteinerten Mienen zum Auto. Ich wartete darauf, dass sie meine Brüder zusammenstauchten, aber niemand sagte etwas.

Es nieselte ein wenig, und als wir alle im Wagen saßen – ich, wie üblich, zwischen meinen Brüdern auf dem Rücksitz eingequetscht –, ging der volle Wolkenbruch nieder. Bevor Dad den Motor anließ, beugte er sich zu Mum rüber und legte kurz seine Hand auf ihre.

»Alles okay?«, fragte er.

Sie starrte durchs Fenster hinaus in den Regen.

»Mir geht's gut«, sagte sie mit leiser Stimme, die mir richtig Angst machte.

»Fahr schon los, worauf warten wir noch?«, maulte Frank.

»Ich bin gleich verabredet«, meldete sich Sean genervt. »Wie wär's, wenn du mal einen Zahn zulegst, Dad?«

Dad seufzte, startete den Wagen und lenkte ihn aus der Parklücke. Eine Zeit lang sagte keiner was. Ich begann an Diana zu denken und fragte mich, was sie wohl gerade machte. Saß sie vielleicht auf ihrer verrotteten Veranda, guckte in den Regen hinaus, knibbelte gelangweilt an ihren lackierten Nägeln und summte vor sich hin? Vielleicht dachte sie auch an mich und daran, was heute schief gelaufen war. Plötzlich packte mich die totale Verzweiflung. Es war einfach nicht fair! Kaum hatten wir uns kennen gelernt, war auch schon alles wieder vorbei. Ich stellte mir vor, wie ich noch mal zu ihr gehen würde. Diesmal würde ich nicht an der Haustür klopfen. Ich wusste ja jetzt, wo ihr Zimmer war. Vielleicht brannte Licht bei ihr. Ich könnte ums Haus herumschleichen und an die Scheibe klopfen, ganz sachte, damit niemand was mitbekam.

Aber womöglich dachte sie gerade: *Gut, dass ich der kleinen Nervensäge heute im Schwimmbad die Stornokarte gegeben habe.* Sie würde ans Fenster kommen, mich draußen stehen sehen, mir den Mittelfinger zeigen und das Rollo runterziehen. Mir lief ein Schauder über den Rücken. Ich sah alles haarklein vor mir, fühlte es im tiefsten Inneren. Und wusste nicht, ob ich den Nerv hatte, es zu riskieren.

Als wir an einer roten Ampel anhielten, drehte sich Dad zu uns um.

»Und, Jungs?«, fragte er optimistisch. »Mal abgesehen vom Geld – wie fandet ihr es?«

Sean und Frank gingen sofort wieder in die Luft.

»Ihr seid echt so was von blöde, das gibt's gar nicht!«, spuckte Sean verächtlich aus.

»Wenn ich mir überlege, was man für fast hundert Dollar alles kaufen kann!«, sagte Frank mindestens zum sechsten Mal.

Ich äußerte mich gar nicht – obwohl ich meinen Brüdern eigentlich Recht gab.

»Müssen wir da echt noch mal hin?«, jammerte Frank.



»Na klar«, sagte Dad mit geheuchelter Begeisterung. »Nächste Woche und übernächste …« Sean und Frank heulten so laut auf, dass sie ihn übertönten. »Wenn ihr ein bisschen mitarbeiten würdet, hättet ihr vielleicht auch nicht das Gefühl, das Ganze wäre Geldverschwendung.«

»Und nächstes Wochenende müssen wir trotzdem zu Grandma?«, fragte Sean bitter.

»Ja«, sagte Mum. »Jetzt stellt euch nicht so an. Ich bitte euch genau zweimal pro Jahr sie zu besuchen ...«

»Aber es ist jedes Mal die volle Quälerei!«

»Tja, Pech!« Dad trat auf die Bremse, weil ein Wagen vor uns plötzlich schlitternd anhielt. »Da müsst ihr durch.«

Kaum waren wir zu Hause angekommen, sprang Sean aus dem Auto und knallte die Wagentür hinter sich zu.

»Oh Mann, hätte ich bloß normale Eltern«, brüllte er.

»Meine Meinung«, brummte Frank, öffnete die Tür auf seiner Seite und rutschte hinaus, »das sag ich mir auch immer.«

»Tja.« Dad warf kurz einen besorgten Blick zu Mum rüber. »Da könnt ihr einem ja echt Leid tun.«

»Du sagst es!« Und ohne ein weiteres Wort stapften er und Sean in Richtung Garage.

Als wir ins Haus kamen, ging Dad sofort zum Telefon, bestellte Pizza und holte eine Flasche Wein hinten aus dem Kühlschrank.

»Schatz?«, rief er Mum zu, die in ihrem Zimmer verschwunden war. »Schluck Wein gefällig?«

»Wieso? Haben wir denn einen da?«, kam gedämpft ihre Stimme zurück. Ich stand am Fenster und fragte mich, wie lange wir wohl auf die Pizza warten mussten. Ich hatte tierischen Hunger.

»Na klar!«, antwortete Dad souverän, zog den Korken aus der Flasche und zwinkerte mir zu. Ich schüttelte den Kopf. Dad ist schon ein ganz eigener Typ. Entweder kommt man klar mit ihm oder man lässt es eben bleiben. Nach einer Weile kam Mum in die Küche und obwohl Dad und ich ihr sofort anmerkten, dass sie geweint hatte, lächelte sie, als sie den Wein sah, und ich glaube, Dad war darüber genauso glücklich wie ich. Es war ihr altes Lächeln von früher, das hinter den rot geweinten und geschwollenen Augenlider durchschimmerte.

»Mein Lieblingswein«, sagte sie und legte Dad dann die Hände auf die Schulter. »Du alter Fuchs. Wo hattest du den denn versteckt?«

»Du musst ja nicht alles wissen!« Dad strahlte. Er gab ihr ein Glas, sie prosteten sich zu und tranken einen Schluck. Dann stellte Mum ihr Glas ab und umarmte ihn.

»Das war genau das, was ich jetzt gebraucht hab«, sagte sie. »Du steckst wirklich voller Überraschungen.«

Das reichte Dad als Einladung. Er umschlang sie blitzschnell mit seinen kräftigen Armen und küsste sie auf beide Wangen und aufs Kinn. Mum tat so, als würde sie versuchen sich mit allen Kräften aus seiner Umklammerung zu lösen. Sie weinte ein bisschen und gleichzeitig lachte sie dabei. Vielleicht klingt das jetzt nicht weltbewegend, aber ich kann euch sagen, im Vergleich zu den vergangenen Wochen, war es eine Riesenverbesserung. Ich beobachtete die beiden und fragte mich, ob bei der Therapeutin irgendwas vorgefallen war, von dem ich nichts mitgekriegt hatte. Eigentlich egal. Jedenfalls war es viel besser so.

Kaum war die Pizza geliefert worden, standen plötzlich Sean und Frank im Haus, ohne dass jemand sie gerufen hätte. Sie müssen sie gerochen haben, obwohl ich mir eigentlich nicht vorstellen kann, wie der Pizzaduft so schnell bis in ihre Garage ziehen konnte. Zum ersten Mal seit Urzeiten saßen wir alle friedlich an einem Tisch. Niemand sagte viel, aber zumindest brüllte und motzte auch niemand rum und keiner sprang auf und stürmte davon. Das war doch mal eine Abwechslung. Ich wollte mir gerade mein drittes Stück Pizza Tropicana nehmen, als es an der Tür klingelte.

»Ach, das wird die Nachbarin mit den Zitronen sein«, sagte Mum und stand auf. »Sie hat versprochen, uns welche vorbeizubringen.«

Dad hielt sie am Arm fest. »Machst du bitte auf, Sean?«, sagte er. »Deine Mutter isst noch.«

Sean wollte gerade den Mund öffnen, um laut zu protestieren – er hatte schließlich auch noch nicht aufgegessen, da überlegte er es sich aus irgendeinem Grund anders. Mit einem leicht gereizten Grunzen schob er seinen Stuhl zurück, stand auf und schlappte zur Tür.

Doch als er wieder ins Zimmer kam, trug er keine Tüte voll Zitronen. Er stellte sich in die Tür, die Arme vor der Brust verschränkt, und grinste dreckig. Und das Schlimmste war: Er schaute dabei mich an.

»Wer war es denn?«, wollte Mum wissen.

»Besuch für Jack.« Sean prustete los. »Ein Mädchen! Sie wartet draußen. Ziemlich abgedrehte kleine Tusse mit Igelhaaren!«



Einen Moment lang herrschte entgeisterter Schweigen,

dann fing auch Frank an zu grinsen. Dad schlug mir anerkennend auf die Schulter und Mum boxte mich kichernd in die Rippen. Es war einfach absolut oberpeinlich – so schlimm wie damals, als ich in meinen ausgeleierten Unterhosen die Tür öffnete und einer Staubsaugervertreterin gegenüberstand.

»Wer ist sie denn? Sag schon, Jack?«

»Wie heißt sie?«

»Du alter Hund, du!«

»Hast wohl eine Freundin, was?«

»Wieso hast du sie nicht reingebeten, Sean?«, dröhnte Dad mit seiner lauten Bassstimme. »Man lässt Besucher doch nicht einfach vor der Tür stehen.«

Ich sprang auf, bevor Sean lostraben und sie wirklich noch reinbitten konnte. Manchmal ist Dad echt so was von dämlich. Das muss man sich mal vorstellen! Sie reinbitten! Wie blöd kann man eigentlich sein? Während ich den Flur entlangging, hoffte ich inständig, es wäre gar nicht sie, und wünschte mir doch nichts mehr, als dass sie es wäre. Wer sollte es sonst sein? Ich kannte keine anderen Mädchen mit Igelfrisur.

Und natürlich war es Diana. Sie lehnte sich an das Geländer der Veranda, hatte ungefähr fünf neue blaue Schmetterlings-Clips im Haar stecken und trug wieder das rote Kleid und die alten Flip-Flops, in denen ich sie kennen gelernt hatte.

»Hi«, sagte sie. 

»Hi.« Ich gab mir Mühe meine Unsicherheit zu überspielen.

»Was machst du gerade?« Sie verschränkte die Arme und ich sah, dass sie einen Hund dabeihatte. Er saß angeleint zu ihren Füßen und hechelte. Sein Schwanz war etwas krumm und kahl, er sah alt aus. Ich beugte mich zu ihm runter, um ihn zu streicheln, aber er knurrte nur und schnappte nach mir.

»Wir essen gerade zu Abend.« Ich zog die Hand zurück. »Ist dein Hund immer so nett?«

Sie zuckte mit den Schultern. Der Hund war ihr anscheinend im Moment ziemlich egal. »Hast du Lust morgen bei mir vorbeizukommen?«, fragte sie, ohne mich dabei anzuschauen.

»Klar. Okay.«

Sie nickte und wandte sich zum Gehen. Dann schien ihr plötzlich wieder einzufallen, weshalb sie überhaupt gekommen war, denn sie drehte sich noch einmal um. »Ach ja«, sagte sie hastig. »Gestern hab ich einen Typ auf deinem Skateboard fahren gesehen.«

»Was?«

»Ja genau. Auf deinem geklauten Skateboard«, sagte sie mit bedeutungsvollem Blick, als hätte ich vielleicht vergessen, dass mein Skateboard geklaut worden war. »Ich hab ihn im Park gesehen«, fuhr sie fort. »Und dann bin ich ihm nachgegangen. Er wohnt ungefähr zwei Kilometer von hier in so einem alten Haus.« Diana deutete vage in Richtung Innenstadt.



»Und woher willst du wissen, dass es meins war?«

»Na ja, es sah aus wie deins«, antwortete sie. »Deshalb bin ich in der Nähe geblieben und hab ihn ein bisschen beobachtet. Und als er an einem Trinkbrunnen stehen geblieben ist, bin ich unauffällig an ihm vorbeigegangen und … hab mir das Skateboard mal angeschaut. Auf der Unterseite stand dein Name. Gleich neben den hinteren Rollen.«

»Oh Mann!« Verdammt, was sollte ich dazu sagen? Mein Name stand wirklich mit neongelbem Marker auf der Unterseite des Bretts. Sie hatte Recht. Trotzdem irgendwie komisch. Ich war viel zu verblüfft, um mehr zu sagen. Das muss man meinem Gesicht angesehen haben.

»Ja, genau dasselbe hab ich auch gedacht.« Diana warf mir ein ziemlich triumphierendes Lächeln zu. »Und, hast du deinem Vater erzählt, dass die Bekannte von meiner Großmutter die Typen gesehen hat, die euch das Haus ausgeräumt haben?«

»Nein … hab ich nicht.« Ich kam mir ein bisschen blöd vor, zuzugeben, dass ich niemandem etwas gesagt hatte. Wieso hatte ich es Dad eigentlich verschwiegen? Einerseits weil ich es immer wieder vergessen hatte und andererseits war ich nicht so scharf darauf gewesen, jemandem aus meiner Familie von Diana zu erzählen – noch nicht mal Dad.

»Ich würde sagen, wir schauen uns die Sache vor Ort an, bevor wir mit irgendwem darüber reden«, sagte Diana plötzlich und zog den Hund zurück, der anscheinend fand, es sei Zeit nach Hause zu gehen.

»Vielleicht können wir uns dein Skateboard irgendwie wiederholen. Kann ja auch sein, dass die noch mehr von euren Sachen haben.« 

»Wohnt der Typ in einem Einfamilienhaus oder …?«

»Ja, ja. In einem ganz normalen Haus in einer ganz normalen Straße«, sagte sie. »Ich finde wir sollten da echt mal hin.«

»Wir?«

»Du und ich.«

»Jetzt?«

»Nein. Das müssen wir schon richtig planen«, sagte Diana, die immer noch versuchte den Hund zurückzuziehen. Er war ziemlich dick und stark, obwohl er so alt war.

»Okay«, sagte ich lahm. Die Idee machte mir, ehrlich gesagt, ein bisschen Angst. Ich war schon interessiert ... aber auch ängstlich.

»Wir können ja ein bisschen rumschnüffeln. Mal gucken, ob die auch euren Fernseher haben und so.«

»Wie ... sollen wir etwa selbst einbrechen oder was?« Ich musste lachen. Gleichzeitig spürte ich, wie sich meine Arme mit Gänsehaut überzogen.

»Na ja, die sind ja auch bei euch eingebrochen oder? Da können wir ja wohl mal nachschauen, ob sie euer Zeug noch bei sich stehen haben.«

»Ja schon ... aber.« Ich war nicht so überzeugt davon, dass uns das automatisch das Recht gab, dasselbe zu tun. »Weißt du denn noch, welche Straße es war?«, fragte ich, um Zeit zu schinden, weil ich kaum klar denken konnte.

»Natürlich!« Diana grinste. »Was denkst du denn? Bin ich blöd oder was? Ich hab dir doch gesagt, dass ich hinter ihm her bin. Ich weiß genau, wo er wohnt.«



»So hab ich das nicht ...« Ich stammelte. »Wie alt war der Typ auf meinem Skateboard überhaupt?«

»Schätzungsweise neunzehn.« Diana wandte sich zum Gehen. »Kann natürlich auch sein, dass er es jemandem abgekauft hat. Vielleicht hat er es gar nicht selbst geklaut. Aber wir könnten auf jeden Fall mal nachschauen. Was hältst du von morgen?«

»Gut, okay.« Ich ärgerte mich, weil ich so unentschlossen klang. Irgendwie überrumpelt.

»Um Punkt zehn dann, okay?«

»Okay«, sagte ich. »Bis dann.«

Als ich ins Esszimmer zurückkam, waren alle bester Laune, weil sie sich über mich lustig machen konnten. Sie löcherten mich mit Fragen: Wie hieß Diana, was hatte sie gewollt, war ihr Haar gefärbt, hatte sie es selbst geschnitten, woher kannte ich sie und wie alt war sie? Sean musste sie ihnen als total »ausgeflippt« beschrieben haben. Jedenfalls waren alle fasziniert oder taten zumindest so, um mich zu ärgern. Sean erzählte irgendeinen Quatsch von wegen Mädchen, die sich die Nägel schwarz lackierten, wären die Allerschlimmsten ... dass er fünf Mädchen mit schwarzen Fingernägeln und Punkfrisuren kennen würde, die alle einen an der Waffel hätten. Frank grinste fies in sich hinein und weidete sich an meiner Verlegenheit. Natürlich erzählte ich ihnen kein Wort. Ich aß einfach ruhig meine Pizza weiter, während sie mich mit Fragen bombardierten und blöde Kommentare abgaben.

Sean witzelte rum, er würde mich jetzt immer in die Muckibude mitnehmen, und Mum sagte, wenn ich jetzt eine Freundin hätte, müsste sie mir wohl endlich die neue Jeans kaufen, die ich mir schon so lange wünschte. Ich war kurz davor loszubrüllen: »Sie ist nicht meine Freundin!« Aber ich riss mich zusammen. Sobald ich anfing mich zu wehren, hätten sie gewusst, dass sie mich an den Eiern hatten.

»Hey, Dad – ich glaub, es wird langsam Zeit, Jack über gewisse Dinge aufzuklären«, sagte Frank. »Du weißt schon, die Sache mit den Bienen und den Blüten.«

Einen kurzen Moment lang war es totenstill. Es war so lange her, dass Frank mal einen Witz gemacht hatte, dass alle total baff waren. Im nächsten Moment wieherten sie vor Lachen, als wäre es die komischste Bemerkung des Jahres gewesen. Ich saß nur stumm da und fühlte mich wie der letzte Idiot.

# 8

Am nächsten Vormittag machte ich mich zu Diana auf. Am Himmel hatten sich wieder schwere graue Wolken zusammengeballt. Dad warnte mich, für den Nachmittag sei Gewitter vorausgesagt, aber vorher würde die Temperatur noch auf 39 °C ansteigen. »Echtes Saunawetter, Kollege.« Was stimmte – die schwülheiße Luft stand praktisch still.

Zum Glück kam Diana gleich an die Tür, sodass ich nicht mit ihrer Großmutter reden musste. Sie legte den Finger auf die Lippen und führte mich in ihr Zimmer.

»Grandma braucht nicht zu wissen, dass du da bist«, flüsterte sie. »Komm mit. Ich hab schon alles vorbereitet.«

Dianas Zimmer war auch diesmal super aufgeräumt. Sie hielt mir einen kleinen Rucksack hin und ließ mich reinschauen.

»Siehst du – alles da: Kamera, Fernglas …«, sagte sie verschwörerisch und zog dann ein kleines Notizbuch hervor, in dessen Spiralbindung ein Bleistift steckte. »Hier. Für dich. Steck's am besten gleich ein.«



Ich hätte am liebsten laut gelacht, aber es war nicht zu

übersehen, dass sie voll auf dieses Detektivspiel abfuhr, deshalb verkniff ich mir sogar das Grinsen.

»Und was soll ich damit?«, fragte ich.

»Vielleicht finden wir irgendwas raus, was du aufschreiben musst«, sagte sie ernsthaft. »Okay? Können wir?«

»Und du weißt, wo wir hinmüssen?«

»Klar.« Sie zog die Zimmertür hinter uns zu. »Ich war gestern Abend noch mal da, um die Lage zu checken. Das Haus liegt in der Nähe von einem Bahnhof. Direkt davor ist so eine Fußgängerbrücke. Von da oben aus kann man in den Garten reinschauen.«

»Okay.« Ich ließ das Notizbuch in die Tasche meiner Shorts gleiten. »Wann warst du denn da?«

Sie zögerte. »So gegen sieben oder acht.«

Wir traten auf die Straße hinaus. Irgendwie überraschte und ärgerte es mich ein bisschen, dass sie gestern ohne mich hingegangen war. Aber dann fiel mir etwas ein.

»Hä? Warte mal«, sagte ich. »Du warst gestern um acht doch bei mir.«

Sie zuckte mit den Schultern. »Na, dann war es eben später. Es war schon dunkel.«

Ich nickte. Ich war schwer beeindruckt, auch wenn ich Diana das niemals gesagt hätte. Ich gebe es nicht gerne zu, aber ehrlich gesagt, hab ich im Dunkeln Angst. Klar, ich bin dreizehn, eigentlich müsste ich über so was hinweg sein. Aber die Vorstellung nachts alleine draußen rumzulaufen,

ist für mich der blanke Horror. Ich hab schon oft versucht, ohne mein Nachtlicht zu schlafen – zwecklos. Das Einschlafen geht noch, aber nach ein paar Stunden wache ich immer auf und krieg die totale Panik. Ich hab das einfach nicht im Griff. Ich kann mir tausendmal vorsagen, dass da nichts ist, vor dem ich Angst haben müsste. Sobald es dunkel wird, werden alle Worte bedeutungslos. Ich hab Albträume, kriege keine Luft mehr, mir bricht der kalte Schweiß aus … Das ist ein echtes Problem. Man kommt sich total bescheuert vor, wenn man bei einem Freund übernachtet und dann seine Eltern bitten muss, ein Extralicht ins Zimmer zu stellen, falls man im Gästezimmer einquartiert wird. Ich rede da echt sehr ungern drüber. Meine Eltern und Brüder wissen natürlich Bescheid. Mum und Dad nehmen es gelassen und Sean und Frank sagen eigentlich auch nur was, wenn sie echt sauer auf mich sind und mir richtig eins reindrücken wollen.

»Wusste deine Mutter, dass du so spät noch draußen warst?«, fragte ich betont beiläufig.

»Machst du Witze? Die beiden wären ausgerastet, wenn sie es gemerkt hätten!«

»Weißt du, dass du ganz schön cool bist, Diana?« Ich lächelte sie an.

Sie lachte, aber ich merkte, dass sie sich freute.

Wir schlenderten eine Weile schweigend nebeneinanderher. Mir war eigentlich egal, wo wir hingingen. Oder was wir vorhatten. Oder was passieren würde. Mir reichte es schon, einfach mit ihr zusammen zu sein.

»Die meisten Einbrecher verkaufen die geklauten Sachen«, sagte ich. »Selbst wenn das echt die Leute sind, die bei uns eingebrochen sind, ist jetzt bestimmt nichts mehr von unseren Sachen da.«

»Irgendeinen Hinweis werden wir schon finden«, sagte Diana. »Jedenfalls sollten wir es uns auf jeden Fall mal anschauen.«

Was hätte ich darauf sagen können? Außerdem hatte ich keine Lust mich zu streiten.

Das Haus war über zwei Kilometer weit weg. Als wir endlich davor standen, war meine Kehle wie ausgetrocknet.

Eigentlich unterschied es sich nicht von den anderen Häusern in der Gegend. Es war ziemlich groß, schmuddelig weiß, mit grün gestrichenen Fensterrahmen und etwas schäbig. Der Vorgarten war mit Unkraut überwuchert und niemand war zu sehen. Es sah so was von stinknormal aus, dass ich mir nur sehr schwer vorstellen konnte, unsere gestohlenen Sachen könnten tatsächlich dort sein. In diesem Haus wohnten keine Einbrecher, da war ich mir ziemlich sicher. Ich rechnete damit, dass Diana das auch einsehen und ihren Plan fallen lassen würde, selbst dort einzubrechen.

Das Haus war nur durch die Bahnstrecke von einem kleinen Einkaufszentrum mit mehreren Geschäften getrennt. Ich hatte ein paar Dollars in der Tasche und hätte gern was zu trinken und zu essen geholt, aber Diana wollte unbedingt an dem Haus vorbeischlendern, nach ein paar Metern umdrehen und dann aus der anderen Richtung kommend noch mal daran vorbei. Ich spielte mit, weil ich annahm, dass es ihr früher oder später genauso langweilig werden



würde wie mir.

»Ich schau mal, ob jemand zu Hause ist«, verkündete sie, nachdem wir zum fünften Mal auf und ab geschlendert waren. Sie drückte mir ihren Rucksack zum Halten in die Hand.

»Und wie?«, fragte ich skeptisch.

»Ich klingle einfach.«

»Ah … ach so …« Ich fand die Idee zwar nicht so toll, wollte sie das aber nicht spüren lassen. »Und was sagst du, wenn jemand aufmacht?«

»Dann frag ich, ob Frank Smith hier wohnt.« Sie grinste mich an. »Du musst ja nicht mit, wenn du nicht willst.«

An einen Zaun gelehnt, beobachtete ich die ganze Aktion von der gegenüberliegenden Straßenseite aus. Angst hatte ich keine, ich fand es nur ziemlich blöde. Kaum hatte Diana an die Tür geklopft, ertönte lautes Bellen und ein riesiger schwarzer Köter kam angeprescht, der zum Glück durch den Gartenzaun aufgehalten wurde. Er flippte total aus, sprang am Gartentor hoch und aus seinem Maul spritzte der Geifer. Diana beachtete ihn gar nicht. Sie klopfte wieder, dieses Mal lauter. Niemand kam an die Tür, aber der Hund wurde immer hysterischer, bellte weiter und sprang immer höher. Diana wartete eine Ewigkeit. Irgendwann gab sie auf und kam zu mir zurück.

»Ich glaub, ich mach mal ein Foto«, erklärte sie, nahm mir den Rucksack ab und kramte darin nach der Kamera. »Und du solltest dir ein paar Notizen machen.«

»Ja klar!« Ich lachte, weil ich das für einen Witz hielt, aber als sie sich zu mir umdrehte, merkte ich, dass es ihr damit todernst war.



»Eben alles, was dir auffällig vorkommt«, sagte sie und wurde ein bisschen rot, als wäre der Eifer, den sie an den

Tag legte, ihr zwar selbst peinlich, aber als könnte sie einfach nicht anders.

»Na, zum Beispiel der Hund. Die Rasse … und so.«

»Ja gut.« Ich wollte auf jeden Fall vermeiden, dass sie wieder so sauer wurde wie neulich im Schwimmbad. Wenn Diana wollte, dass ich mir Notizen machte, dann machte ich mir eben welche. War ja auch eigentlich nichts dabei, oder?

»Was ist das denn für eine Rasse, was glaubst du?«, fragte ich sie.

»Keine Ahnung. Ich kenn mich mit Hunden nicht besonders aus.«

»Ich auch nicht.« Trotzdem zog ich das kleine Notizbuch aus der Hose. »Dann schreib ich einfach *groß, schwarz und hässlich*, okay?«

»Ja, das müsste reichen. Vielleicht auch noch, dass er gemeingefährlich aussieht?«

»Okay.« Ich nickte und notierte *gemeingefährlich*.

Nachdem ich noch ein paar Sätze über den Hund geschrieben hatte, fügte ich der Vollständigkeit halber noch eine Beschreibung der Vorderseite des Hauses hinzu. Ich beschrieb den Vorgarten, die Farbe der Ziegelsteine und die Anzahl der Rosen, die darin wuchsen. Als ich die zwei Seiten überflog, die ich gefüllt hatte, fragte ich mich ernsthaft, ob mein Hirn in der Sonne leicht matschig geworden war. *Was mache ich da überhaupt?*



»Okay, und jetzt könnten wir uns ja auf die Fußgängerbrücke stellen und uns das Haus von hinten anschauen«, schlug Diana vor.

Ich stöhnte innerlich auf. »Wollen wir uns nicht erst mal was zu trinken holen?«, fragte ich.

»Wo denn?« Diana sah mich erstaunt an. Ich fasste es nicht. Waren ihr die Geschäfte bei den Bahngleisen wirklich nicht aufgefallen? Ich deutete mit dem Zeigefinger in die ungefähre Richtung.

»Na gut«, sagte sie. »Aber ich finde trotzdem, dass wir erst mal auf die Brücke sollten. Danach können wir ja was zu trinken besorgen.«

Der Blick von der Fußgängerbrücke aus war wirklich ziemlich beeindruckend. Ich vergaß sogar für kurze Zeit meinen Durst und sah mich um. Vor der Silhouette der Berge in der Ferne hatte sich eine schwere blaugraue Wolkenfront aufgetürmt und unter uns flimmerten die Straßen und Gebäude in der Gluthitze. Nicht gerade der beste Tag, um durch die Gegend zu laufen und Detektiv zu spielen. Die drückende Schwüle machte mich echt fertig. Selbst die leichte Briese fühlte sich an wie ein riesiger schwitzender Hund, der einen anhechelte. Ich wollte einfach nur weg.

»Siehst du was?«, fragte ich, nur um irgendwas zu sagen. Diana starrte durch das Fernglas auf den Garten hinunter. Ich wünschte, ich hätte den Mut gehabt, den Arm um sie zu legen. Die Atmosphäre zwischen uns war nicht direkt kühl – aber irgendwie freundlich distanziert. Langweilig.

»Nö.« Sie hielt mir das Fernglas hin. »Willst du mal?«

Ich spähte pflichtschuldig durch die Linsen und drehte 
an dem Rädchen herum, bis das Bild scharf wurde. Genau wie ich es erwartet hatte. Ich sah Mülleimer und eine

Wäscheleine, alles superspannend in Multicolor und Nahaufnahme. Oh Mann, reichte es nicht langsam?

»Ziemlich ruhig da unten«, sagte ich zögernd. Ich sah weiter durch das Fernglas, aber ich spürte, dass Diana sich umgedreht hatte und mich ansah.

»Weißt du was? Ich hab das Gefühl, du willst die gar nicht erwischen«, sagte sie.

»Doch, klar. Schon«, versicherte ich ihr hastig. »Ich glaub nur nicht ...« Ich beendete meinen Satz nicht. Mir war heiß und ich hatte Durst und plötzlich kotzte mich mein ganzes beschissenes Leben einfach nur an. Ob ich nun zu Hause saß und die vier Wände meines Zimmers anstarrte oder auf dieser bescheuerten Fußgängerbrücke stand, machte eigentlich keinen Unterschied für mich. »Ich komme mir nur einfach total blöde vor, hier oben zu stehen und in einen Garten runterzuglotzen, in dem sich absolut nichts tut«, sagte ich gereizt. »Der Typ, den du auf meinem Skateboard gesehen hast, hat es wahrscheinlich noch nicht mal selbst gestohlen. Vielleicht ist er total unschuldig ... und selbst wenn er der Dieb wäre. Wie sollen wir es ihm denn beweisen? Vielleicht haben sie die anderen Sachen längst verkauft und ... und ich brauch jetzt was zu trinken!«

»Okay, okay. Dann warten wir eben ein paar Stunden und kommen dann noch mal her.«

»Wie? Heute Abend, meinst du?«



»Ja klar, warum nicht? Abends ist es sowieso besser.«

»Äh ...« Sie hatte mich eiskalt erwischt. »Finde ich nicht.«

»Wieso?« Sie grinste. »Hast du etwa Angst im Dunkeln?«

Bevor sie noch etwas sagen konnte, drehte ich mich um und ging auf das Einkaufszentrum zu. Verdammt, ich war ein Idiot. Sie sollte doch nichts von dem wunden Punkt in meinem Leben erfahren – von meiner Angst vor der Dunkelheit. Ich ging die Stufen auf der anderen Seite der Fußgängerbrücke hinunter und versuchte dabei die schlimmste Erinnerung meines Lebens abzuschütteln. Aber es funktionierte nicht. Sie lauerte tief in meinem Inneren in der übrigen Schlacke. Jederzeit bereit an die Oberfläche zu kriechen, wenn ich am wenigsten mit ihr rechnete. Und ich war machtlos.

Als ich ungefähr sieben war, waren wir bei unseren Cousins zu Besuch, die auf einer Farm in Gippsland wohnten. Sie waren auch drei Brüder wie wir, bloß etwas älter. An dem bewussten Tag waren noch ein paar andere Jungs von einer Nachbarfarm rübergekommen, sodass wir eine richtig große Bande waren. Ich war der Jüngste und weiß noch genau, dass ich unbedingt bei ihren wilden Spielen mithalten wollte. Ich konnte nicht wissen, dass der größte der Jungs – mein Cousin Vince – der geborene Tyrann und Sadist war. Zuerst schlug er vor, unten am Bach zu spielen, wo er uns in zwei gegnerische Banden aufteilte, die sich mit Stöcken und unreifen Pflaumen aus dem nahe gelegenen Obstgarten bekämpften. Im Lauf des Tages rückten wir näher zum alten Scherschuppen vor, der nur noch selten benutzt wurde. Die umliegenden Höfe waren ideal dazu geeignet, sich darin zu verbarrikadieren. Jedenfalls waren sie ideal, solange man auf der Gewinnerseite war.

Vince ließ uns alle gegeneinander antreten. Ständig wurde irgendwer eingekreist und gefangen genommen – was eine Zeit lang großen Spaß machte, bis es dann zu brutal wurde. Ich hatte Vince mehrmals volle Pulle mit Pflaumen erwischt, als er plötzlich hinter mir herrannte, mich einfing, über die Schulter warf und den anderen zurief, er würde mich jetzt einsperren, um dann später wiederzukommen und mich zu töten. Das hielten alle für einen genialen Witz und lachten sich schlapp, während ich von Vince kreischend und zappelnd die Stiege zum Scherschuppen hinaufgeschleppt wurde. Er setzte mich drinnen auf dem Boden ab, machte die Tür zu und schob den Riegel vor.

Eine Zeit lang war es okay. Ich hörte die Rufe der anderen, die draußen weiterspielten, und an die Geschichte von Old Mal und dem Schuppen glaubte ich sowieso nicht. Old Mal war ein Schafscherer gewesen, der sich 1953 angeblich an einem Dachbalken im Scherschuppen erhängt hatte, nachdem er wegen fünf Dollar einen Mord begangen hatte. Dad hatte mir gesagt, die Geschichte sei bestimmt erfunden oder zumindest schwer übertrieben. Doch als das Geschrei abebbte und es im Schuppen immer dunkler wurde, bekam ich Zweifel. Anders ausgedrückt, ich bekam Panik. Ich würde für immer in diesem Schuppen bleiben müssen. Sie hatten mich vergessen. Als die Stimmen der anderen verklungen waren, begann ich, um Hilfe zu schreien. Ich hämmerte mit den Fäusten gegen die Wellblechwände dieses zugigen, stinkenden Scherschuppens, brüllte und betete.

Irgendjemand musste sich doch fragen, wo ich geblieben war. Die Fenster waren winzig und lagen hoch. Schmale Streifen dämmrigen Abendlichts malten merkwürdige Muster auf die vom Wollfett speckigen Planken und allmählich senkte sich eine beängstigende Stille über alles. Ich war sieben Jahre alt, gefangen in diesem Schuppen und niemand kam mich holen.

Als ich meine eigenen Atemzüge und schlurfenden Schritte in der unheimlichen Stille nicht mehr ertragen konnte, begann ich verzweifelt nach einer Möglichkeit zur Flucht zu suchen. Aber zu den Fenstern kam ich nicht hoch, alles war verschlossen, keiner der Riegel ließ sich bewegen. Dunkelheit machte sich breit. Die schwarzen Schatten in den Ecken und um die riesigen Wollpressen und die aufgestapelten Säcke herum wuchsen. Im Laufe der Minuten, die sich zu Stunden dehnten, nahmen die Dinge um mich herum ein gruseliges Eigenleben an. Die Maschinen verwandelten sich in mittelalterliche Folterinstrumente, die Kisten und Wollballen wurden zu Särgen voller Leichen. Irgendwann kauerte ich mich wieder in die Ecke neben der Tür und wartete nur noch. Der Scherschuppen stand auf Pfählen. Ich spähte durch die Ritzen in den Planken auf die darunter liegende Schafscheiße hinunter, und versuchte mich damit zu trösten, dass Mum und Dad bald merken würden, dass ich nicht da war. Sie würden schon nicht ohne mich nach Hause fahren.

Und dann erwachte Old Mal zum Leben. Riesenhaft und unglücklich schaukelte er mitten im Raum an seinem Seil hin und her und sah mich mit einem glühenden Auge an.

War das Lachen oder Wimmern, was ich da hörte? Ein dumpfes Quietschen brachte mich auf den Gedanken, dass er vielleicht nicht nur Schmerzen hatte, sondern auch zornig war. Dass Old Mal nichts weiter war als zwei leere Wollsäcke, die an einem Nagel hingen und hin und her schwangen, sobald ein Windstoß durch die Bodenritzen fegte, wurde mir erst sehr viel später klar. Ich kauerte in meiner Ecke, mir war speiübel vor Angst und ich glaubte fest daran, dass vor mir ein Mörder am Strick baumelte, der gerade einen entsetzlichen Tod starb.

Ich weiß nicht, wie lange ich dort hockte, aber irgendwann kam Frank mich holen. Die anderen waren wieder zum Fluss gegangen, als ihnen plötzlich auffiel, dass ich immer noch fehlte. Ich hatte mir inzwischen in die Hosen gemacht und zitterte am ganzen Körper.

»Na komm, Jacko«, sagte Frank. »Du brauchst keine Angst mehr zu haben. Tut mir echt Leid, dass wir dich vergessen haben.«

»Will Vince mich noch umbringen?«, flüsterte ich. Nicht dass mir das zu diesem Zeitpunkt noch etwas ausgemacht hätte. Ich war so erleichtert, nicht die ganze Nacht bei Old Mal verbringen zu müssen, dass mir meine Ermordung durch Vince im Vergleich dazu harmlos erschien.

»Quatsch.« Frank lächelte. »Der spinnt doch. Wir fahren jetzt nach Hause.«

Wenn ich mich daran erinnere, frage ich mich manchmal, ob der Frank von damals derselbe Frank war wie heute. Er tröstete mich, wusch mich am Wasserhahn und führte mich an der Hand zum Haus zurück, wo sich Mum dann weiter um mich kümmerte. Das werd ich ihm nie vergessen. In den allerschwärzesten Momenten, in denen ich von seinem Tod fantasiere, stimmt mich die Erinnerung an diesen Tag etwas gnädiger. Besänftigt mich.

Aber sie hilft mir nicht gegen meine Angst vor der Dunkelheit.

Diana holte mich ein. Wir überquerten die Straße und gingen auf das Einkaufszentrum zu.

»Du bist ja ganz schön launisch«, sagte sie leise.

Ich wollte gerade einen Witz darüber machen, dass ich da ja wohl nicht der Einzige war, schwieg aber, weil mich diese vollkommen neue Einschätzung meiner Persönlichkeit ganz schön erstaunte. War ich launisch? So hatte ich mich nie gesehen. Launisch waren Leute wie Frank und so wie er wollte ich auf gar keinen Fall sein. Trotzdem musste ich zugeben, dass Franks Launenhaftigkeit ihm auch eine gewisse Macht verlieh, die bisweilen etwas für sich hatte. Launisch sein, bedeutete rumbrüllen, den eigenen Kopf durchsetzen und andere Leute tyrannisieren zu können. Ich zuckte mit den Schultern. Naja, so toll war das irgendwie auch nicht.

»Ich weiß nicht«, sagte ich. »Ich glaub eigentlich nicht, dass ich launisch bin. Sollen wir da drinnen was trinken?«

Es war kühl in der Milchbar. Kühl und ziemlich überfüllt. Wir stellten uns an die Theke und warteten darauf bedient zu werden. Irgendwann kam ein Mädchen in unserem Alter zu uns, das Diana lächelnd zunickte und unsere Bestellung aufnahm. Wir setzten uns auf Hocker am Fenster, ich mit einem Shake und Diana mit ihrer Dose Cola. Außerdem hatte ich eine Tüte Chips für uns beide gekauft.

Ich riss die Chips auf. »Kanntest du die aus der Schule?« Ich nickte in Richtung des Mädchens, das uns bedient hatte.

»Ja.« Sie guckte nachdenklich. »Melissa. Sie ist ganz okay. Ganz nett.«

Ich war neugierig. Wieso fand Diana sie zwar okay und nett, aber anscheinend nicht so okay und nett, dass sie sich mit ihr unterhalten hätte?

»Wie?«, hakte ich nach. »Wart ihr zwei befreundet, oder was?«

»Nö, eigentlich nicht.«

»Hattest du überhaupt irgendwelche Freunde an deiner letzten Schule?«

»Keine richtigen.«

Ich nickte und hätte gern mehr gehört. Aber anscheinend war ich schon zu weit gegangen. Sie starrte mich angriffslustig an, als wollte sie mich warnen, keine einzige bescheuerte Frage mehr zu stellen. Dann drehte sie sich weg und guckte aus dem Fenster. Und das genügte mir – dieses unmerkliche Schulterzucken und das trotzig vorgestreckte Kinn, das mir sagte: *Frag doch so viel du willst. Ich sag dir sowieso nur, was mir passt* –, um mich wieder in sie zu verlieben. Das Gefühl hatte ein paar Tage geruht und war jetzt plötzlich wieder erwacht, unerwartet heftig. Wie eine Flamme, die sich durch mich hindurchfraß. Der klare Blick, mit dem Diana mir direkt in die Augen sah … die Sommersprossen auf ihrer Nase, die verrückten kleinen Schmetterlings-Clips in ihrem Haar … *Wer bist du eigentlich, Diana?*, schoss es mir durch den Kopf.

Dann überfiel mich auf einmal Panik. Und wenn sie nun einfach wieder aus meinem Leben verschwand? Ohne dass ich überhaupt die Chance gehabt hatte, sie kennen zu lernen? Noch nie zuvor hatte mich ein Mensch so sehr fasziniert wie sie.

Verzweifelt durchforstete ich meinen Kopf nach irgendeinem normalen Gesprächsstoff. Ich fühlte mich wie im Jahr zuvor, als ich in der Apollo Bay auf meinem Boogie-Board voll von einer Riesenwelle erwischt worden war und geglaubt hatte, ertrinken zu müssen. Ich wollte mich aber nicht so fühlen. So als hätte es mir den Boden unter den Füßen weggerissen. Diana kam mir irgendwie allein vor. Auf eine merkwürdige Art allein, die mir Angst machte und mich gleichzeitig zu ihr hinzog. War sie einsam? Ich weiß es nicht. Jedenfalls ertrug ich die Vorstellung nicht, sie könne sich allein fühlen, keine Freunde haben. Tja, ich wollte sie wohl irgendwie retten.

»Also gehen wir heute Abend noch mal zu dem Haus zurück?«, fragte ich mit dem Mut der Verzweiflung. »Falls keiner zu Hause ist, könnten wir uns ja ein bisschen umsehen.« Plötzlich schämte ich mich dafür, vorhin so genervt gewesen zu sein. Sie wollte Detektivin spielen? Na und – warum gönnte ich ihr den Spaß nicht? War doch nichts dabei. Außerdem würde es mir vielleicht helfen, über diese Angst vor der Nacht hinwegzukommen. Und es war ja schließlich nicht so, als hätte ich tausend andere Sachen zu tun. Ich zog das kleine Notizbuch hervor, das sie mir gegeben hatte. Wir konnten die Sache ja zum Spiel umfunktionieren. Ich beschloss, einen Gag draus zu machen.

»Da, guck mal«, sagte ich, schlug das Buch auf der ersten Seite auf und hielt es ihr hin. »Lies das mal durch. Meinst du, ich hab den Hund richtig beschrieben?«

Sie nahm das kleine Buch zwischen ihre schmalen weißen Finger und schaute auf die Seite hinunter. Aber ich sah genau, dass sie nicht wirklich las.

»Willst du's nicht nachprüfen?«, witzelte ich lahm.

»Kann ich nicht.«

»Wie meinst du das? Hey, ich hab letztes Jahr an meiner Schule den Kurzgeschichtenwettbewerb gewonnen. Die Jury war total hin und weg von meinen genialen Beschreibungskünsten!«

»Ich kann nicht lesen«, sagte sie und starrte aus dem Fenster.

»Was?« Ich glaubte ihr nicht. Jeder kann lesen. Lesen ist wie ... atmen. Mum erzählt immer, dass ich und meine Brüder lesen konnten, bevor wir in die Schule kamen. Solange ich zurückdenken kann, kann ich lesen.

»Na, was ich gerade gesagt hab. Ich kann *nicht* ... lesen.«

»Ohne Scheiß?«, fragte ich leise. Ich dachte an die Geschichte mit der Zeitung im Schwimmbad und der Schlagzeile am Zeitschriftenkiosk.

»Du meinst ... überhaupt gar kein bisschen?«



Sie lief knallrot an und biss sich auf die Unterlippe. »Ich muss gehen«, sagte sie und rutschte langsam vom Hocker. »Ich muss nach Hause.«

Ich trat hinter Diana in den heißen, grauen Tag hinaus. Die Wolken waren herangezogen, während wir in der Milchbar gesessen hatten. Die grauen Riesenwattebäusche hatten sich in einen Baldachin aus Schiefertafeln verwandelt, der über uns hing. Der Regen konnte nicht weit sein. Er war schon in der Luft zu spüren. Schweigend schlenderten wir an den Schaufenstern vorbei.

Wie war es wohl, nicht lesen zu können? Konnte sie gar nicht lesen oder bloß keine längeren Wörter? Vielleicht ja Straßenschilder, aber keine klein gedruckten Zeitungsartikel. Mir lagen alle möglichen Fragen auf der Zunge. *Wenn du nicht lesen kannst, kannst dann auch nicht schreiben? Und wie ist das mit dem Unterschreiben? Deinen Namen kannst du doch sicher schreiben. Oder zumindest erkennen …? Fandest du es deshalb so schrecklich in der Schule? Wie bist du in all den Jahren überhaupt im Unterricht mitgekommen? Vielleicht stimmt was nicht mit deinen Augen?*

Als ich sie ansah, erstarben mir die Fragen im Mund. Ich spürte, das ich sie nicht stellen konnte. Diana presste die Lippen aufeinander und starrte beim Gehen blicklos ins Leere wie ein Zombie. Ich hätte gern ihre Hand genommen. Ich wollte auf keinen Fall, dass es zwischen uns wieder so ungemütlich wurde wie an dem Tag im Schwimmbad.

Während wir so die Straße hinuntergingen, kam mir auf einmal eine Eingebung. *Mensch, sag was. Frag nicht – sag einfach was*. Ich glaube, das war ausnahmsweise mal die richtige Entscheidung.



»Ist mir egal«, sagte ich. »Ist mir scheißegal, ob du lesen kannst oder nicht.«

Sie ging langsamer und blieb dann ganz stehen.

»Ich will trotzdem ... Sachen mit dir machen«, sagte ich ins Blaue hinein und hoffte, dass meine Worte in die richtige Richtung zielten. »Wenn ... wenn du willst.«

»Doch«, brummte sie. Ihre Stimme klang rau. »Doch, ja.«

Also, diese Stimme ging mir echt nahe. Sie traf mich irgendwo tief in mir drin, an einer Stelle, von der ich noch nicht mal gewusst hatte, dass es sie gab. Wahrscheinlich war es mein Herz oder so. In dem Moment verstand ich, dass sie erwartet hatte, ich würde sie für oberdoof erklären. Sie auslachen oder blöde Fragen stellen. (Was ich ja beinahe getan hätte.)

»Hey, wieso sollte mir das auch was ausmachen?«, sagte ich. »Wir hatten ja nicht vor zusammenzuhocken und Bücher zu lesen, oder?«

»Nein.« Sie lächelte. Sah fast bedauernd aus. Mir kam der leise Verdacht, dass sie rumsitzen und Bücher lesen insgeheim vielleicht ganz okay finden würde. Sogar richtig cool.

Wir gingen schweigend weiter und hielten uns dabei an den Händen. Ich fühlte mich gut, weil ich die Wahrheit gesagt hatte – es war mir wirklich egal, ob sie lesen konnte oder nicht. Und ich glaube, das spürte sie.

Es war sehr heiß und wir waren fast am Ende der Einkaufspassage angelangt.



»Ich hab's irgendwie nie hinbekommen«, sagte sie plötzlich. »Keine Ahnung wieso nicht.«

»Das lernst du schon noch«, sagte ich zuversichtlich und

zufrieden damit, wie sich die Dinge entwickelt hatten. »Bestimmt.«

Da entdeckte ich Frank auf der anderen Straßenseite vor dem Schaufenster eines Secondhand-Ladens. Ehrlich gesagt war ich etwas geschockt, ihn zu sehen. Eigentlich ging Frank tagsüber nur raus, wenn es unbedingt sein musste. Er trug schwarze Jeans und ein lila T-Shirt und hatte die dünnen, bleichen Arme vor der Brust verschränkt. Er sah wie immer sehr cool aus, aber irgendwie wirkte er auch einsam und verloren, wie er da stand und ins Schaufenster starrte. Plötzlich drängte es mich, über die Straße zu gehen, ihn an der Schulter zu berühren und Hallo zu sagen, aber das machte ich natürlich nicht.

»Da drüben steht dein Bruder«, sagte Diana, die ihn auch gesehen hatte.

»Ja.«

»Sollen wir zu ihm hin?«

»Muss nicht sein.« Ich schüttelte den Kopf. Er hatte uns nicht bemerkt und ich nahm nicht an, dass er besonders begeistert wäre, von mir belästigt und gestört zu werden. Beim Schauen oder Nachdenken oder was immer er da machte. »Komm, gehen wir weiter.«

Aber in diesem Moment drehte sich Frank um und sah uns. Er legte sich eine Hand über die Augen und blinzelte, als müsste er auch zweimal hinschauen. Etwas verlegen ließ ich Dianas Hand los und winkte halbherzig rüber.

Diana steckte zwei Finger in den Mund und ließ einen schrillen Pfiff los.



»Hallo!«, schrie sie.

»Kommt doch rüber.« Er winkte uns lustlos zu sich. Typisch. Frank würde sich natürlich niemals dazu herablassen auf unsere Straßenseite zu kommen. Wir ließen zwei Autos an uns vorbeifahren und überquerten dann die Straße. Die Aussicht, Diana und Frank einander vorstellen zu müssen, machte mich etwas nervös. Beide waren ziemlich eigen. Wie sie sich gegenseitig wohl finden würden?

Ich hätte mir keine Sorgen machen müssen. Nachdem er ihr schnell mal unfreundlich zugenickt hatte, ignorierte Frank Diana mehr oder weniger.

»Das musst du dir anschauen, Jack«, sagte er. »Du wirst es nicht glauben.«

Irgendwas war los. Franks Gesicht wirkte noch verkniffener als sonst und um einen Mundwinkel zuckte es leicht, als würde er gleich nach jemandem schnappen oder anfangen zu weinen. Er ballte und öffnete immer wieder die Fäuste, wie ein Boxer vor dem Kampf.

»Was denn?«

»Da.« Er zeigte auf das Schaufenster. »Schau dir das an!«

Da standen sie. Alle beide. Franks ein Meter hohe Lautsprechertürme. Wenigstens sahen sie aus wie seine. Ich war das ganze vergangene Jahr kaum in seinem Zimmer gewesen, weshalb ich seine Anlage nicht so genau kannte. Aber sie sahen auf jeden Fall aus wie seine. Die Größe stimmte. Die Marke auch.

 »Bist du dir sicher, dass es deine sind?«, fragte ich.

»Klar.« Er zeigte auf ein halbes Dutzend winziger Metallic-Herzchen, die an der Seite einer Box klebten. »Siehst du die? Diese Idioten sind noch nicht mal darauf gekommen, sie abzumachen.«

»Und jetzt?«, fragte ich. »Gehst du zur Polizei?«

»Keine Ahnung.« Frank wischte sich die Hände an seiner Jeans und wippte nervös auf den Fußballen auf und ab. »Kann gut sein, dass die da drin auch meine anderen Sachen haben. Vielleicht geh ich nicht zur Polizei, sondern sag denen einfach, dass das meine Boxen sind. Die geben mir meinen Kram wieder und ... das spart 'ne Menge Zeit und ...« Er ließ den Satz unbeendet und guckte sich besorgt um.

Ich nickte. Ich war es so wenig gewohnt mit ihm zu reden, dass ich nicht wusste, wie ich ihm sagen sollte, dass das so ungefähr die blödeste Idee war, die ich je gehört hatte. Aber die Aktion war typisch Frank. Er konnte es nicht ertragen, auf irgendwas warten zu müssen.

»Und du glaubst, die geben dir deine Sachen einfach so wieder?«, fragte Diana. »Wieso sollten sie?«

Frank guckte genervt. »Das wär auf jeden Fall für alle das Einfachste«, sagte er düster.

»Ja, aber Frank.« Ich schüttelte den Kopf. »Schalt doch mal dein Hirn ein. Es ist ziemlich unwahrscheinlich, dass die alles einfach so zugeben.«

Als er tief Luft holte und begann sein T-Shirt in die Jeans zu stopfen, wurde mir klar, dass er seinen Entschluss schon gefasst hatte. Er wollte seine Boxen wiederhaben – sofort – und versuchte wie ein ernst zu nehmender Verhandlungspartner auszusehen. Anscheinend hatte er vergessen, wie freakig er ansonsten aussah – mit seiner weißen Haut, den blondierten Haaren, die ihm strähnig ins Gesicht hingen, und den Ringen in Nase und Augenbraue. So würde er den Besitzer des Ladens garantiert nicht beeindrucken.

»Ihr kommt mit. Beide«, befahl er und ging auf die Ladentür zu. »Als Zeugen.«

Diana nickte sofort und kramte die Kamera aus dem Rucksack. Ich stöhnte innerlich auf. *Also los, bringen wir es hinter uns.*

Es dauerte eine Weile bis sich unsere Augen an das Dämmerlicht im Laden gewöhnt hatten. Es war nur ein kleines Geschäft, das von oben bis unten mit Gerümpel voll gestopft war. Garderobenständer und diese verchromten Plastikstühle, die in den Fünfzigerjahren jeder hatte, stapelweise nicht zueinander passendes Geschirr, Kisten voll zerfledderter Bücher, alte Plattenspieler, Sturmlaternen, angeschlagene Vogelfigürchen und niedlich knicksende Mädchen aus Porzellan. Ich bin ja kein Experte, aber das meiste sah doch ziemlich wertlos aus. Ich ging hinter Frank her auf die Theke im hinteren Bereich des Ladens zu, wo ein alter glatzköpfiger Mann saß, der eine graue Latzhose trug und im gelben Licht einer Lampe irgendetwas reparierte. Diana blieb neben der Tür stehen.

»Stanley!«, brüllte der Typ, ohne aufzuschauen. »Kundschaft!«

»Okay«, bellte eine Männerstimme. »Bin gleich da.« Wir warteten nervös und sahen dem Mann zu, der an einer kleinen goldenen Taschenuhr rumschraubte. Er stieß immer mal wieder ein tiefes unzufriedenes Grunzen aus, als würde ihn sein ganzes Leben tierisch ankotzen. Ich sah mich um. Der hintere Bereich des Ladens war anscheinend für die wertvollere Ware reserviert. In der Vitrine des Ladentisches waren Uhren, Handys und Schmuckstücke ausgestellt. Daneben standen breite Regale voller CDs, die ordentlich sortiert waren – Klassik, Country & Western, Pop.

Plötzlich tauchte zwischen den CD-Regalen ein großer Mann in Shorts und blauem Trägershirt auf. Stanley. Seine Hände waren mit Motorenöl verschmiert und er schien nicht besonders begeistert darüber, bei seiner Arbeit unterbrochen worden zu sein.

»Ja, bitte?«, sagte er und rang sich ein schiefes Lächeln ab, machte sich aber nicht die Mühe, die zwei Stufen zur Ladentheke herunterzukommen.

»Es geht um die Lautsprecher da vorne«, sagte Frank mit belegter Stimme und deutete aufs Schaufenster. »Die gehören mir.«

Ich muss zugeben, dass ich stolz auf meinen Bruder war. Ich behaupte nicht, dass es vernünftig war, was er da tat – aber es war mutig, sich vor den riesigen Typ hinzustellen und seinen Text abzuspulen. Ich weiß, dass ich Schiss bekommen und nichts gesagt hätte.

»Und da bist du dir sicher?« Der Mann kam eine Stufe runter. Ich trat automatisch einen Schritt zurück, aber Frank blieb stehen.

»Ja«, sagte Frank. »Und ich will wissen, ob Sie auch meine anderen Sachen hier haben. Ein Mischpult, Plattenspieler und *tausende* von Platten und CDs. Das ist mir letzte Woche alles geklaut worden.«



Zum ersten Mal blickte der alte Mann auf und sah uns an. »Wie kommst du drauf, dass wir die Sachen haben?«

»Weil Sie auch meine Lautsprecher haben«, fauchte Frank, als hielte er die Frage für ziemlich bescheuert. »Woher haben Sie die denn?«

Die beiden Männer guckten sich an. Dann kam Stanley ganz die Treppe herunter und stellte sich neben den alten Glatzkopf.

»Hör mal, Junge. So was kann schon mal vorkommen«, sagte er mit superschleimiger Stimme, als wären er und Frank beste Freunde. »Ich weiß zwar nicht, ob es in deinem Fall wirklich so ist, aber …«

»Es sind meine!«, unterbrach Frank ihn mit fester Stimme.

»Es kommt schon mal vor, dass jemand, der uns etwas anbietet, nicht … verlässlich ist«, sagte Stanley. »Unsere Ware stammt aus allen möglichen Quellen: Auktionen, Nachlässen … Vielleicht sagst du mir erst mal, wie du heißt?« Er nahm einen Kuli und schlug einen Schreibblock auf, der auf der Theke lag.

Frank zögerte – aber nur einen kurzen Moment lang. »Frank Lightfoot.«

»Adresse?« Stanley runzelte die Stirn, während er sich alles in ordentlichen Blockbuchstaben notierte.

Auch diesmal zögerte Frank einige Sekunden, bevor er Stanley unsere Adresse und dann auch noch unsere Telefonnummer nannte. Wahrscheinlich überlegte er sich, ob dieser Typ ihm seine Sachen vielleicht nach Hause liefern würde oder so.



»Ich will nur wiederhaben, was mir gehört«, wiederholte Frank. »Mehr nicht.«

»Ja, ja«, sagte der Typ, der weiter schleimig grinste. »Wir werden sehen, was sich tun lässt.«

»Also, wann kann ich damit re…«

»Ich kümmere mich drum und melde mich dann bei dir«, fiel Stanley ihm ins Wort. »In den nächsten Tagen.«

Die Typen versuchten uns nur abzuwimmeln, das sah doch ein Blinder. Ich hatte keinen Nerv mehr zu bleiben. Ich stieß Frank an, weil ich sofort wegwollte, nach Hause, zur Polizei, egal. Diana stand immer noch in der Nähe der Tür, hatte aber alles mitbekommen. Mir ging kurz durch den Kopf, dass sie vielleicht mit dem Gedanken spielte, in den Laden einzubrechen. Sie fuhr mit den Händen über die Lautsprecher und untersuchte sie, als wolle sie sie kaufen – oder klauen.

»Das waren meine Sachen!« Frank blieb stur. »Ich hab vier Jahre gespart, bis ich alles zusammenhatte und dann kommt einer und klaut mir alles. Das ist doch eine Schweinerei.«

»Ich sag dir doch, wir prüfen die Sache nach und rufen dich so bald wie möglich an.« Stanley seufzte sichtlich gelangweilt.

»Was gibt's da noch nachzuprüfen?«, fragte Frank.

Plötzlich hörte ich es Klicken und ein Blitzlicht zuckte auf. Wir fuhren herum. Diana hatte ein Foto gemacht. Von den Boxen. Sie trat ein paar Schritte zurück und machte gleich noch eins.

»Was soll das?« Stanleys Lächeln verschwand. »Gib mir die Kamera, ja?«, sagte er und streckte die Hand danach aus. Er versuchte gelassen zu wirken, was ihm aber nicht gelang. »Du kannst hier nicht einfach reinkommen und Fotos machen.«

»Und wieso nicht?«, rief Diana. Sie stand direkt neben der Tür, konnte also jederzeit wegrennen.

Es war Stanley anzusehen, dass er daran dachte, über die Theke zu hechten und sich Diana zu schnappen, aber er ließ es bleiben. Wahrscheinlich hatte er bei dieser Hitze keine Lust auf eine Verfolgungsjagd durch die Straßen.

»Was bildest du dir ein?«, brüllte der Glatzkopf Diana an.

»Geht Sie gar nichts an«, sagte sie frech und machte noch ein Foto. Einen Moment lang sagte niemand etwas. Die beiden Männer sahen sich an.

Der Alte betrachtete Diana plötzlich mit zusammengekniffenen Augen. »Das ist doch die Kleine von John«, sagte er.

»Ach was?« Stanley schien interessiert. »Was hast du denn hier zu suchen? Weiß dein Alter, dass du hier bist?«

»Kann Ihnen doch egal sein.«

Mit diesen Worten schlüpfte Diana aus dem Laden auf die Straße hinaus.

Wir sahen uns wortlos an.

»Ich sage Ihnen eins – wenn ich in den nächsten zwei Tagen nichts von Ihnen höre …«, Frank ging schon mal auf die Tür zu, »dann gehe ich zur Polizei.«

»Das muss wirklich nicht sein, Frank«, sagte Stanley.

»Wir kümmern uns um die Sache.«

»Na gut, aber tun Sie's auch«, sagte Frank.

»Ich weiß ja jetzt, wie du heißt und wo du wohnst, vergiss das nicht«, sagte Stanley mit leiser Stimme und sah auf den Zettel mit Franks Namen und Adresse.

»Und?«, sagte Frank mutig. Ich hatte den drohenden Unterton in Stanleys Stimme gehört, war mir aber nicht sicher, ob Frank ihn auch gehört hatte.

»Ich kann keinen Ärger gebrauchen, Frank«, fuhr Stanley mit geheuchelter Freundlichkeit fort. »Lass die Polizei aus dem Spiel. Wir werden uns schon einig, verstanden?«

Frank sah ihn schweigend an.

»Ich kann wirklich im Moment keinen Ärger gebrauchen«, wiederholte Stanley. »Ich weiß, wie du heißt, und ich weiß, wo du wohnst, okay?«

»Ich will nur meine Sachen zurück. Ich will n...«

Stanley ging an uns vorbei zur Tür und hielt sie uns auf. »Ich melde mich bald bei dir, Frank.«

Uns blieb nichts anderes übrig als zu verschwinden. Ich folgte Frank nach draußen in die brütende Hitze. Hinter uns knallte die Tür zu.

Ich sah Frank nicht an, als wir wieder draußen im Tageslicht standen, aber ich spürte, wie demütigend das für ihn gewesen war. Die Schmach drang ihm wie Schweiß aus allen Poren. Wir blieben unschlüssig stehen.

Ein schriller Pfiff ließ uns zusammenzucken. Diana stand auf der anderen Straßenseite vor einem Geflügelladen. Sie winkte.

»Wer ist das eigentlich?«, fragte Frank mit Blick zu Diana.



»Eine Freundin«, murmelte ich. Mehr wollte ich ihm nicht über sie sagen.

»Und wieso haben die Typen da drin sie gekannt?«, fragte er und nickte in Richtung Laden.

Ich zuckte mit den Schultern. Das hätte ich selbst gern gewusst, aber ich hatte keinen Bock mit Frank darüber zu reden. »Was willst du jetzt machen?«

»Tja, keine Ahnung«, sagte er.

»Sprich doch mal mit Dad«, schlug ich vor. »Vielleicht hat er eine Idee.«

»Der würde alles doch nur noch komplizierter machen«, schnaubte Frank. »Wie immer!«

Das war ungerecht, aber jetzt war nicht der Moment, um Dads Loblied zu singen. Trotzdem war ich mir sicher, dass er wahrscheinlich viel besser als wir wusste, was in so einem Fall zu tun war.

»Also, kein Wort zu ihm oder Mum, kapiert?« Frank zog eine einzelne Zigarette aus der Hosentasche.

»Ja, geht klar«, seufzte ich. *Würde ich doch nie tun.* Frank zündete seine Kippe an, wir warteten auf eine Lücke zwischen den Autos und gingen dann zu Diana, die vor dem Geschäft an der Mauer lehnte.

»Zwecklos, was?«, sagte sie und sah von mir zu Frank.

»Hmmm.« Frank räusperte sich und guckte auf seine Schuhe. »Sag mal, wieso kannten die dich?«

»Ach, die kennen meinen Vater von irgendwoher.« Sie guckte gelangweilt zur Seite. »Ich hab sie ein-, zweimal gesehen.«



»Hm, okay. Dann geh ich mal wieder.« Frank drehte sich um. »Danke fürs Mitkommen.«

»Kein Problem.« Ich wollte mir nicht anmerken lassen,

wie baff ich war. Frank bedankte sich bei uns! Das hatte was zu bedeuten, ganz klar. Wahrscheinlich fand er Diana doch ganz cool. Ich sah ihn an, wie er da stand, auf seine Füße starrte und dann in die Ferne, als würde er über irgendwas Wichtiges nachgrübeln.

»Du, sag mal, wenn dein Vater die Typen kennt«, meinte er dann zu Diana. »Vielleicht könnte er mit ihnen reden ... kannst ihm ja mal von den Boxen erzählen und ...«

Aber sie unterbrach ihn. »Nee, das geht nicht. Ich hab gar nichts mehr mit ihm zu tun.«

»Mit deinem Vater?«

»Ja.« Diana runzelte die Stirn. »Ich seh ihn kaum noch. Fast nie.«

»Oh.«

»Er ist der volle Loser.«

»Ach so.«

»Aber wenn die Sachen dir gehören«, sagte Diana. »Dann musst du dafür sorgen, dass du sie wiederkriegst.«

»Hmm.«

»Also, wie geht's jetzt weiter?«, fragte sie, nachdem wir uns schweigend angesehen hatten. Anscheinend wollte sie, dass Frank dablieb und mit uns über die Sache redete und das gefiel mir gar nicht. Er passte altersmäßig viel besser zu ihr. *Vielleicht steht sie ja auf ihn.*

»Weiß ich noch nicht.« Frank schob die Hände in die Taschen. »Na gut – ich geh dann mal«, sagte er. »Bis später.«



Wir sahen ihm hinterher und dann drehte sich Diana zu mir um.

»Ziemlicher Muffel, was?«, sagte sie grinsend und hakte sich bei mir unter.

»Ja.« Ich war erleichtert. Erstens, weil ich Frank los war und zweitens, weil sie nichts dagegen zu haben schien wieder mit mir allein zu sein.

»Wie hältst du das aus?«

»Weiß ich auch nicht.«

»Sollen wir noch ins Schwimmbad?«, fragte sie.

»Ja.« Die Aussicht auf Wasser hob meine Laune. Wir machten uns wieder auf den Weg.

»Und nach dem Schwimmen können wir ja überlegen, wie wir ins Haus reinkommen«, sagte sie beiläufig.

»Ins Haus?«, fragte ich. Ehrlich gesagt, hatte ich die ganze Geschichte total vergessen und wohl irgendwie gehofft, ihr ginge es genauso.

»Ja, ich finde, wir sollten trotzdem hin. Vielleicht ist der Rest von euren Sachen da.«

»Und wenn wir geschnappt werden?«, sagte ich und versuchte meine aufsteigende Panik zu unterdrücken. Diana gab keine Antwort und ich merkte, dass diese Möglichkeit in ihrer Planung nicht vorkam.

»Meinst du, dein Bruder weiß schon, was er jetzt machen will?«, fragte sic nachdenklich.

»Keine Ahnung«, sagte ich achselzuckend. »Und wenn, würde er's uns nicht sagen. Garantiert nicht.«



An dieser Stelle möchte ich mal eines klarstellen. Egal was Sean oder Frank vielleicht behaupten und mal von dieser Geschichte mit der Dunkelheit abgesehen: Ich bin *kein*

Weichei. Jedenfalls nicht im normalen Leben. Im Sport werde ich immer auf den harten Positionen aufgestellt, weil ich keine Angst davor habe anzugreifen. Und im Ferienlager hab ich mich als Erster freiwillig für den »Flying Fox« gemeldet und bin in die Seilrutsche eingeklinkt über eine Schlucht gerast und es ging echt verdammt tief runter. Blaugemacht hab ich auch schon. Letztes Schuljahr sogar schon zweimal. Ich bin morgens wie immer in meiner Schuluniform aus dem Haus, hab mich dann auf dem Männerklo im Bahnhof umgezogen und bin mit Ricky in der Stadt ins Kino gegangen. Dass wir beim zweiten Mal erwischt wurden und am nächsten Tag zum Direx mussten, ist eine andere Sache. Was zählt ist, dass ich es *getan* hab. Ich behaupte nicht, der superharte Typ zu sein oder so. Nur dass ich eben keine Angst habe, auch mal was Verbotenes zu machen oder wenigstens auszuprobieren, was geht.

Aber so ein Einbruch in ein Haus, das ist … was anderes. Gefährlicher. Ich weiß nicht. So was würde mir normalerweise nicht einfallen. Außerdem würden meine Eltern mich killen, wenn sie wüssten, dass ich überhaupt nur an so was denke.

Irgendwie reizte es mich natürlich auch. Ich stellte mir vor, was ich Ricky erzählen könnte, wenn er aus Hongkong zurückkam: *Hey, Mann, du saßt vielleicht über Weihnachten in Hongkong in deinem Luxushotel rum und hast an Hummerbeinchen gelutscht, aber ich bin in der Zwischenzeit hier in Häuser eingebrochen*!



Vor allem aber wollte ich vor Diana nicht das Gesicht verlieren. Das war für mich die Hauptsache. An den Einbruch bei uns zu Hause dachte ich schon gar nicht mehr. Im Gegensatz zu Frank hatte ich mich damit abgefunden, dass die Sachen weg waren und wir sie nicht mehr zurückbekommen würden. Tja, blöd gelaufen! Weiter geht's. Das war meine Devise.

»Vielleicht sollten wir das Ganze lieber auf morgen verschieben«, sagte ich zu Diana im Vertrauen darauf, dass die Sache bis zum nächsten Tag sowieso längst vergessen sein würde. Der Einbruch würde als eine dieser versponnenen Ideen, die man manchmal so hat, in die Erinnerung eingehen. Dein Haus wird ausgeräumt, du findest die Schweine, die das getan haben, und bekommst deine Sachen wieder. *Ja, klar!* Du bist dreizehn und knallst den Typen so richtig einen vor den Latz. Hmm, genau. *Supertraum!*

»Na gut«, sagte Diana fröhlich. »Morgen ist auch okay. Komm, dann gehen wir jetzt zu mir, trinken was und gehen dann ins Schwimmbad. Da können wir dann ja alles Weitere planen.«

Aber wir schafften es nicht mehr bis ins Schwimmbad. Fast im selben Moment ging ein Platzregen nieder. Wir rannten die Straße hinunter, hielten uns an den Händen, lachten wie die Verrückten und uns war total egal, dass wir bis auf die Knochen nass wurden.

# 9

»So, da bin ich wieder!« Diana stieß die Tür zu ihrem Zimmer mit einem Tablett auf. Darauf standen zwei Dosen Cola, zwei Becher Kaffee und ein Teller mit Kräckern, Tomatenvierteln, Schinken und Käse.

»Hey – ein Festmahl!«, rief ich begeistert und spürte plötzlich, wie hungrig ich war. Diana stellte das Tablett auf dem Boden ab, setzte sich hin, bestrich die Kräcker mit Butter und schnitt den Käse auf. Ich ließ mich neben sie auf den Knautschsack fallen.

Nachdem wir die Cola in uns reingeschüttet hatten, machten wir es uns mit den dampfenden Kaffeebechern und den Kräckern auf dem Knautschsack bequem.

Es war inzwischen ziemlich dunkel geworden in ihrem Zimmer. Das gleichmäßige Trommeln des heftigen Regens draußen sorgte für eine gemütliche, behagliche Stimmung. Wir saßen nebeneinander, futterten Kräcker, tranken unseren Kaffee und fühlten uns vertraut miteinander, obwohl wir kaum was sagten. Ihre rechte Wade lag an meiner linken. Nach einer Weile hörten wir Türen schlagen und dann gedämpft die Stimmen von Dianas Mutter und Großmutter. Diana erstarrte und lauschte. Die geschäftigen Geräusche verstummten vor ihrer Tür. Sie versteifte sich und rückte von mir ab. Es klopfte zweimal leise.

»Draußen bleiben!«, rief Diana streng.

»Möchtest du was trinken?« Ich erkannte die Stimme ihrer Mutter, die sich jetzt sehr vernünftig anhörte.

»Nein!«, rief Diana ungeduldig.

Die Stimmen unterhielten sich draußen noch eine Weile, man hörte das schnalzende Geräusch von sich entfernenden Flip-Flops und im nächsten Augenblick öffnete sich die Tür einen Spaltbreit. Diana zog scharf die Luft durch die Zähne ein, stellte ihren Becher auf dem Boden ab und richtete sich auf. Als sie ihre Großmutter sah, die den Kopf ins Zimmer steckte, beruhigte sie sich wieder ein bisschen und legte sich auf den Knautschsack zurück.

»Was willst du?«, fragte sie mürrisch.

»Sei nicht so böse zu der armen Mama«, sagte die alte Frau freundlich und winkte mir mit einer Krallenhand freundlich zu. Ich winkte zurück und kam mir dabei wie der letzte Idiot vor. »Sie meint es nicht …«

»Sie spinnt!«, stieß Diana hervor.

»Ich weiß ja, ich weiß.« Die alte Frau kam ins Zimmer. »Aber sie hat nicht so gemeint das …«

»Bitte, Granny«, unterbrach Diana sie. »Lass uns einfach in Ruhe, okay?«

»Okay, okay.« Die Großmutter hielt besänftigend beide Hände in die Höhe, zog sich zurück und schloss die Tür leise hinter sich. Diana sprang auf und begann dann, ihr Bett vor die Tür zu schieben.

»Brauchst du Hilfe?«, fragte ich überrascht. Aber das Bett stand auf Rollen und ließ sich leicht bewegen.

»Weißt du, was ich brauche?«, ächzte Diana, während sie das Bett zur Tür rollte. »Einen Schlüssel für diese Tür!«

»Geht's deiner Mutter denn wieder besser?«, fragte ich, den Mund voll Kräcker. Diana schleppte ein paar alte Ziegelsteine an, die im Kamin gelegen hatten, und deponierte sie vor den Rollen des Betts.

»Na klar!« Diana schnaubte wütend und bückte sich dann, um etwas vom Boden aufzuheben, das an der Stelle lag, wo vorher das Bett gestanden hatte. »Hey!«, sagte sie plötzlich mit völlig veränderter Stimme. »Würdest du …? Hey, Jack, würdest du mir einen Gefallen tun?« Sie klang, als erwarte sie eine Abfuhr.

»Kommt drauf an.« Ich nahm mir noch einen Kräcker. »Ich bin nicht gerade billig.«

Als sie sich zu mir umdrehte, sah ich, dass sie ein Buch in der Hand hielt. »Hast du Lust, was zu lesen?«

»Was ist es denn?«, fragte ich neugierig.

Sie gab es mir und ich sah, dass es eine alte, sehr zerfledderte Ausgabe von Roald Dahls »Matilda« war. Ich nahm das Buch und wog es nachdenklich in der Hand.

»Das hab ich schon gelesen«, sagte ich schroff. *Hielt sie mich für ein Baby oder was?* »Da war ich ungefähr neun«, fügte ich etwas beleidigt hinzu.

»Nein, ich meinte …« Ihr Gesicht war inzwischen dunkelrot angelaufen, was ihr wahrscheinlich oberpeinlich war. »Ob du Lust hast, mir daraus vorzulesen, meine ich.«

»Ach so …« Jetzt schämte ich mich. »Wie – jetzt?«

Sie nickte.

»Ja, klar«, sagte ich und versuchte cool zu klingen. Ehrlich gesagt, war ich ein bisschen geschockt. Das war ja wohl das totale Kinderbuch. Wieso wollte sie das vorgelesen bekommen? Okay, sie konnte nicht lesen, aber abgesehen davon, war sie doch eine normale Sechzehnjährige. Wieso interessierte sie sich für so einen Kinderkram? Ich verstand gar nichts mehr. Seufzend schlug ich das Buch auf der ersten Seite auf.

Ups! Ich starrte auf die Überschrift des ersten Kapitels. »Die Leserin« stand da in Großbuchstaben. Konnte ich ihr das vorlesen? Nein, ich würde es einfach auslassen. Man musste es ihr ja nicht noch unter die Nase reiben.

Jetzt erinnerte ich mich auch wieder an das Buch. Es geht um ein kleines Mädchen, das unglaublich klug ist und eine sehr nette Lehrerin hat, die Fräulein Honig heißt. Außerdem hat sie besondere magische Kräfte. Am Ende schafft sie es, von ihren bescheuerten Eltern wegzukommen, die ständig versuchen sie zu einem normalen Fernseh sehenden Kind zu machen. Es war nicht gerade mein Lieblingsbuch von Roald Dahl (»Hexen hexen« finde ich viel besser, richtig genial sogar), aber es war ganz nett. Diana setzte sich wieder neben mich.

»Komm schon«, sagte sie. »Bloß ein bisschen.«

»Von Anfang an?«

»Ja.«



Also begann ich. Die erste Kapitelüberschrift ließ ich aber weg.

*»Mütter und Väter sind komisch. Ihr eigenes Kind kann*

*noch so eine widerliche Ratte sein – sie bilden sich trotzdem ein, er oder sie sei eine Offenbarung.«*

Ich musste in mich hineingrinsen. Ich hatte ganz vergessen, dass schon der erste Absatz so witzig war. Als ich Diana anschaute, lächelte sie auch. Also las ich das erste und gleich auch noch das zweite Kapitel vor, ohne eine Pause zu machen.

»*Und noch etwas. Sie konnte es nicht ausstehen, wenn man ihr unaufhörlich einredete, sie sei dumm und dämlich, obgleich sie genau wusste, dass sie keins von beiden war. Die Wut in ihrem Bauch hörte nicht auf zu kochen, und als sie an diesem Abend glücklich im Bett lag, fasste sie einen Entschluss. Jedes Mal wenn ihr Vater oder ihre Mutter gemein zu ihr waren, wollte sie es ihnen auf irgendeine Weise heimzahlen.«*

Die ganze Zeit über schmiegte sich Diana dicht an mich, einen Arm um meine Schulter gelegt und ihr Gesicht direkt neben meinem. Von Zeit zu Zeit deutete sie auf die Zeichnungen im Buch, guckte zu mir rüber und lachte leise, während ich weiterlas. Ungefähr nach einer Stunde wurde meine Stimme ziemlich müde und meine Kehle war trocken. Ich hätte gut noch was zu trinken gebrauchen können. Ehrlich gesagt, hatte ich keine große Lust mehr weiterzulesen und überlegte, ob ich allmählich nicht mal sagen konnte: »Okay, jetzt reicht's aber.« Andererseits machte ich es schon auch gern. Nicht nur, weil es mir Spaß machte, zu sehen, wie viel Spaß Diana an dem Buch hatte. Es war die ganze Atmosphäre: der Regen draußen, das dunkle, stille Zimmer, wir zwei allein immer enger aneinander gekuschelt auf dem

Knautschsack. Es war, als hätte uns jemand verzaubert. Ich lag in einem warmen, gemütlichen Kokon außerhalb von Zeit und Raum und meinem normalen Leben.

»Glaubst du, dass es stimmt?«, fragte mich Diana in der Pause zwischen dem vierten und dem fünften Kapitel. Ihre Stimme klang verträumt. Sie lag inzwischen flach auf dem Rücken, eine Hand hinter dem Kopf, die andere um mich geschlungen.

»Dass was stimmt?«

»Na ja ... ob es echt mal ein Mädchen gegeben hat, das Matilda hieß und diese ganzen Bücher gelesen hat und Sachen bewegen konnte, wenn sie sich darauf konzentriert hat?«

Ich hätte fast laut aufgelacht. Das konnte ja wohl nur ein Witz sein. Dann sah ich, dass es keiner war. Ich war total platt und wusste nicht, was ich ihr darauf antworten sollte. Ich fühlte mich wie jemand, der einem kleinen Kind nicht sagen will, dass es den Weihnachtsmann gar nicht gibt. Ich wollte Diana nicht alles kaputtmachen.

»Ja. Kann schon sein«, sagte ich schnell und blätterte weiter.

»Glaub ich auch. Ich wär total gern wie sie.«

»Hmmm.«

»Wie heißt das nächste Kapitel?«

»*Theo Torfkopp und die Torte.*« Ich holte tief Luft und legte wieder los.

 »*›Dieser Dummkopf‹, dröhnte die Rektorin und deutete mit dem Reitstock wie mit einem Degen auf ihn, ›dieser widerliche Pickel, diese Pestbeule, diese Giftwarze, die ihr* *hier vor euch seht, ist nichts anderes als ein verachtenswerter Verbrecher, ein Bürger der Unterwelt, ein Mitglied der Mafia!‹ ›Wer, ich?‹, fragte Theo Torfkopp ehrlich verblüfft.«*

Tja, da saß ich also. Endlich ganz nah neben diesem rätselhaften Mädchen, in das ich so verliebt war. Ich war total glücklich, obwohl mir der Kiefer wehtat und mein Mund wie ausgetrocknet war vom langen Vorlesen. Ich wolle aufhören, aber meine Stimme redete einfach weiter. Als wäre ich auf Autopilot gestellt. Ich sprach die verschiedenen Figuren mit extrakomischen Stimmen. (Mann, was für eine fiese Alte diese Frau Knüppelkuh war!) Das Buch war echt lustig. Aber was mich richtig glücklich machte, war Dianas Hand, die auf meiner lag. (Sie blätterte für mich um. Wenn ich leicht die Hand hob, wusste sie, dass ich am Ende der Seite war.) Und ihr Arm, den sie um mich gelegt hatte. Manchmal streichelte sie mir kurz über den Oberarm oder die Schulter oder drückte mich und ich fühlte mich wie im Himmel. Natürlich hätte ich gern aufgehört zu lesen und angefangen so richtig mit ihr zu knutschen wie letztes Mal. (Seit wir uns vor ein paar Tagen im Bad und dann auf dem Heimweg auf der Straße geküsst hatten, konnte ich mehr oder weniger an nichts anderes mehr denken!) Aber ich riss mich zusammen.

Letzten Endes war es sowieso egal, denn je mehr ich vorlas, desto enger rutschten wir auf dem Knautschsack liegend zusammen, die Beine erst ausgestreckt, dann ineinander verschlungen und hielten einander in den Armen. Sie kuschelte sich an mich, während ich mit der rechten Hand das Buch hielt. Als wir halb durch waren, fing sie an mir kleine Küsschen auf den Hals zu hauchen, wodurch ich beim Vorlesen immer wieder in der Zeile verrutschte. Ich war in einer anderen Welt und gleichzeitig erregt durch das, was hier und jetzt passierte. Total komisch. Aber toll. Es war so schön, sie durch die Kleidung hindurch zu spüren. Die sanfte Kurve ihrer Hüfte, die sie an mich drückte. Ich verkniff mir irgendwelche gewagten Manöver, obwohl mir natürlich die verlockendsten Gedanken im Kopf herumgingen. Wie es wohl wäre, ihr eine Hand in den BH zu schieben? Ich streifte sie von Zeit zu Zeit wie zufällig. Sie fühlte sich so weich an und so einladend.

»Willst du mit mir ins Bett?«, fragte sie plötzlich.

Die Frage haute mich um. Was sollte ich darauf antworten? Wir hatten uns eine Ewigkeit in den Armen gelegen. Das Buch war beinahe zu Ende. Es erregte mich, sie zu riechen und neben mir zu spüren. Nichts anderes war mehr wichtig. Aber ich wäre doch nie ... ich hatte mit keinem einzigen Gedanken daran gedacht, dass wir Ernst machen könnten. Ich meine, hey, mein erster Kuss lag gerade mal fünf Tage zurück. Und überhaupt, müsste zwischen dem ersten Kuss und der allerletzten Stufe nicht eine Art Vorlaufzeit liegen? So etwa sechs Jahre?

»Äh ...« Sprach sie ernsthaft davon, dass wir zusammen schlafen könnten? Und was war ich für eine Flasche, dass ich da noch zögerte? Plötzlich kriegte ich die volle Panikattacke. Ich stellte mir die Kommentare meiner Brüder vor. *Feige Pissnelke*, hörte ich Frank höhnisch sagen. Was würde er an meiner Stelle tun?



Diana lächelte mich an. »Wir müssen ja nicht.«

»Möchtest du denn?«, fragte ich. Ehrlich gesagt, hab ich keine Ahnung, was ich gemacht hätte, falls sie Ja gesagt hätte. Wie hätte ich ihr erklären sollen, dass ich keinen blassen Schimmer hatte, was man im Einzelnen überhaupt tun musste?

»Eigentlich nicht«, sagte sie. »Ich dachte nur, *du* willst vielleicht ...«

»Och, ich will eigentlich auch nicht«, sagte ich hastig. Wahrscheinlich zu hastig, um noch als cool durchzugehen.

»Gut«, sagte sie, als wäre ihr das sehr recht. »Dann lesen wir jetzt das Buch zu Ende.« Sie nahm es in die Hand und begann es durchzublättern, um die Stelle zu suchen, an der wir stehen geblieben waren. In diesem Moment beschloss ich, reinen Tisch zu machen. Schließlich hatte sie mir ja auch erzählt, dass sie nicht lesen konnte. Wahrscheinlich hatte ich außerdem das Gefühl irgendwie entschuldigen zu müssen, warum ich nicht sofort auf ihr Angebot eingegangen war.

»Ich bin erst dreizehn«, gestand ich ihr.

»Echt.« Sie guckte erstaunt zu mir hoch. »Aber du hast doch gesagt, dass du vierzehn bist.«

»Ja.« Ich kam mir echt bescheuert vor. »Das war gelogen.«

Sie zuckte mit den Schultern, kuschelte sich wieder in den Knautschsack und hielt mir das Buch hin, das sie an der richtigen Stelle aufgeschlagen hatte.

»Mir ist egal, wie alt du bist«, sagte sie einfach. »Ich lieb dich trotzdem.« 

Das haute mich schon wieder um. Als sie das sagte,

schlug mein Hirn einen Rückwärtssalto und ich landete ganz woanders. An einem Ort, an dem es plüschig weich war, wo rosarote Lämpchen über kristallklar blubbernden Springbrunnen schwebten und im Hintergrund leise Musik spielte. Ich wusste nicht, wo ich war. Alles stand Kopf. Und trotzdem hatte ich so was schon mal gesehen. Vielleicht im Kino. Ich liebte Diana auch, aber ich hatte nicht gewusst, dass man das auch *sagen* kann. Nicht in unserem Alter. Nicht einfach so. Ich hatte keine Ahnung, wie ich dasselbe zu ihr sagen konnte.

»Warst du schon mal …« Das musste ich sie einfach fragen. »Warst du vorher … schon mal … verliebt? Hast du schon mal mit jemandem geschlafen?«

»Ja. Schon ein paarmal«, sagte sie lässig. »Weißt du, ich wollte nicht, dass du mich für zickig hältst …«

»Würde ich nie!«, sagte ich und das Gefühl in mir war so stark, dass ich Angst hatte, darin zu ertrinken. Ich ließ das Buch fallen, zog sie an mich und legte beide Arme um sie. »Du bist echt … toll, Diana«, sagte ich mit einer Stimme, die hoch und heiser klang und kratzig, als würde ich kurz vor einem Herzinfarkt stehen. »Du bist die Tollste. Ich äh … ich … ich mag dich echt auch total.«

»Danke.«

Wieso sagte ich bloß, dass ich sie *mochte*? Wieso konnte ich ihr nicht sagen, dass ich sie *liebte*? Ihr schien es egal zu sein, aber tief drinnen kam ich mir wie das volle Arschloch vor.

# 10

»So kann es nicht weitergehen, David!«

»Ja gut, aber was erwartest du von mir? Was soll ich denn machen?«

»Dass *du* nur irgendwas machst, erwarte ich gar nicht. Oh Gott!« Mums angespannte Stimme ging in Schluchzen über. »Was soll bloß aus uns werden? Kannst du mir das mal sagen? *Was wird aus uns?*«

Irgendwas zersplitterte auf dem Boden und eine Tür knallte.

Ich war gerade zur Haustür hereingekommen, da hörte ich sie auch schon. Mum und Dad schrien sich an. Das hatte es bei uns nie gegeben. Oh nein ... so fing es immer an. Ich kannte das von den Eltern anderer Kinder ... *alles fällt auseinander. Und dann lassen sie sich scheiden.*

Ein panisches Kribbeln schoss mir die Beine hinauf. Ich war geradewegs in meinen eigenen Fall von »häuslicher Gewalt« hineingestolpert und das war kein gutes Gefühl. Von meinem alten Kumpel Blake aus Harrietville wusste ich, dass sich seine Eltern auch nur gefetzt und angebrüllt hatten, bis sie sich dann trennten.

»Es hat keinen Zweck, Helen, sich so aufzuregen! Wir müssen uns einfach damit abfinden …!«, rief Dad ihr hinterher.

»Nein! Damit kann ich mich nicht abfinden!«, kam ihre gedämpfte Antwort.

Ich hatte mich auf dem Heimweg von Diana ziemlich sonderbar – irgendwie ungewohnt – gefühlt. Älter und weiser und ängstlich. Ich war verliebt – das machte mir Angst –, aber ehrlich gesagt hatte die Angst vor allem mit dem zu tun, wozu ich mich bereit erklärt hatte. Ich hatte nämlich mit Diana einen Plan ausgeklügelt, wie wir am nächsten Abend in das Haus einbrechen wollten. Warum machte ich mit? Warum hatte ich nicht einfach gesagt: »Lassen wir's lieber. Ist doch Quatsch.«? *Wer war ich noch mal?* Jack Lightfoot, der aufgeweckte Dreizehnjährige, der es an eine Highschool für Hochbegabte geschafft hatte, gut in Sport war, allseits beliebt (außer bei seinen beiden großen Brüdern) und eigentlich immer ziemlich vernünftig – oder Jack Lightfoot, eine Obernull, die immer alle beeindrucken will? Jack Lightfoot, der zukünftige Kriminelle, der das eine denkt und das andere tut?

Dad stand am Spülbecken und wusch das Geschirr ab. Ich sah mich nach Mum um, aber die hatte sich wohl ins Schlafzimmer verzogen. Es war ein ganz normaler Wochentag und Dad hätte eigentlich gar nicht da sein dürfen. Wieso war er nicht auf der Arbeit?



»Wo ist Mum?«, fragte ich anklagend.

»Wo hast *du* gesteckt?«, schimpfte er. »Verdammt, Jack. Hättest du nicht sagen können, wo du hingehst? Deine

Mutter hat sich Sorgen gemacht. Das letzte Mal hat sie dich heute Morgen um zehn gesehen.«

»Sind doch Ferien!«, wehrte ich mich.

»Na und?«

Weil ich nicht wusste, was ich darauf erwidern sollte, sagte ich gar nichts. Mich interessierte bloß, was zwischen den beiden los gewesen war. Wieso war Mum heulend abgezogen?

»Also, jetzt rück schon mit der Sprache raus. Wo warst du?«, hakte Dad nach.

»Bin bloß ein bisschen rumgelaufen«, sagte ich.

»Mit wem?«

Ich zuckte mit den Schultern. Von Diana würde ich zu Hause garantiert kein Wort erzählen.

»Und wieso bist du nicht auf der Arbeit?«, fragte ich zurück. Ich wollte die Wut abladen und zwar dort, wo sie hingehörte. Bei ihm.

»Mum hatte heute zwei Bewerbungsgespräche«, erzählte er, während er das Spülbecken schrubbte. »Anscheinend sind beide nicht so toll gelaufen.«

*Ist das etwa ein Grund früher von der Arbeit nach Hause zu kommen?* Ich verkniff mir jeden Kommentar.

»Na ja, man weiß ja nie«, sagte ich nach einer Weile mit meiner freundlichsten Lieber-Sohn-Stimme. »Vielleicht hat's ja doch geklappt.«

»Ja, kann natürlich sein.« Dad goss sich seufzend kochendes Wasser in die Kaffeetasse. »Sie merkt ja oft nicht, wie ... wie gut sie bei anderen Leuten ankommt. Anscheinend war eine Stelle dabei, die sie wirklich gern bekommen hätte, und sie hatte sich auch gut auf die Gespräche vorbereitet. Trotzdem glaubt sie, dass nichts draus wird.«

»Was für eine Stelle war's denn?«

»Krankenschwester in einem Altenheim, nur zwei Straßen weiter. Scheint sehr nett dort zu sein.« Dad sah nachdenklich aus dem Fenster. »Drei Tage die Woche. Wäre perfekt gewesen. Sie war wild entschlossen die Stelle zu kriegen.« Er seufzte noch mal, setzte sich dann mit seinem Kaffee hin und zog sich die Zeitung heran.

Ich guckte ihn an. Trotzdem war das noch keine Erklärung für das, was ich eben mitgekriegt hatte. Wie konnte er hier in aller Seelenruhe Kaffee trinken, während Mum schluchzend im Schlafzimmer saß? Ich spürte, wie meine Wut auf meinen Vater wuchs. Seine eckigen Pranken, sein breites Gesicht mit dem ratlosen, besorgten Ausdruck. Sogar seine blöden grauen Locken nervten mich plötzlich. Wieso brachte er die Sache nicht in Ordnung? Normalerweise reparierte er doch auch alles. Er war schuld an allem.

»Und wieso bist du dann jetzt nicht bei ihr?«, fragte ich gereizt. »Wenn sie so fertig ist?«

Das Küchentelefon, das auf der Arbeitsfläche stand, schrillte laut los, noch bevor er mir eine Antwort geben konnte. Wir zuckten beide zusammen. Dad griff mit seinem langen, muskulösen Arm hinter sich und hob den Hörer ab.

»David Lightfoot. Hallo?« Er horchte kurz in den Hörer und gab ihn an mich weiter. Dann hievte er sich aus seinem

Stuhl und schlurfte aus der Küche. Ich sah seinem Rücken hinterher, der durch die Tür verschwand, und auf einmal dachte ich, dass ich ihn schon verdammt liebte. Dieser große Kopf, die leicht gebeugten Schultern. Was war nur mit mir los gewesen? Dad war Dad. Er war der Beste. Keine Frage. Er hatte müde und sorgenvoll ausgesehen. War ja nicht seine Schuld, dass Mum ihr Bewerbungsgespräch in den Sand gesetzt hatte. Wieso entwickelte ich mich plötzlich zu so einem Scheißkerl?

»Hey, cracked Jack!«

Ich brauchte bloß eine halbe Sekunde, um die Stimme einzuordnen.

»Rick the Dick!« Mein bester Freund. Ricky Lee aus der Schule!

»Wir haben eine Woche früher den Abflug gemacht«, sagte er trocken. »Und das war keine Sekunde zu früh, glaub mir. Was geht bei dir ab?«

»Die Fünf-Sterne-Unterbringung war wohl schwer zu ertragen, was?«, witzelte ich.

»Ja, Mann.« Er kicherte. »War echt schwer auszuhalten, Mann.« Ricky nennt mich immer »Mann«. Total sixtiesmäßig. Bei jedem anderen würde das extrem nerven, aber bei ihm hört es sich irgendwie gut an. Manchmal sagt er sogar »Type« – zum Beispiel: »Echt groovie, was die Type da aus der Gitarre rausholt.« Das erste Mal hat er das gesagt, als wir uns gerade die CD von irgendeiner neuen Band angehört haben, und ich wäre vor Lachen fast vom Stuhl gekippt.

»Du hättest den Pool sehen sollen, den die da hatten«, sagte er. »Das war so eine Art Riesensee rings um das Hotel! Und überall wuchsen so abgefahrene Blumen in total grellen Farben und dann hatten sie Tiere rumlaufen, die sie extra aus Afrika importiert haben. Monstervögel mit komischen Schnäbeln und Affen, die einem alles aus der Hand reißen, wenn man mal kurz nicht hinschaut.«

Ich lachte. Ich war zwar neidisch, aber ich mochte Ricky viel zu gern, als dass ich es ihm nicht gegönnt hätte, alles zu haben, wovon ich nur träumen konnte. Ferien an exotischen Orten, ein eigenes Motorrad für das Strandhaus – praktisch alles, was er wollte.

»Und du?«, fragte er. »Was war bei dir los?«

»Nicht viel.« Das war jetzt nicht der passende Zeitpunkt, um ihm von meinen neuesten Abenteuern zu erzählen. »Ich hänge nur so rum, du weißt schon.«

»Komm doch her! Morgen Vormittag oder so.«

Normalerweise ging ich total gern zu Ricky. Seine Eltern haben eine riesige Villa in Toorak. Drei Stockwerke und ein ausgebauter Keller. Überdachter Pool. Spielekonsolen. Billardzimmer. Haustelefon. Personal. Als ich das erste Mal bei ihm war, konnte ich es echt nicht fassen. Wir fuhren auf der langen, asphaltierten Einfahrt zum Haus auf den Skateboards rum, als er plötzlich zum Eingang rollte und mal schnell unten in der Küche anrief, um uns vom Hausmädchen einen kleinen Snack bringen zu lassen. Kein Witz! Sie kam mit einem Tablett an, auf dem zwei Dosen eisgekühlte Cola standen, von denen noch das Schmelzwasser tröpfelte, eine Schale mit exotischen Kräckern und eine andere mit einem Dip.



»Kann ich euch beiden sonst noch etwas bringen, Ricky?«, hatte die kleine, dunkelhaarige Frau gefragt, die ein schwarzes Kleid und eine Rüschenschürze trug.

»Nein, vielen Dank, Mary«, hatte Ricky gesagt, als wäre das alles das Normalste der Welt. »Aber es wäre nett, wenn Sie in einer Stunde oder so jedem ein Mars an den Pool bringen könnten.«

Ich hätte die Chance zur Flucht normalerweise sofort wahrgenommen. Es gab nichts, was mich in unserem kleinen, brütend heißen Haus gehalten hätte. Mum und Dad gingen sich gegenseitig an die Kehlen, meine Brüder waren nur am Rummotzen und wir besaßen absolut kein einziges Gerät der Unterhaltungsindustrie mehr, das meine Langeweile hätte mildern können. Tja, aber für den nächsten Abend war ich schon mit Diana verabredet. *Verdammt, warum musste es bloß diese Art von Verabredung sein?*

»Ich kann nicht, Alter«, sagte ich. »Morgen Abend hab ich schon was vor.« Ich zögerte. Das wäre eigentlich die Gelegenheit gewesen, ihm von dem geplanten Einbruch zu erzählen. Trotzdem schwieg ich. Davon wollte ich lieber erst reden, wenn wir uns das nächste Mal trafen. Wenn alles vorbei war und wir die Sache erfolgreich hinter uns gebracht hatten. Plötzlich überlief es mich kalt. *Ja klar.*

»Wieso, was machst du denn?« Er klang enttäuscht.

»Ach, ich hab da so ein Mädchen kennen gelernt«, sagte ich.

Es gab eine kurze Pause. Zum Glück war Ricky nicht der Typ, der mich deswegen verarschen würde. Wir hatten uns zwar nie über Mädchen unterhalten, aber ich wusste, dass er das verstehen würde.



»Was für ein Mädchen?«, fragte er. Sein Ton war ganz normal, vielleicht ein bisschen neugierig.

»Sie wohnt bei uns in der Straße.«

»Echt?« Ricky schien sich für mich zu freuen. »Ich dachte, in eurer Straße wohnt niemand.« Ich hatte ihm schon erzählt, dass ich in einer Gegend voller Siebzigjähriger lebte. »Wie wär's dann mit Freitag?«

»Geht auch nicht«, sagte ich. »Wir fahren übers Wochenende zu meiner Großmutter und da muss ich mit. Aber nächste Woche wäre cool, Rick.«

»Gut. Die Woche darauf fängt die Schule wieder an und vorher müssen wir unbedingt noch was machen.«

»Stimmt.« Ich stöhnte, als ich an die Schule dachte. Und dann fiel mir ein, dass Ricky gar keine Lust gehabt hatte, nach Hongkong zu fliegen, weil er dort lauter schreckliche Verwandte treffen und so tun musste, als würde er sie mögen. Seine Eltern hatten ihn quasi gezwungen.

»Und hast du all deine lang vermissten Verwandten gesehen?«

»Mann, ich sag dir, die Tanten waren die Schlimmsten«, kicherte er. »Ich hab allein in Hongkong ungefähr hundert von denen. Überall, wo ich hinkam, hieß es: ›Hach, da ist ja unser kleiner Australier!‹ Schmatz, schmatz! Schlabber, schlabber!«

»Du, Ricky, ich bin irgendwie ein bisschen in einer blöden Situation ...«, unterbrach ich ihn plötzlich und war darüber mindestens so überrascht wie er. Er wartete am anderen Ende, während ich darüber nachdachte, wie viel ich ihm überhaupt erzählen wollte. Aber ich beschloss ziemlich schnell, die Karten alle auf den Tisch zu legen. Ich musste mit jemandem darüber reden und Ricky vertraute ich. Er war ein echter Freund und würde es garantiert nicht rumerzählen. Die Frage war nur, wo ich anfangen sollte?

»Also, das Ganze fing damit an, dass wir aus dem Urlaub zurückkamen und gemerkt haben, dass bei uns eingebrochen wurde …«

»Was … im Ernst jetzt?«

»Ja. Alles geklaut. Mein Skateboard. Die Plattenspieler von meinem Bruder, seine Tapes. Das Keyboard. Fernseher. Radios. Alles.«

»Das ist echt hart, Mann«, sagte Ricky betroffen. Noch eine gute Eigenschaft von Ricky: Er ist ein sehr guter Zuhörer. Er hätte mich ja auch sofort stundenlang damit voll schwallen können, wie bei *ihnen* mal eingebrochen wurde. Mein Kumpel Blake hätte das gemacht. Er hätte mir auch was von den aktuellen Verbrechensstatistiken in australischen Metropolen erzählen können. Machte er aber nicht. Rick hörte mir einfach nur zu.

»Versicherung?«, fragte er.

»Zwecklos«, seufzte ich. »Wir hatten ein Fenster offen gelassen und mein Dad wollte die Versicherung nicht betrügen.«

Einen Moment lang waren wir beide still und plötzlich strömte es aus mir heraus. Ich erzählte Ricky alles: von Diana und wie ich sie kennen gelernt hatte, von ihrer Mutter und ihrer Großmutter und von unserem Plan am nächsten Abend in das Haus einzubrechen. Ricky sagte nicht viel. Lachte bloß, als ich erzählte, wie ich mit Diana Detektiv spielen musste und dass sie mich dazu gebracht hatte, eine detaillierte Beschreibung des Hundes anzufertigen. Er pfiff zweimal, als ich ihm den Plan auseinander setzte, den Diana ausgeheckt hatte.

»Tja, Mann, das klingt ja ziemlich interessant«, sagte er, als ich fertig war. »Aber echt hart, dass eure Sachen alle weg sind.«

»Ja.« Ich wartete. Ich hoffte darauf, dass er mir die Sache ausredete. Mir irgendein schlagendes Argument lieferte, das mich zur Vernunft bringen würde. Und als Nächstes würde ich Diana dann davon überzeugen, dass das ganze Projekt schwachsinnig war.

Aber Ricky seufzte bloß und ließ noch einen Pfiff los, was mich auf den Gedanken brachte, ob er nicht womöglich an etwas ganz anderes dachte.

»Hör mal, ich hab gerade nichts vor«, sagte er plötzlich. »Was dagegen, wenn ich kurz mal vorbeikomme?«

»Nein.« Ich war überrascht. »Aber es ist fast sieben. Fährt überhaupt noch eine Bahn?«

»Ich bleib nicht lang«, sagte er, ohne auf meine Frage zu reagieren. »Ich hab da was, was ihr vielleicht gebrauchen könnt.«

Jetzt war ich neugierig. »Okay«, sagte ich. »Willst du mit uns zu Abend essen?« Ich guckte mich in der Küche um und dachte, dass wir schon eine Menge Glück haben mussten, wenn wir was zu essen kriegen wollten. Weder Mum noch Dad hatten irgendwas vorbereitet. Dabei hatte ich das totale Loch im Bauch. Na ja, irgendwas würden wir schon finden.



»Ich hab schon gegessen«, sagte er. »Trotzdem danke.«

»Jack! Bist du da draußen?«, rief Dad aus der Küche.

»Ja.«

Ich war im Garten, wo ich die Pedale an Franks verrostetem Rad ölte. Ich spielte sogar mit dem Gedanken, es selbst wieder herzurichten. Dann hatte ich wenigstens irgendwas zu tun. Natürlich wusste ich, dass Frank es sofort zurückverlangen würde, sobald es wieder fahrbereit war. Aber nachdem Mums Jobsuche immer noch ohne Erfolg war, würde der versprochene Großeinkauf zur Feier ihrer Festanstellung wahrscheinlich noch längere Zeit auf sich warten lassen. Und irgendeinen fahrbaren Untersatz brauchte ich schließlich.

»Du hast Besuch«, rief Dad und hielt Ricky die Hintertür auf. Ich stand auf und wischte mir die Hände an den Shorts ab.

»Hey, Rick!«

Er hatte sich über die Ferien ein wenig verändert. War gewachsen und hatte auch ein bisschen zugenommen. Unter einem Arm trug er ein Skateboard und im anderen eine Tüte, die ziemlich schwer aussah. »Schnell wie die Feuerwehr, was?«

»Hi, Jack!« Er grinste mich an. »Wie geht's?«

»Ganz gut.« Ich grinste zurück und wir warteten, bis Dad wieder ins Haus gegangen war.

»Da, für dich!« Rick hielt mir das Skateboard hin, als wäre es nichts Besonderes, und bückte sich dann, um die Rostlaube zu begutachten, auf der mein Bruder seit Jahren nicht mehr gefahren war. »Ich sag's ja nur ungern, Alter. Aber dieses Vehikel hat schon bessere Tage gesehen.«

Ich guckte auf das Board, das er mir gerade gegeben hatte, und versuchte nicht total auszuflippen, während ich mit den Händen darüber strich. Ein »Element«. Allerbeste Ware. Ein Bill-Pepper-Pro-Model. Der Wahnsinn! Das konnte nicht sein Ernst sein … hieß das, dass ich auf diesem erstklassigen Board mal fahren durfte? Wollte er es mir für die Woche leihen oder …

»Kannst es haben«, sagte Ricky, als wüsste er, was in meinem Kopf vorging, und wollte mich von den Qualen erlösen. »Für immer, meine ich. Ich brauch es nicht.«

*Oh, Scheiße.* Die Antwort auf alle meine Gebete! Ich war platt. Total.

»Nee, Rick!«, protestierte ich schwach. »Das kannst du nicht machen. Ich meine, vielleicht brauch…«

»Hör mal!«, unterbrach er mich. »Ich hab drei von den Teilen zu Weihnachten bekommen und dabei fahr ich ja noch nicht mal so richtig ernsthaft wie du. Meine Verwandten haben anscheinend alle dieselbe Idee gehabt.« Er zog eine Grimasse und quäkte: »Was ist das für ein kleiner Bursche, der da aus Australien kommt? Ist uns doch egal, ob er Skateboard fährt oder nicht. Dieses Geschenk wird unter dem Baum viel Eindruck machen.«

Ich lachte, stellte mich auf das Brett, fuhr vor Frank und Seans Zimmern auf dem Gartenweg auf und ab und schrie und juchzte dabei vor Begeisterung. So was Tolles war mir nicht mehr passiert, seit … na ja, jedenfalls seit sehr langer Zeit. Ich vergaß alles. Das Leben war einfach wunderschön. Es gab nichts in der Welt, worüber man sich Sorgen machen müsste.

»Oh Mann, Rick. Das Board ist der Hammer!«, rief ich ihm zu, als ich zum fünften Mal an ihm vorbeibretterte. »Das werd ich dir nie vergessen. Tausend Dank, Alter.«

Aber Ricky hielt seinen Rucksack in der Hand und machte ein ziemlich gestresstes Gesicht. Einen Moment lang dachte ich, er wollte schon wieder gehen. Ich sprang vom Skateboard, auch wenn es mir verdammt schwer fiel. »Hey, komm wir gehen erst mal rein«, sagte ich, weil mir plötzlich wieder einfiel, was sich gehörte. »Willst du was trinken?«

»Tja, also ehrlich gesagt«, sagte Rick, »würde ich dir gern was zeigen. Können wir vielleicht irgendwohin, wo wir ungestört sind?«

»Klar.« Allmählich packte mich die Neugier. Ich deutete aufs Haus. »Da lang.«

Wir gingen durch die Küche und den Flur entlang in mein Zimmer.

Erst als die Tür hinter uns zufiel, wurde Ricky wieder lockerer. Er warf den Rucksack aufs Bett und hechtete selbst hinterher. Er wippte ein paarmal auf und ab, bevor er sich an die Wand zurücklehnte und die Beine vor sich ausstreckte.

»Und?«, sagte ich. Ich war mit meinem neuen Skateboard in der Hand stehen geblieben. Es war einfach genial! Ich testete die Räder aus, bewunderte das dünne, aber superstabile Deck und wünschte mir sogar halb, Ricky würde tatsächlich bald gehen, damit ich noch mal damit nach draußen konnte, bevor es dunkel wurde. »Also, was wolltest du mir zeigen, Rick?«

Statt zu antworten, beugte er sich nur vor und nestelte an der Kordel von seinem Rucksack rum. Er griff hinein und schaufelte bergeweise CDs aufs Bett. Ich stellte das Board ab und ging sie mir anschauen. *Regurgitator. Red Hot Chilli Peppers. Hole.* Alle wichtigen Bands und auch welche, von denen ich noch nie was gehört hatte. Technosachen waren auch dabei. Remixe von europäischen und amerikanischen DJs, die ich nur kannte, weil ich sie bei Frank hatte stehen sehen, wenn ich neidisch seine Sammlung durchgeschaut hatte.

»Aber wieso hast du die mitgebracht?«, fragte ich. »Wir haben doch gar keinen CD-Player mehr.«

»Die kannst du behalten.« Ricky war immer noch dabei, den Rucksack auszuräumen. Inzwischen stapelten sich bestimmt so an die sechzig CDs auf meinem Bett. »Kannst ja auch deinen Brüdern welche abgeben. Ich hab zu Hause noch mehr. Ich bring sie mal bei Gelegenheit vorbei.«

»Ach komm, Rick!« Ich konnte es nicht fassen. Wollte er sie uns echt einfach so schenken? Das Zeug, das da rumlag, hatte einen Gesamtwert von mehreren hundert Dollar. »Brauchst du die denn nicht mehr?«

Es klopfte an der Tür. Ricky, der immer noch eine Hand im Rucksack hatte, erstarrte. »Was meinst du, wer das ist?«, fragte er leise.

»Ja? Wer ist da?«, rief ich.

Dad steckte den Kopf durch die Tür. »Äh ... vor unserem Haus steht ein Rolls-Royce«, sagte er und sah ziemlich entgeistert aus. »Mit Chauffeur. Er parkt auf dem Gehsteig. Ich hab mich gefragt, ob ...«

»Ach ja, das bin ich«, unterbrach Ricky ihn. »Tut mir Leid, Mr Lightfoot. Steht er im Weg, oder so?«

»Nein, nein!« Dad lachte nervös. Rickys Gelassenheit brachte ihn wohl ziemlich durcheinander. Ich ging schnell zum Fenster und warf einen Blick auf den riesigen silbergrauen Rolls, der draußen parkte.

Ich drehte mich zu Ricky um. »Bist du echt mit dem hergekommen?«, fragte ich. Okay, ich wusste ja, wie reich die Lees waren, aber das war schon krass.

»Ja.« Ricky sah etwas verlegen aus. »Meine Eltern sind beide weg gewesen und der Rolls war der einzige Wagen, der noch in der Garage stand. Ich muss ihn auch bald wieder zurückbringen.«

»Oh Mann, Ricky ... also ich weiß nicht.« Ich grinste. Dad war beeindruckt, das sah man. Wahrscheinlich brannte er darauf (ich kannte doch meinen Dad) rauszugehen und sich den Wagen näher anzuschauen.

»Bleibst du denn noch ein bisschen hier?«, fragte er Ricky. *Oh nein, ich wusste, dass das kommen würde!*

»Ja«, sagte Ricky etwas erstaunt.

»Ich hab mich nur gefragt«, sagte Dad und sah dabei aus wie ein zu groß geratener kleiner Junge. »Ob ich vielleicht mal eine Runde darin drehen könnte? Ich bin noch nie mit einem Rolls gefahren.«

»Ach so. Ja, klar.« Ricky lächelte sichtlich erleichtert. Er hatte wohl befürchtet, Dad würde ihn auffordern wegzufahren oder so. Er steckte die Hand in die Hosentasche, zog ein winziges Handy raus und tippte eine Nummer ein.



»Hallo, Neil, ich bin's ...« Er wendete sich diskret ab

und unterhielt sich leise mit dem Fahrer. Dann legte er auf und strahlte Dad an. »Kein Problem. Er weiß Bescheid. Sie können ruhig auch selbst ans Steuer, wenn Sie wollen.«

»Wow!« Dad zwinkerte mir zu und verschwand. Ich wusste gar nicht, wo ich hinschauen sollte. Ehrlich gesagt, hätte ich auch nichts dagegen gehabt, mal in der Kiste rumzufahren, aber ich hätte niemals so eine uncoole Nummer abgezogen wie Dad. *Darf ich mal mit deinem Auto fahren?* Also wirklich. Dad ist über fünfzig!

Aber bei Ricky kommt man sich eigentlich nie komisch vor. Ich vergesse ja selbst oft, wie reich er ist. Er ist überhaupt nicht angeberisch oder hält sich für was Besseres. Das Geld nimmt er einfach so als gegeben hin. Na ja, wenn es anders wäre, würde ich mich wahrscheinlich nicht so gut mit ihm verstehen. Ich glaub übrigens nicht, dass schon mal ein Rolls-Royce bei uns in der Straße stand. Endlich tat sich hier mal was. Bestimmt schoben die ganzen alten Schnarchzapfen gerade ihre Gardinen zur Seite und versuchten einen Blick darauf zu erhaschen. Vom Fenster aus beobachtete ich, wie sich Dad hinters Lenkrad setzte und dabei über das ganze Gesicht grinste wie ein bekifftes Honigkuchenpferd. Ich drehte mich um und wollte Ricky gerade dazu beglückwünschen, dass er Dad den Tag versüßt hatte, da gefror mir das Blut in den Adern.

Ricky stand am Kopfende des Bettes und hielt eine Pistole in der Hand. Er drehte und wendete sie und betrachtete sie von allen Seiten. Ich starrte nur. Er spannte den Hahn, löste die Entriegelung, sodass der Lauf nach unten klappte und ließ ihn wieder zurückschnappen. Man hörte nur ein ganz leises Klicken! Er schnappte praktisch geräuschlos zu. Es war ein Revolver, wie ich an der Patronentrommel erkannte. Mein Mund klappte auf und wieder zu. Ich war sprachlos. Es ist mir ein bisschen peinlich zuzugeben, was mir in diesem Moment durch den Kopf ging. Zuerst wurde mir ein bisschen übel, so als hätte mir jemand voll in die Eingeweide geboxt, und dann packte mich Panik. Ich schätzte mit schnellem Blick den Abstand bis zur Tür ab. Konnte ich es noch rechtzeitig schaffen? Ich versuchte mich zu bewegen, war aber wie gelähmt.

»Was ist das?«, krächzte ich. *Als wüsste ich das nicht selbst!*

Ricky sah lächelnd auf. Er hielt mir den Revolver am Griff hin, damit ich ihn mir anschauen konnte. Die Erleichterung schwappte über mich hinweg wie ein Eimer Wasser. Meine Beine waren weich wie Butter. Ich wollte mich hinsetzen, aber ich widerstand der Versuchung und blieb stehen. Dann ... dann wollte er mich also gar nicht erschießen. *Oh Mann, was für ein Schwachsinn, so was überhaupt zu denken!*

»Nicht schlecht, was?«, sagte Rick. »Den hab ich aus Hongkong. Ist aber nicht echt.«

»Nicht echt?«, wiederholte ich und nahm den Revolver. Das war schwer zu glauben. Er lag glatt und schwer in der Hand. Stahlgrau, mit Perlmuttverzierungen am Griff. Er war schlank und modern und sah *verdammt* echt aus.

»Na ja, er war früher mal echt.« Ricky nahm mir den 
Revolver wieder aus der Hand und ließ ihn aufklappen. »Da, schau.« Er zeigte auf die Trommel. »Die haben die

Kammern zugegossen, sodass man keine Patronen mehr reinschieben und auch nicht mehr damit schießen kann.« Er ließ den Lauf wieder einrasten, streckte den Arm aus, kniff die Augen zusammen und drückte ab. »Ansonsten ist es ein perfekter kleiner Smith & Wesson. Da, probier auch mal.« Er hielt ihn mir wieder hin.

»Und wieso haben die das gemacht?« Ich fuhr mit den Fingern über die Trommel, die mit irgendeinem Material ausgegossen war. Obwohl ich es mir nicht anmerken lassen wollte, war ich natürlich hin und weg. Total fasziniert. Ich hatte noch nie im Leben eine Waffe in der Hand gehalten. Okay, einmal auf der Farm bei meinem Großvater seine hundert Jahre alte Schrotflinte. Aber dieser Revolver hier war etwas ganz anderes … hübsch und klein, kalt und schwer. Viel schnittiger und eleganter als eine Polizeipistole. Er sah ganz genau so aus wie in den Filmen.

»Die verkaufen sie in Hongkong als Gag«, erzählte Ricky. »Aber man darf sie nicht nach Australien mitbringen, wenn man keinen Waffenschein hat.«

»Wieso nicht?« Plötzlich packte mich der Neid. *Ich* war doch der, der die gefährlichen Sachen machte, nicht Ricky. Er war der Luxusboy, der in den tollen Hotels übernachtete. *Verdammt.* Was blieb mir denn da noch?

»Frag mich nicht.« Er zuckte die Schultern. »Vielleicht könnte man ihn wieder scharf machen.«

»Und wo hast du ihn genau her?«

 »Ich bin mal allein mit meinem Cousin in die Stadt nach Kowloon und hab ihn da in so einem komischen, kleinen Laden gekauft. Meine Eltern hatten an dem Tag was anderes vor, aber sie hatten mir vorher schon klar gemacht, dass ich so einen Revolver auf keinen Fall kriegen würde.«

»Hattest du keine Angst am Zoll erwischt zu werden?«

»Machst du Witze? Ich wäre fast gestorben!« Er lachte nervös. »Meine Eltern hätten mich gekillt, wenn das rausgekommen wär. Aber ich ... ich wollte ihn auch nicht in Hongkong lassen. Der Revolver war verdammt teuer und ich ... ich mag ihn einfach.«

»Wie hast du ihn denn durch den Zoll geschmuggelt?« Ich kniff ein Auge zu und hielt den Atem an, während ich auf den Stapel Mathesachen im Regal zielte. Ich sah sie vor mir in der Luft explodieren wie Hühner. Überall flogen Federn und Papierfetzen. *Tot.*

»In meinem Gepäck. In drei Paar Socken gewickelt und dann zwischen meine Klamotten gestopft. Ich hab gehofft, dass ich damit durchkomme, weil ich ja noch ein unschuldiges Kind bin. Und es hat geklappt.«

Ich warf Ricky einen fragenden Blick zu. Irgendwas schien ihm Sorgen zu machen. Ricky war ein gesetzestreuer, vierzehn Jahre alter Australier chinesischer Abstammung aus einer sehr wohlhabenden Familie. Wahrscheinlich fragte er sich gerade selbst, wieso er so was Wahnsinniges getan hatte.

»Na ja, aber wenn er doch gar nicht funktioniert.« Ich musste Rickys Gewissen etwas erleichtern. »Du kannst ja niemanden damit erschießen. Also ist doch eigentlich nichts dabei.« 

Ricky seufzte unglücklich. »Ja, aber es war trotzdem eine ziemliche Scheißidee.«

Wir spielten noch ein bisschen mit dem Revolver rum. Ich konnte gut verstehen, warum Ricky ihn nicht in Hongkong hatte zurücklassen wollen. Es war irgendwie ein total aufregendes Gefühl, das schwere Ding in der Hand zu halten, den Hahn zu spannen, mit zusammengekniffenen Augen ein Ziel anzupeilen und sich vorzustellen richtig damit zu schießen. *Pfoten in die Luft!* Wenn es meiner gewesen wäre, hätte ich ihn auch nicht hergeben wollen.

»Ich kann ihn euch für morgen leihen, wenn du willst«, sagte Ricky beiläufig. Er lag rücklings auf meinem Bett und sah zu, wie ich ein Glas auf dem Regal ins Visier nahm. »Dir und ... diesem Mädchen. Vielleicht könnt ihr ihn ja gebrauchen. Man weiß nie.« Er zögerte. »Könnte ja brenzlig werden.«

»Peng! Peng!«, flüsterte ich vor mich hin. Der Gedanke, den Revolver mitzunehmen, war verlockend. Wenn irgendwas schief lief, konnte ich ihn ziehen. Wow. Dass er bloß eine Attrappe war, spielte keine Rolle. Er *sah aus,* als könnte man damit töten. Meine Eltern würden natürlich einen hysterischen Anfall kriegen, wenn sie wüssten, dass so ein Ding auch nur im Haus war. Aber mir war eigentlich längst klar, dass ich nicht widerstehen konnte. Ich würde Rickys Angebot annehmen.

# 11

Etwas später machte ich mich auf den Weg nach draußen zur alten Garage. Frank lag auf dem Bett. Ich sah ihn im Vorübergehen durch einen Spalt im Vorhang. Er trug Jeans, aber kein T-Shirt und hatte die Augen zu. Rauchte. Bretterharter Techno hallte durchs Zimmer, stampf, stampf – wie Donnerschläge. (Irgendein Mädchen hatte ihm einen CD-Player geliehen. Er war jetzt der Einzige, der einen besaß, aber keiner traute sich ihn zu bitten, ihn vielleicht ins Wohnzimmer zu stellen, wo wir alle was davon gehabt hätten.)

Frank hatte sich seit dem Einbruch irgendwie verändert. Klar, es war noch nie einfach gewesen mit ihm, aber jetzt ... er wurde immer komischer. Sprach kaum noch und kam meistens noch nicht mal zu den Mahlzeiten ins Haus. »Hab zu tun«, brüllte er aus dem Zimmer. »Hebt mir was auf.« Und wenn dann alle im Bett lagen, schlich er sich in die Küche und aß die Portion, die für ihn auf dem Herd stand. Mum und Dad machten sich Sorgen. Ich hatte mitgekriegt, wie sie sich darüber unterhielten, ob es nicht ein Fehler von ihnen war, ihm zu erlauben, in seinem Zimmer zu bleiben, wenn wir anderen aßen. Sie fürchteten, dass er vielleicht eine richtige Depression haben könnte.

»Hey, Frank!«, rief ich. Natürlich konnte er mich nicht hören. Die Musik war viel zu laut. Ich musste mit beiden Fäusten gegen die Tür trommeln. Auf einmal riss der Lärm schlagartig ab. Ich weiß, es klingt total verrückt – immerhin ist er mein Bruder –, aber die plötzliche Stille machte mir richtig Angst.

»Wer will was?«, knurrte er.

»Jack!« Und dann sagte ich schnell: »Ich hab was für dich.«

»Warte.«

Ich hörte Schlurfen und Rumoren und Frank erschien an der Tür.

»Was denn?«, fragte er und schaute auf die beiden Plastiktüten, die ich ihm hinhielt.

»CDs«, sagte ich. »Für dich.«

Stirnrunzelnd nahm mir Frank die Tüten ab und kniete sich hin, um reinzuschauen.

»Hey, nicht übel«, brummte er. »Wo hast du die her?«

»Von einem aus meiner Klasse«, sagte ich. »Er schenkt sie uns.«

»Und du hast auch welche?«

»Ja.« Ich konnte die Begeisterung in meiner Stimme nicht verbergen. »Red Hot Chilli Peppers, Sad Horizon, Marilyn Manson … total geniale Sachen.«



Er nickte und nahm die Tüten in die Hand.

»Gut. Danke«, sagte er. »Und sag auch deinem Freund

Danke von mir.« Dann zog er sich wieder in sein Zimmer zurück und machte die Tür zu.

Ich war irgendwie ziemlich enttäuscht, als ich davonging. Wieso konnte er nie auch nur mal zwei Minuten mit mir reden? Immerhin war er mein Bruder. Wahrscheinlich hatte ich irgendwie darauf gehofft, er würde mir anbieten eine von Rickys CDs bei ihm zu hören. Wir hätten gemütlich bei ihm rumgehockt, Musik gehört und ich hätte ihm von meinem neuen Skateboard erzählt. Aber ich weiß gar nicht, wieso ich geglaubt hatte, so was könnte wirklich passieren. Franks Zimmer war sein Allerheiligstes. Der Bau, in dem er sich vor uns anderen versteckte. Ehrlich gesagt, ging es mir vor allem um den Revolver, den ich ihm unheimlich gern gezeigt hätte.

»Jack!«

Ich wollte gerade ins Haus gehen. Frank stand in der Tür seines Zimmers.

»Ja?«

»Komm mal her«, befahl er.

Ich ging zu ihm zurück.

»Hör mal«, sagte er. »Ich hab vor in den Laden einzubrechen. Ich hol mir meine Lautsprecher und schau nach, was sonst von meinen Sachen da ist.«

Ich sah ihn an. Ich machte mir echt Sorgen. Was war bloß los mit ihm und Diana? Wieso mussten sie immer den riskanten Weg wählen? Wieso kam er nicht auf die Idee zur Polizei zu gehen. Alles andere war totaler Wahnsinn.



»Zu den Bullen kann ich jetzt nicht mehr«, sagte er, als hätte er meine Gedanken gelesen.

»Wieso nicht?«

»Na, weil der Typ aus dem Laden sofort wüsste, dass ich ihn verpfiffen hab. Der würde am nächsten Morgen vor der Tür stehen und mir eins auf die Nuss geben.« Frank sah mich an, als hätte er sich alles schon ganz genau überlegt.

»Aber wenn die Lautsprecher plötzlich weg sind, kann er sich doch auch denken, dass du sie geklaut hast«, wendete ich ein. »Mensch, denk doch mal nach. Das Ganze ist echt eine Scheißidee.«

»Kann sein. Aber ich glaub nicht, dass er was macht, wenn ich mir meine Sachen so zurückhole.«

»Wieso nicht?« Ich konnte seinen Gedankengängen überhaupt nicht folgen. »Kannst du mir das mal erklären?«

»Der hat Angst vor den Bullen«, murmelte Frank. »Nicht vor mir.«

Ich seufzte. So wie in diesem Moment ging es mir oft mit Frank. Einerseits ist er so cool und dann wieder wie ein kleines Kind. Irgendwie naiv. Er hat zu viel Zeit zu Hause mit Musikhören verbracht. Man hat das Gefühl, er hat gar keine Ahnung davon, wie Menschen funktionieren und wie die Welt tickt. Wahrscheinlich ist das kein Wunder. Woher sollte er es auch wissen. Er spricht ja nie mit jemandem.

»Dann machst du also nicht mit?«

»Das hab ich nicht gesagt!«

»Was ist mit dem Mädchen?«, fragte Frank. »Besser wär's, wenn zwei Leute Wache schieben. Einer in der Seitenstraße und einer vor dem Laden.«

»Ich kann sie ja mal fragen.«

Also gingen Diana und ich am nächsten Tag auf dem noch warmen Asphalt unserem Schicksal entgegen. So empfanden wir es jedenfalls. Frank war schon früher los und erwartete uns um Punkt zehn vor dem Laden.

Ich war düsterer Stimmung, obwohl ich ihre Hand hielt und obwohl ich wahnsinnig verliebt war in sie. Die Sache konnte unmöglich gut ausgehen, aber das wollte ich natürlich nicht zugeben. Was stand uns noch bevor? Und Frank erst?

Das Mindeste, was mich erwartete, war Prügel von Dad. Er hat Sean einmal verprügelt, als der so alt gewesen war wie ich. Sean hatte Mum angebrüllt, weil sie mit ihm geschimpft hatte, und sie auf den Arm geboxt, als sie ihm irgendetwas wegnehmen wollte. Dad hatte erst nichts dazu gesagt, aber ich sah, wie sein Gesicht rot anlief und er die Lippen zusammenpresste. Er war vom Tisch aufgestanden, hatte einen Kochlöffel aus der Küchenschublade geholt, Sean nach draußen gezerrt, auf den Boden geworfen und ihm mindestens zwölfmal richtig fest eins über den Hintern gezogen. »Wag es nicht, deine Mutter noch einmal zu schlagen«, hatte er gebrüllt. »Hörst du? Nie mehr! Wenn du jemanden schlagen willst, schlag mich!«

Mum mit der Faust auf den Arm zu boxen erschien mir im Vergleich zu dem, was wir vorhatten, harmlos.

Diana trug einen kleinen Rucksack über der Schulter. Neben einer Unmenge anderer Dinge schleppte sie ihre Kamera mit und eine Art Minidegen mit einem kunstvoll verzierten Griff, der in einer Scheide aus Leder steckte und ihrem Vater gehört hatte. Ich hatte ihr gesagt, dass es verrückt war, so was mitzunehmen, und dass wir mit Sicherheit Ärger bekommen würden.

»Als hätte ich vor, jemanden damit zu erstechen«, rief sie empört, als wäre ich der volle Schwachkopf, so was überhaupt in Erwägung zu ziehen.

»Und wieso hast du ihn dann mit?«

»Weil es mein wertvollster Besitz ist«, blaffte sie mich gereizt an. »Mein Glücksbringer.«

»Na gut.« Ich fasste sie wieder an der Hand, um ihr zu zeigen, dass ich ihr vertraute. Außerdem hatte ich ihr schließlich auch nichts von Rickys Revolver erzählt, den ich Frank gegeben hatte. Wer war ich also, sie zu kritisieren? Franks Lächeln, als ich ihm den Revolver gegeben hatte, war mir wie Öl runtergegangen, und eine Weile lang hatte ich das Gefühl gehabt, allein für sein Lächeln lohnte es sich mitzumachen. Doch mittlerweile dämmerte mir der Irrsinn dieser Aktion. Das einzig annähernd Positive daran war, dass Diana anscheinend das Interesse an ihren eigenen Einbruchsplänen verloren hatte. Sie war gleich Feuer und Flamme gewesen, als ich ihr von Franks Vorhaben erzählt hatte.

»Können wir noch mal alles durchgehen …?«, fragte ich jetzt nervös. Ich wollte jedes Detail noch ein letztes Mal mit ihr besprechen und mir ganz bewusst machen, was ich gleich tun würde – und uns beiden dadurch auch die Chance geben, doch noch abzuspringen und stattdessen lieber irgendwas Erlaubtes und Lustigeres zu machen.



»Jack, wir haben das doch mit den anderen schon zwanzigmal durchgekaut!«, stöhnte Diana. »Lass mal locker!

Es wird schon nichts schief gehen. Und wenn, hab ich ein Handy mit.«

*Ein Handy! Ah ja. Das wird uns ganz bestimmt helfen, wenn einer mit einer Eisenstange auf uns losgeht.*

Das Handy war einer der wichtigen Ausrüstungsgegenstände in Dianas Rucksack. Sie hatte ihrer Mutter vorgelogen, sie würde zu einer Freundin gehen und brauchte deswegen das Handy. Ihre Mutter hatte die Lüge (laut Diana) zwar durchschaut, aber trotzdem geschluckt, weil sie sich nach der peinlichen Szene auf der Straße wieder bei Diana einschleimen wollte.

Wir hatten beide gelogen, was unsere Pläne für den Abend anging. Ich war angeblich bei Ricky und spielte das neue Computerspiel, das er aus Hongkong mitgebracht hatte. (Dad hatte angefangen, Ricky nur noch *Ricky Rolls* zu nennen, was mich tierisch nervte. Aber ich konnte es ihm ja schlecht verbieten.) Um halb zwölf sollte ich wieder zu Hause sein, damit wir am nächsten Morgen ganz früh zu Grandma aufbrechen konnten. Unser kleines Abenteuer würde nicht länger als eine halbe Stunde dauern, hatten Frank und Diana versprochen. *Ja, klar!* Ricky war übrigens der einzig normale, lebende Mensch, der wusste, wohin ich ging und was ich vorhatte.

Wie verabredet wartete Frank in der kleinen Gasse neben dem Laden auf uns, wo er am Fenster lehnte. Er hatte eine Plastiktüte dabei, die er nervös von einer Hand in die andere schob. Ich wusste, was in der Tüte war: zwei Rollen Abklebeband. Sobald feststand, dass Diana mitmachte, hatte sie ihm detailliert beschrieben, wie sich Fensterscheiben fast geräuschlos einschlagen lassen. Man klebt die Scheibe vorher ab und wenn man das Glas dann einschlägt, hört man nichts, weil die Splitter am Band kleben bleiben und nicht auf den Boden fallen können. Frank hatte sich ihren Vortrag wortlos angehört, aber am Zucken seiner linken Augenbraue hatte ich gesehen, wie beeindruckt er war. Bei ihm ist das ein sicheres Zeichen für Anerkennung. Ich musste lächeln, als ich jetzt sah, dass er trotzdem vorsorglich einen von Mums Gartenhandschuhen mitgenommen hatte. Frank hatte noch nie Blut sehen können.

Gegen zehn war es schließlich dunkel und alle Geschäfte ringsum hatten mehr oder weniger dichtgemacht. Die große Videothek ein paar Häuser weiter war zwar noch geöffnet, aber die Kunden blieben alle nicht lange. Frank hatte vor, das Seitenfenster des Ladens einzuschlagen, das auf die Gasse hinausging. Wir schlenderten zweimal daran vorbei, während wir auf den Wagen warteten. Tristan, der ältere Bruder von einem von Franks Schulfreunden, hatte sich breitschlagen lassen, die Boxen und Franks andere Sachen abzutransportieren und dann hinter unserem Haus abzuladen.

Das war aber auch schon alles. Er hatte klar gesagt, dass er sofort losfahren würde, sobald es irgendwie brenzlig werden sollte.

Frank konnte nicht still stehen, er spähte immer wieder um die Ecke in die Straße und schüttelte verzweifelt den Kopf, als hätte der Typ ihn sitzen lassen.



Aber Tristan kam, wie ausgemacht, genau um Viertel nach zehn angefahren. Er parkte seinen alten Kombi in der

Gasse und schlenderte dann in Lederjacke und Stiefeln mit silbernen Kappen auf den Spitzen zu uns rüber.

»Hey, *Dudes*!« Er rieb sich die Hände. »Alles roger?«

Wir nickten. Der Idiot hielt sich anscheinend für einen Schauspieler in einem Gangsterfilm. Na ja, wenn es ihm Spaß machte. Er hatte blond gefärbte Rastalocken, trug eine Sonnenbrille und war etwa neunzehn. Frank machte sich nicht die Mühe uns vorzustellen, was mir zum ersten Mal nichts ausmachte. Ich merkte, dass er diesen Tristan auch für einen Volltrottel hielt.

»Ich sehe, du hast auch 'ne Schnecke dabei?« Tristan fuhr Diana grinsend durchs kurze Haar. »Ich weiß nicht, ob das so eine gute Idee ist, Alter!« Das sollte wohl so eine Art Witz sein. Aber niemand lachte. Diana schaute ihn nur böse an, als würde sie ihm eine semmeln, wenn er noch einmal das Maul aufmachte.

Frank hielt seine Plastiktüte auf und starrte hinein. Ihm schien erst jetzt klar zu werden, dass er das, was da drin war, auch benutzen musste. »Hoffentlich funktioniert's.« Er schaute mit einem unsicheren Lächeln zu Diana rüber. »Ich bin nicht scharf drauf mich zu schneiden.«

»Soll ich es machen?«, bot Diana bereitwillig an.

»Nee.« Frank schüttelte den Kopf. »Du musst Wache schieben.«

Diana nickte. Aber ich sah, dass sie sich ein bisschen darüber ärgerte, nur eine Nebenrolle spielen zu dürfen.

»Okay.« Tristan schlug Frank auf die Schulter. »Alle wissen, was sie zu tun haben, ja?«



»Ja.« Frank wirkte etwas nervös, als er die letzten Kommandos gab. »Jack, du stellst dich hinten in die Gasse und Diana, du gehst auf die andere Straßenseite und postierst dich an der Ecke von dem Geflügelgeschäft. Wenn irgendwas Auffälliges passiert, pfeift Diana – und Jack, du machst den Käuzchenschrei, okay?«

»Okay«, sagte Diana.

Ich nickte. *Den Käuzchenschrei!* Oh Schande! Den hatte ich schon in der sechsten Klasse draufgehabt. Ich hätte so gern auch cool auf zwei Fingern gepfiffen wie Diana. Aber obwohl ich heimlich geübt hatte, hatte ich bisher bloß eine klägliche Kopie zu Stande gebracht.

»Die Knarre hast du?«, sagte Tristan leise zu Frank.

»Ja.« Frank klopfte auf die Innentasche seiner Jeansjacke.

Dianas Augen wurden groß, aber sie sagte nichts. In diesem Moment ging mir auf, dass sie alle drei irgendeinen beknackten Fernsehkrimi nachspielten. Das war total verrückt – und ich mittendrin. Ich war gefangen in ihrer Fantasievorstellung und es gab keinen Ausweg. Ich konnte nicht einfach abhauen und meinen Bruder hängen lassen. Keine Chance.

»Denk dran, ich warte allerhöchstens zehn Minuten«, drohte Tristan. »Dann fahre ich los. Egal was ist.«

»Ja, ja. Ist klar.« Frank sah plötzlich ziemlich verloren und allein aus. Aber ich würde zu ihm halten, auch wenn ich wusste, dass er sich gerade selbst die Riesengrube schaufelte, in die er hineinfallen würde.



»Sobald ich einen Pfiff höre oder irgendwas sehe, mach ich den Abgang«, sagte Tristan noch mal. Seine hastige, monotone Sprechweise erinnerte mich an Grandma. »Ich warte garantiert nicht auf dich, Alter! Kapiert?«

»Ja!«, knurrte Frank ungeduldig. »Hab ich kapiert! Also halt endlich den Mund, ja?«

Tristan steckte die Hände in die Taschen und drehte sich um.

»Ich glaub, es ist besser, wenn ich nicht genau vor dem Geflügelladen stehe, sondern ein Stück weiter drüben«, sagte Diana plötzlich. »Ich muss ja sehen, wo die Leute hinschauen, wenn jemand stehen bleibt.«

»Bloß nicht.« Franks Stimme klang panisch. »Du machst alles genau so wie abgesprochen.«

»Hör mal, das weiß doch jeder«, stieß Diana gereizt hervor. »Wenn man Schmiere steht, muss man alles genau im Blick haben. Die Umgebung und die Action.«

»Ja, ja. Ist gut«, lenkte Frank schnell ein. »Hauptsache du siehst alles.«

*Schmiere stehen* ... ich warf Diana einen nachdenklichen Blick zu. Wo hatte sie *den* Ausdruck denn her? Aber mir blieb keine Zeit, sie zu fragen. Frank schlug mir auf die Schulter (zum ersten Mal) und schubste mich in die Gasse. Diana war schon losgelaufen. Ich drehte mich auf halbem Weg noch einmal um und sah sie um die Ecke verschwinden.

Es folgten die nervenaufreibendsten zehn Minuten meines Lebens. In der engen, dunklen Gasse waren nichts und niemand zu sehen, nur zwei Katzen, die um die Zäune schlichen, und eine Ratte (ich glaub, es war eine), die ein Abflussrohr hinaufkrabbelte. Kein einziger Mensch, der

Franks Masterplan hätte durchkreuzen können. Es war ganz still. Nur einmal bellte ein Hund und ich hatte schon Angst, es könnte Ärger geben, aber dann hörte er wieder auf. Im Licht, das von der Straße in die Gasse fiel, sah ich schemenhaft, wie sich Frank am Fenster zu schaffen machte. Der Tipp mit dem Abklebeband war genial. Man hörte weder Glas splittern noch sonst irgendein Geräusch, als Frank die Faust durch die Scheibe stieß. Es dauerte eine Weile, bis er die Glassplitter herausgebrochen hatte, dann sah ich nur noch, wie er durch die Öffnung im Laden verschwand. In einiger Entfernung hob sich Tristans Wagen schimmernd vom Dunkel ab wie ein großes Tier. Er saß über das Lenkrad gebeugt darin. Er wartete. Wir warteten beide. Ich betete sogar. Hoffentlich kam Frank heil aus der Sache raus. Ob mit oder ohne Boxen war mir ziemlich egal. Der jüngere Typ – Stanley – hatte mir richtig Angst gemacht. Er war doppelt so alt wie Frank und doppelt so kräftig. Ein Blick genügte, um zu wissen, dass er verdammt ungemütlich werden konnte. Ist wohl Instinkt. Ich spürte einfach, dass man sich mit ihm nicht ungestraft anlegte.

Die Zeit verging. Ich begann nervös zu werden. Wie es bei Frank da drin wohl lief? Licht sah ich keines, hoffentlich funktionierte die Taschenlampe. Ich hatte keine Armbanduhr an und wenn, hätte ich sie in der Dunkelheit sowieso nicht ablesen können. *In der Dunkelheit?* Ich stand hier mehr oder weniger allein im Halbdunkel und hatte keine Angst … aber ich machte mir viel zu viele Sorgen um meinen Bruder, als dass ich mich darüber hätte freuen können.

Tristan rutschte unruhig hinter dem Steuer hin und her. Ich bekam plötzlich Panik, er könnte losfahren, bevor Frank im Laden fertig war. *Mach schon, Frank!* Ich hatte mich hingekauert. Jetzt stand ich auf und spähte zum anderen Ende der Gasse. Es wäre typisch Frank, sich so in die Suche nach seinen Sachen reinzusteigern, dass er darüber total vergaß, dass Tristan draußen wartete. Es reichte doch, wenn er die Lautsprecher wiederbekam. *Hol sie raus, lad sie ins Auto und nichts wie weg. Bitte komm doch mit den Boxen und …*

Im ersten Moment erkannte ich es nicht: das orgelnde Heulen eines Martinshorns. Flipp nicht gleich aus, sagte ich mir, das wird ein Krankenwagen sein. Das Heulen wurde lauter. Tristan startete den Wagen. Er hatte es auch gehört. Irgendjemand musste uns gesehen haben. Das war ja wohl nicht zu fassen! Diese ganze beschissene Aktion ging volle Kanne den Bach runter und Frank würde noch nicht mal seine Lautsprecher wiederbekommen! Tristan raste auf mich zu. Er bremste abrupt ab.

»Willste mit?«, rief er und hielt mir die Tür auf.

Ich schüttelte den Kopf. »Ist okay. Ich bleib hier.«

»Dann pass auf dich auf.«

»Ja, du auch, Weichei!«, brummte ich. *Pass auf dich auf, Schleimarsch!*

Als ich sah, wie am oberen Ende der Gasse flackerndes Blaulicht über die Häuserwände zuckte, hörte ich Dianas Pfiff. Als Nächstes fiel grelles Scheinwerferlicht in die Gasse. Ich drückte mich an den Holzzaun, der zu einem der Hinterhöfe gehörte. Ich rechnete damit, entdeckt zu werden, aber wegrennen hatte keinen Zweck. Das hätte mich nur noch verdächtiger gemacht. Doch dann kam der Streifenwagen mit Blaulicht und Martinshorn fast genau an der Stelle zum Stehen, wo kurz zuvor noch Tristan geparkt hatte. Drei Polizisten sprangen heraus. Eine Frau blieb stehen, um das eingeschlagene Fenster zu untersuchen, die beiden Männer, von denen einer sehr dick war, begannen gegen die Tür zu hämmern. Ich verdrehte den Hals, um etwas zu erkennen, und kniff die Augen zusammen, weil das Blaulicht so blendete. Der Dicke warf sich gegen die Tür und drückte sie mit der Schulter ein.

»Einbruch in der Station Street in Fairfield«, hörte ich die Polizistin über Funk an die Zentrale melden. »Es ist ein Secondhand-Laden. Schickt uns noch einen Wagen. Wir gehen jetzt rein!« Die Antwort ging im Knistern und Rauschen des Funkgeräts unter. Mir war speiübel, während ich zusah, wie die zwei Männer in den Laden stürmten. Sie würden Frank auf frischer Tat ertappen.

Obwohl ich mir des Risikos total bewusst war, blieb ich wie angewurzelt stehen und presste mich an den Zaun. Abhauen kam nicht in Frage. Er war mein Bruder. Gleich würden sie ihn finden und nach draußen zerren. Der Gedanke an das, was Frank noch bevorstand, machte mir Angst. In meinen Ohren begann es zu rauschen. Frank hatte doch keine Ahnung, wie man sich in so einer Situation am Klügsten verhielt. Um Sean hätte ich mir keine Sorgen gemacht. Sean kann notfalls jeden um den Finger wickeln und alles so hinbiegen, dass er am Ende gut dasteht. Er weiß, wie man Leute belabert und mit ihnen einig wird.

Frank war anders. Er konnte sich nicht einschleimen oder wollte es auch gar nicht. Er war ein Einzelgänger – immer schon gewesen. Er explodierte ja schon, wenn man ihn bloß anfasste. Er hasste es über Probleme zu sprechen und war unfähig, Kompromisse zu schließen. Er war schwierig. Das sagte jeder. »Schwierig« ist das Wort, das ich mit Frank verbinde, seit ich mich erinnern kann. Lehrer fanden ihn immer schwierig. Verwandte auch.

*Schwierig?* Wem versuche ich eigentlich was vorzumachen? Frank war unerträglich. Er war das ungelöste Rätsel im Herzen unserer Familie. Man spürte, dass irgendwo tief drinnen in ihm etwas unglaublich Interessantes und Gutes verborgen lag, und bekam gelegentlich sogar einen Schimmer davon zu sehen, aber bevor man es fassen konnte, glitt es einem jedes Mal wieder durch die Finger. Niemand war je bis in Franks Innerstes vorgedrungen.

Während ich draußen in der Dunkelheit wartete, machte sich eine unerträgliche Wut in mir breit. Wut auf Franks grenzenlose Blödheit, die uns in diese Situation gebracht hatte, und Wut auf mich selbst, weil ich ihm nicht gesagt hatte, wie bescheuert ich seine Idee fand. Ich hatte bloß mitgemacht, um Diana zu beeindrucken und Frank genauso. Weil ich wollte, dass sie mich für einen coolen Checker hielten, der vor gar nichts Angst hat. Jetzt schob ich mich langsam am Zaun entlang und blieb dann ein paar Meter neben dem Polizeiwagen im Schutz der Zweige eines überhängenden Buschs stehen. Man hätte bloß genauer hinschauen müssen, um meine Beine unten vorlugen zu sehen, aber die Angst um Frank war größer als die Angst um mich selbst.

Ich musste in der Nähe bleiben, falls die Polizisten ihm irgendwie blöd kamen. Er brauchte mich als Zeugen.

»Fehlanzeige!«, hörte ich in dem mittlerweile hell erleuchteten Laden jemanden rufen. »Wie sieht es bei dir aus?«

In mir regte sich wieder leise Hoffnung. Vielleicht hatte Frank noch rechtzeitig durch die Hintertür flüchten und dann über den Zaun springen können.

»Die sind uns durch die Lappen gegangen.« Der ältere Polizist, der jetzt wieder auf die Straße trat, sprach aus, was ich dachte. »Wir haben sie wohl knapp verfehlt.« Er griff in den Wagen und zog das Mikrofon heraus, aber bevor er es anmachte, wandte er sich an seinen Kollegen, der in der Tür stand. »Ist der Inhaber schon benachrichtigt?«

»Kommt noch«, sagte der andere. »Aber der Typ ist auch nicht ganz sauber.«

»Ach ja?«

»Scheint hier ein Umschlagplatz für ziemlich heiße Ware zu sein …«

Es raschelte und auf einmal stand Diana neben mir unter den Blättern. Sie hatte sich wohl in die Seitenstraße geschlichen und meine Beine entdeckt.

»Na?«, flüsterte sie aufgeregt. »Alles okay?«

Ich zuckte ärgerlich mit den Schultern. Was glaubte sie, was das hier war? Eine Spaßveranstaltung? Wir warteten schweigend ab. Inzwischen war der zweite Streifenwagen eingetroffen.



»Hey, guckt mal. Diese Lautsprecher sind zum Fenster geschleppt worden«, rief jemand.

»Hast du schon Fingerabdrücke genommen?«

»Nein. Noch nicht.«

»Achtung, Leute«, hörte ich die Polizistin plötzlich rufen. »Wir haben einen.«

Ihre Kollegen ließen sofort alles stehen und liegen und postierten sich vor der Tür. Ich wartete. Die Hoffnung, die noch vor drei Minuten in mir aufgekeimt war, fiel in sich zusammen.

Niemand wurde laut und es gab auch kein Handgemenge, als Frank von zwei Polizistinnen nach draußen geführt wurde. Ich musste schlucken, als ich im Lichtschein kurz sein Gesicht sah. Seine Miene war ausdruckslos, aber ich erkannte, wie angespannt er war und wie mühsam er um Fassung rang. Er wurde in den Streifenwagen gestoßen. Durch das hintere Wagenfenster sah ich seinen Hinterkopf. Er saß sehr still, bewegte sich kaum. Mein Mund war wie ausgetrocknet. In diesem Moment hätte ich bereitwillig mein Leben für ihn gegeben – im Ernst. Ich weiß, wie verrückt sich das anhört, wenn man bedenkt, was er für ein Kotzbrocken war – was er mir gegenüber für ein Kotzbrocken *ist*. Aber in diesem Augenblick war es mir egal, dass er ein komischer Kauz war und uns oft das Leben schwer machte. Er war mein Bruder und ich war bereit, für ihn zu sterben.

Bevor sich der fette, alte Polizist hinters Steuer quetschte, hielt er etwas in die Höhe, um es seinen beiden Kollegen zu zeigen, die dabei waren, das eingeschlagene Fenster mit Brettern zu vernageln.



»Seht euch das mal an!«

Es war Rickys Revolver. *Ach du Scheiße*. Den hatte ich total vergessen! Es kam mir vor, als wäre es ungefähr zehn Jahre her, seit ich ihn Frank gegeben hatte, um Eindruck bei ihm zu schinden. Wieso hatte ich das bloß gemacht? Wieso hatte ich es darauf angelegt, ihn zu beeindrucken? Der Polizist ließ den Revolver um den Zeigefinger wirbeln wie eine Spielzeugpistole. Im Licht der Straßenlaterne glitzerte er gefährlich.

»Hat er dich damit bedroht?«

»Nein. Den haben wir in seiner Jackentasche entdeckt.«

»Glück gehabt.«

»Also, wir sehen uns nachher auf dem Revier.«

»Ja, bis dann.«

Der alte Bulle stieg in den Wagen, startete den Motor und raste davon. Diana und ich sahen ihm durch das Blattgewirr hinterher.

»Unglaublich. Möchte mal wissen, wo der Junge die Waffe herhatte«, murmelte der jüngere Polizist.

»Das werden wir bestimmt bald erfahren.« Seine Kollegin seufzte gelangweilt. »Sag mal, wann hast du Dienstschluss?«

»Um zwei. Gehst du morgen zum Kricket?«

»Was denkst du denn?«

Diana und ich trotteten schweigend heimwärts Richtung Dobson Street. Der samtig schwarze, sternklare Nachthimmel ließ mich mein Elend eine Zeit lang vergessen – bis ich daran dachte, wie die Sterne in Harrietville gefunkelt hatten. Sie waren mir immer wie lebendige Wesen vorgekommen, die nur für mich am Himmel leuchteten. Wieso sollte ich mich von diesen blöden kleinen Pünktchen da oben beeindrucken lassen, die jeder Idiot in Melbourne sehen konnte, der nach oben guckte? *Wären wir doch in Harrietville geblieben. Dann wäre das alles nie passiert.*

Mir schwirrte der Kopf, wenn ich daran dachte, wie es weitergehen würde. Ob sie Frank wieder gehen ließen oder würde er ins Gefängnis kommen? Sollte ich ihm sofort einen Anwalt besorgen? Aber wie? Ich wusste ja noch nicht mal, wo sie ihn hingebracht hatten. Es durchlief mich kalt. Wie findet man überhaupt einen Anwalt? Schaute man einfach im Telefonbuch unter »A« nach? Diana hätte mir die meisten dieser Fragen beantworten können, da war ich mir ziemlich sicher, aber ich hatte keine Lust sie zu fragen. Und wie würde Mum damit fertig werden, dass einer ihrer Söhne im Knast saß? Brach unsere Familie dann endgültig auseinander?

Wahrscheinlich würden sie uns erlauben, Frank von Zeit zu Zeit zu besuchen. Durfte man im Gefängnis Musik hören? Ich wollte mir gar nicht vorstellen, wie schlimm es für ihn wäre, ohne Musik leben zu müssen. Ob ich Mum und Dad gleich alles erzählen sollte, sobald ich nach Hause kam? Was würde Frank wollen? Ich wollte ihm helfen, ihn aber auf keinen Fall verpetzen.

Es kam mir vor, als hätten wir eine Ewigkeit nichts mehr gesagt, als Diana plötzlich fragte: »Bist du noch sauer auf mich?« Wir waren nur noch zwei Straßen von zu Hause entfernt.



»Nein«, sagte ich und war selbst überrascht, dass das die

Wahrheit war. Sie konnte schließlich nichts dafür. Frank war schuld – und ich, weil ich mitgemacht hatte. Jetzt mussten wir die Suppe auslöffeln.

»Entspann dich mal«, sagte Diana nach einiger Zeit. »Er ist doch erst sechzehn.«

»Und was hat das damit zu tun?«, fragte ich genervt.

»'ne Menge. Wahrscheinlich lassen sie ihn laufen, weil er noch minderjährig ist. Vorbestraft ist er ja wohl nicht, oder?«

*Vorbestraft?* »Ich ... äh ... ich glaub nicht.« Ich wollte mir nicht anmerken lassen, dass ich keine Ahnung hatte, wovon sie redete. Sie kannte sich ganz schön gut aus. Aber dann entschied ich, dass mich mein blöder Stolz schon tief genug in die Scheiße geritten hatte.

»Was meinst du, was jetzt passiert?«, fragte ich. »Wo haben sie ihn hingebracht? Glaubst du, die rufen meine Eltern an?«

»Ja, klar«, sagte Diana, die sich kein bisschen besorgt anhörte. Ich stöhnte auf.

»Die lassen sie auf der Wache antanzen«, sagte sie. »Und da kriegen sie dann alles haarklein erzählt.«

»Oh.« *Scheiße!* Irgendwie hatte ich gehofft, sie würden es vielleicht gar nicht erfahren. Woher wusste Diana solche Sachen? Ich brachte es aber nicht über mich, sie zu fragen. Dazu war morgen noch genug Zeit. Oder übermorgen. Wenn die Sache mit Frank ausgestanden war – so oder so.

Außerdem waren wir inzwischen schon in der Dobson Street und gleich bei ihr zu Hause.

In diesem Moment beschloss ich, alles zu beichten,

sobald ich nach Hause kam. Egal, ob es Frank recht war oder nicht. Ich musste Dad und Mum alles erzählen. Selbst das mit Rickys Revolver. Es würde schlimm werden, das war klar. Sie würden ausrasten, enttäuscht und tief verletzt sein. Weil ich ein Lügner war und ein Idiot noch dazu. Aber es musste sein. Frank war bescheuert genug zu behaupten, der Revolver gehöre ihm und dann würde er noch mehr Ärger bekommen. Und wenn die Bullen gar nicht darauf kamen, dass das verdammte Ding bloß eine Attrappe war? Frank war so verstockt und zerstreut, dass er es ihnen vielleicht gar nicht klar sagen würde. Und wenn ich Mum und Dad informiert hatte, würde ich Ricky auf seinem Handy anrufen. Notfalls musste ich ihn eben wecken, falls er schon schlief. Es überlief mich kalt, wenn ich daran dachte, was ich ihm sagen musste. Aber das war ich ihm schuldig. Er hatte ein Recht zu erfahren, dass wir mit seinem geliebten Spielzeug Mist gebaut hatten.

»Das Ganze war wohl ’ne ziemlich blöde Idee, was?«, sagte Diana, als wir vor ihrem Haus standen.

»Na ja, irgendwie schon.« Ich nahm ihre Hand. Sie war ziemlich geknickt, das merkte ich. »Hey, du brauchst dir keine Sorgen zu machen …«

»Kann ich morgen mal bei euch vorbeikommen?«, fragte sie. »Ich würd gern wissen, was mit Frank passiert.«

»Klar.« Ich war froh, dass sie überhaupt noch was mit mir zu tun haben wollte, obwohl ich mich auf dem Heimweg so wenig um sie gekümmert hatte. Plötzlich stöhnte ich auf: »Gerade fällt mir ein, dass wir übers Wochenende ja eigentlich zu meiner Großmutter sollten. Ich weiß gar nicht, ob …« Ich ließ den Satz unbeendet und Diana wendete sich ab. Als ich ihr enttäuschtes Gesicht sah, nahm ich all meinen Mut zusammen, ging auf sie zu und umarmte sie. »Aber versuch's doch einfach trotzdem«, sagte ich. Ich drückte sie an mich und schmiegte mein Gesicht an ihren Hals. »Vielleicht fahren wir ja auch gar nicht.«

Wir küssten uns, bis ich mich irgendwann von ihr losmachte. Ich blieb noch stehen und sah zu, wie sie um das Haus herumlief und auf die Obstkiste vor ihrem Fenster stieg. Das eine Bein schon im Zimmer, das andere noch draußen hängend, drehte sie sich noch einmal zu mir um und winkte, bevor sie ganz ins Zimmer schlüpfte. Im Licht der Straßenlaterne war ihr Gesicht geisterhaft blass. Sie hob den Arm, winkte und lächelte. In diesem kurzen Moment erinnerte sie mich an einen Vogel, den ich mal beim Campen im Wilson's Promontory, diesem Naturschutzpark, gesehen hab. Er war grau, hatte so gelbe Flecken unter den Flügeln und dürre Stelzenbeine. Niemand konnte uns sagen, wie er hieß. Er war ganz allein und pickte stundenlang in der Nähe von unserem Zelt in der Erde rum. Er war so schmal und schön und … furchtlos gewesen. Mir wurde richtig weich in den Knien, als ich plötzlich daran dachte, wie total einzigartig Diana war und wie sehr ich sie liebte.

»Bis dann, Jack!«, rief sie leise, zögernd, so als wüsste sie nicht, ob ich überhaupt antworten würde. Fast wäre ich zu ihr hingerannt. Aber ich ließ es. Stattdessen winkte ich.



»Ja, bis dann!« Sie entschlüpfte in das Dunkel des Hauses und ich drehte mich um und ging davon.

Manchmal sehe ich es noch vor mir: Sie rittlings auf dem Fensterbrett, ein Bein baumelnd, den dünnen weißen Arm zum Winken erhoben, das alte Haus und die Dunkelheit, die sie umgab. In dem merkwürdigen, weißen Licht hatte ihr Gesicht etwas Zartes, Vogelhaftes. Wenn ich daran denke, krieg ich so ein pelziges Gefühl im Hals. Ich wünschte, ich wäre doch noch zu ihr hingerannt und hätte nur noch einmal kurz ihre schmalen Finger berührt, bevor wir uns trennten.

# 12

Alle Lichter brannten, als ich nach Hause kam. Aber es war niemand da. Sofort packte mich Panik. Auf dem Küchentisch lag eine Nachricht von Mum.

*Hallo Jack,*
*hoffentlich hattet ihr Spaß bei Ricky.*
*Frank hat eine Dummheit gemacht und wir mussten schnell zu ihm. Aber mach dir keine Sorgen. Leg dich schlafen und wir erklären dir morgen alles.*
*PS: Sean weiß Bescheid und kommt auch bald nach Hause.*
*Alles Liebe Mum (und Dad)*

Verdammt – ich hatte sie verpasst! Sie waren schon bei der Polizei. Ich beschloss, Ricky anzurufen, um wenigstens diese Seite der ganzen bescheuerten Geschichte geregelt zu haben. Ich tippte seine Nummer ein.

»Ja, hallo?«



»Was machst du gerade?« Ich versuchte nicht nervös zu klingen.

»Fernsehen.« Er freute sich anscheinend, dass ich anrief.

»Hey, Mann – ist die Tat vollbracht? Waren eure Sachen da?«

»Kann man so nicht sagen, Ricky. Deshalb ruf ich auch an … ich muss dir was sagen.«

»Äh … okay?«, sagte er vorsichtig.

Es war mir total unangenehm, ihm beichten zu müssen, dass ich meinem Bruder seinen Revolver gegeben hatte. Als ich ihm auch noch gestand, dass Frank verhaftet worden war, stöhnte Ricky auf.

»Und den Revolver hatte er dabei?«

»Ja«, sagte ich. »Tut mir echt Leid.«

»Verdammt blöd von dir«, sagte er, klang aber gar nicht sauer. »Jetzt stecken wir beide in der Scheiße.«

»Ich weiß«, seufzte ich. »Aber Frank verrät dich bestimmt nicht«, beruhigte ich ihn schnell. »Er weiß ja noch nicht mal, wie du heißt.«

»Ja, aber die werden wissen wollen, wo er das Ding herhat. Irgendwann, meine ich. Die kriegen meinen Namen schon raus.«

»Ich sag ihnen aber garantiert nichts, Ricky. Wenn sie mich fragen, sag ich einfach, ich hätte ihn gefunden.«

»Na ja, mal sehen.« Er schwieg nachdenklich. »Hör mal, ich ruf dich morgen an, okay? Ich hör grade, dass meine Eltern zurückkommen, und ich müsste schon im Bett sein.«

»Okay. Und noch mal – es tut mir echt Leid.«

»Eigentlich sollte ich dich erschießen«, sagte er. »Aber so wie es aussieht, hab ich keine Knarre mehr.«



Wir lachten beide, müde und ohne große Begeisterung.

»Wir sprechen uns morgen, Mann.«

»Ja.«

Als ich auflegte, fiel mit einem lauten Knall die Haustür zu und schwere Schritte kamen den Flur entlang. Ich gebe zu, dass ich erleichtert war, als Sean in der Tür stand. Ich hatte mit einem wutschnaubenden Stanley gerechnet, der nach Frank suchte.

»Hi«, knurrte Sean und ging direkt zum Kühlschrank. Er holte die Milch aus dem Seitenfach, trank gierig und drehte sich dann zu mir um.

»Was ist das für eine Geschichte mit Frank?« Sean war auf einer Party gewesen und sichtlich genervt, weil er früher hatte gehen müssen. Er sah den Zettel und riss ihn mir aus der Hand. Während er ihn las, verzerrte sich sein Gesicht noch mehr.

»Also sag schon, was hat sich dieser verdammte ... *Wichser* jetzt schon wieder geleistet?«, schnaubte er, warf den Zettel auf den Tisch und ließ sich auf einen Stuhl fallen, als wäre er nicht nur stinksauer, sondern gleichzeitig auch noch tödlich gelangweilt.

Ich setzte mich ihm gegenüber an den Tisch, griff nach der Milch, die er auf dem Tisch gestellt hatte, und nahm einen großen Schluck.

»Also?«, fragte er, schnappte sich die Plastikflasche und trank den Rest aus. »Weißt du es oder nicht?«

»Schon«, sagte ich.

»Dann sprich!«



In wenigen Minuten hatte ich Sean die ganze elende Geschichte erzählt.

»Oh Mann, ist das zu fassen?« Sean tigerte mit einer Familienpackung Eis in der Hand auf und ab und schaufelte sich das Zeug in den Mund, während er sich über Franks Blödheit aufregte. »Der ist so eine Knalltüte. So was von beschränkt, das gibt's gar nicht. Wie kann einer denken, er braucht bloß in den Laden reingehen und fragen, ob er sein Zeug zurückkriegt? Diese Typen, die solche Secondhand-Läden haben, sind doch alle kriminell! Mit der Scheißaktion hat er uns alle – die ganze Familie – in Gefahr gebracht!«

»Tja ...« Meistens war ich mit Sean einer Meinung, aber an diesem Abend gehörte mein Mitgefühl Frank. »Passiert ist passiert.«

»Frank ist ein Schrumpfhirn!« Sean schäumte.

»Na ja, wir können natürlich nicht alle so intelligent sein wie du, *Bunter*«, sagte ich höhnisch.

Sean warf mir einen vernichtenden Blick zu und stopfte sich noch einen Riesenlöffel Eiscreme in den Mund, bevor er die Packung wieder ins Eisfach knallte. Den Spitznamen »Bunter« hatten wir ihm mit zehn verpasst, als er fast genauso dick gewesen war wie der superfette Schuljunge Billy Bunter aus diesen alten Geschichten von Frank Richards. Seit er sich in den ultimativen Sporthelden verwandelt hatte, benutzten wir diesen Namen eher selten.

»Und du bist genauso bescheuert. Wieso habt ihr bei der Sache mitgemacht?«, fragte er streng und setzte sich wieder an den Tisch. »Du und diese durchgeknallte Alte! Was hast du dir dabei gedacht, ihm den Revolver zu geben?«



»Es war ja bloß eine Attrappe«, protestierte ich und nahm mir gleichzeitig vor, ihn von jetzt an möglichst *nur* noch Bunter zu nennen. Ihn damit in den Wahnsinn zu treiben. Ich fand es total fies von ihm, Diana als »durchgeknallte Alte« zu bezeichnen. Jeder, der nicht so aussah, als käme er direkt vom Set von *Beverly Hills 90210*, war für Sean »komisch« und »durchgeknallt«. Er ist ein Spießer, der nur Sport im Kopf hat.

»Meinetwegen, aber er sieht aus wie ein echter«, sagte er. »Oder?«

»Schon … na und?«

»Na und? So was ist illegal«, brüllte er.

»Das glaub ich nicht … Bunter«, behauptete ich, obwohl ich natürlich keine Ahnung hatte. Aber dass Sean sich da so sicher war, beunruhigte mich doch irgendwie. Ich wäre nie auf den Gedanken gekommen, dass eine Waffe, die nicht funktioniert, genauso verboten sein könnte wie eine echte. *Verdammt, es war wirklich saublöd von mir, den Revolver Frank zu geben.*

»Und hör gefälligst auf, mich Bunter zu nennen.«

»Wieso?«, fragte ich harmlos. »Das passt doch zu dir …«

»Dann nenne ich dich ab jetzt eben Nachtlicht-Schläfer oder Mamasöhnchen.«

»Hmmm …« Ich schüttelte grinsend den Kopf. »Kommt irgendwie nicht so gut wie Bunter, oder?«

»Glaub's mir ruhig.« Sean spürte wohl, wie mies ich mich wegen Frank fühlte und wollte Salz in meine Wunden reiben. »Ob der Revolver echt oder falsch ist, spielt keine Rolle. Er macht sich trotzdem strafbar.«



Ich sah ihn an. Was hätte ich darauf antworten sollen? Ich konnte nur hoffen, dass Sean sich irrte.

»Das ist echt genau das, was Mum und Dad jetzt brauchen.« Er schob schlecht gelaunt den Vorhang zur Seite und sah aus dem Fenster. »Als hätten sie nicht schon genug Sorgen.«

Mir klappte die Kinnlade runter. Hatte ich mich verhört oder was? Sean machte sich Gedanken um Mum und Dad! Das war ja das Allerneueste. Ich nahm die Flasche Worcestersoße, die auf dem Tisch stand, schraubte den Deckel ab und hielt sie ihm hin.

»Sag das noch mal, Bunter«, forderte ich ihn auf. »Das würde ich gern für zukünftige Generationen in Flaschen abfüllen. Von Anfang an, bitte!«

»Halt's Maul, du Klugscheißer!« Sean musste gegen seinen Willen grinsen. »Das einzig Gute an der Sache ist, dass wir vielleicht doch nicht zu der alten Zecke müssen.«

»Zu wem?«

»Zu Grandma, du hirntote Made!«

»Ach ja, stimmt!« Vielleicht hatte er Recht. Die Fahrt zu Grandma hätte ich mir wirklich gern geschenkt.

Sean und ich blieben noch eine Weile in der Küche hocken, verarschten uns gegenseitig, blödelten rum und warteten darauf, dass Mum und Dad mit Frank nach Hause kamen. Um Mitternacht waren sie noch immer nicht da und ich konnte kaum mehr die Augen offen halten. Als es halb eins war, beschlossen wir ins Bett zu gehen.

Ich muss tief geschlafen haben. Gegen halb zwei hörte ich sie. Ich wollte gerade aufstehen und nachschauen, ob sie Frank mitgebracht hatten, als ich ihn im Flur hörte.

»Müssen wir trotzdem zu Grandma?«

»Na klar«, sagte Mum mit erschöpfter Stimme. »Sie erwartet uns doch, Frank.«

Ich lag bewegungslos im Bett und versuchte Frank telepathisch dazu zu zwingen, nicht in das übliche Protestgeheul auszubrechen. Einmal in seinem Leben das Maul zu halten. Zu meiner absoluten Überraschung und Erleichterung gab er tatsächlich klein bei, statt rumzunölen.

»Und wann fahren wir los?«, fragte er mit normaler Stimme.

»Erst mal schlafen wir uns aus«, sagte Mum. »Vielleicht so gegen elf.«

»Okay«, sagte Frank. »Gute Nacht dann.«

»Gute Nacht, Frank. Alte Socke. Schlaf gut«, dröhnte Dads Stimme durchs Haus. »Und mach dir keine Sorgen, ja? Alles wird … alles *ist* gut.«

»Ja. Nacht, Dad.«

Mir wurde auf einmal ganz warm vor Liebe zu Dad. Ich erkannte an seinem Tonfall, dass er Frank schon verziehen hatte. Alles würde gut werden. Was auch immer auf dem Polizeirevier passiert war – jetzt waren alle glücklich wieder zu Hause. Diana hatte Recht gehabt, wahrscheinlich war Frank wegen seines Alters mit einer Verwarnung davongekommen. Endlich konnte ich entspannen. Ich streckte mich aus und dachte beim Einschlafen, dass die Polizisten von meinen Eltern bestimmt beeindruckt gewesen waren. Sie waren so nett und vernünftig. Nicht wie die von Diana. Mum hatte sich sicher für Frank eingesetzt, war dabei aber freundlich und ruhig geblieben. Sie wurde nie unhöflich oder kreischte rum wie Dianas Mutter. Und Dad war bestimmt auch gelassen und auf seine ruhige Art freundlich gewesen. Die Polizisten hatten ihn sicher sympathisch gefunden. Er hatte auch keine Vorstrafen ... glaubte ich jedenfalls. Vielleicht hatte er ja doch eine, noch von ganz früher. Egal, meine Eltern würden jedenfalls nie jemanden anschreien.

Zwei Stunden später riss mich etwas aus dem Tiefschlaf. Am Fußende meines Bettes raschelte es. Komischerweise geriet ich nicht in Panik. Ich spürte irgendwie, dass es Frank war. Vielleicht erkannte ich ihn am Geruch. Was hatte Frank bei mir im Zimmer zu suchen? Benommen blieb ich liegen und wartete ab. Er hockte vor meinem Schrank und wühlte darin herum.

»Was machst'n du da?« Ich versuchte ganz wach zu werden. Im schwachen Lichtschein des Nachtlichts konnte ich gerade mal seine Umrisse ausmachen.

»Schlaf weiter«, zischte er.

»Was suchst du denn?«

»Nichts.«

Ich setzte mich blinzelnd auf. Er ging zur Tür, meinen zusammengerollten Schlafsack unter dem rechten Arm.

»Wo willst du hin?«

Er zögerte. »Ich hau für eine Weile ab.«

»Wieso?«

»Ich will nicht hier sein, wenn sie mich suchen.«

»Wer?«

»Na, diese Typen ... Stanley und der Alte.« 

»Oh.« Ich versuchte mein Hirn in Gang zu setzen. »Und wo willst du hin?«

»Mach dir keine Sorgen«, sagte er und öffnete die Tür. »Bis bald.«

»Okay, bis bald«, murmelte ich und schlief wieder ein.

Natürlich konnte ich meine Blödheit am anderen Morgen selbst nicht fassen. Warum war ich nicht aufgestanden und hatte mit ihm geredet? Die nächtliche Szene kam mir unwirklich vor, wie der Teil eines Traums oder eine verschwommene Erinnerung an etwas, das vor langer Zeit passiert war. Aber als klar war, dass Frank verschwunden war, schaute ich im Schrank nach und der Schlafsack war wirklich weg. Also hatte ich es mir nicht eingebildet. Im Laufe der nächsten Tage fragte ich mich bestimmt eine Million Mal, wieso ich ihn nicht wenigstens dazu gebracht hatte, mir zu sagen, wo er hinwollte. Aber es ist einfach so, im Halbschlaf können einem die komischsten Sachen ganz normal vorkommen.

Gegen zehn weckte mich Mum.

Ich hoffte, sie würde nicht sofort wissen wollen, wie es bei Ricky gewesen war. Zwar hatte ich vor, ihr irgendwann die Wahrheit zu sagen, aber ich hätte mich gern noch ein bisschen darauf vorbereitet.

»Na?« Mum setzte sich auf die Bettkante und zauste mir das Haar. »War es denn wenigstens schön bei Ricky?«

Ich öffnete den Mund, um ihr zu sagen, dass ich in Wahrheit noch nicht mal in der Nähe von Rickys Villa gewesen war, als Dad ins Zimmer stürzte.



»Hey, Jacko!«, grüßte er mich geistesabwesend und fragte dann Mum: »Hast du Frank schon gesehen?«

Sie schüttelte den Kopf. »Ich dachte, er schläft noch.«

»Ich wollte ihn gerade wecken. Er ist nicht da und das Bett sieht nicht so aus, als hätte er drin geschlafen.« Dad sah mich an. »Was ist mit dir? Hast du ihn heute Morgen schon gesehen?«

Ich schüttelte den Kopf.

»Mensch, das gibt's doch nicht«, sagte Dad grimmig. »Nach allem was wir gestern Abend mit ihm durchgemacht haben ...«

»Ach, geh doch noch mal nachschauen.« Mum lächelte ihn aufmunternd an. »Irgendwo wird er schon stecken. Vielleicht sitzt er im Garten und raucht eine. Weiß Sean nicht, wo er ist?«

»Den hab ich gerade erst geweckt. Er hat ihn nicht gesehen.« Dad verschwand und Mum und ich schauten einander stumm an. In diesem Moment kehrte ganz schwach die Erinnerung an das zurück, was vergangene Nacht passiert war.

Die darauf folgenden Tage haben einen ganz besonderen Platz in meinem Gedächtnis, obwohl ich gar nicht so genau erklären kann, inwieweit sie sich von anderen Tagen in meinem Leben unterscheiden. Nicht dadurch, dass sie so besonders schlimm gewesen wären oder so ereignisreich oder so dermaßen öde. (Wobei sie all das in unterschiedlichen Momenten schon auch waren, das könnt ihr mir glauben!) Es ist, als hätten diese Tage eine andere Farbe. Alles nahm einen orangebraunen Farbton an: unsere Möbel, die Küche, der Raum hinter den Türen, die Veranda ... Ist Orange vielleicht die Farbe von Angst und Sorge oder von Traurigkeit? Keine Ahnung. Jedenfalls hatte ich die ganze Zeit über das Gefühl, als würde ich mich in einer feinen, orangefarbenen Staubwolke bewegen.

Auch das Haus fühlte sich verändert an. Größer. Kälter. Klar, es war nach wie vor unser Haus. Mit Mum, Dad, Sean und mir darin. Zwischendurch schauten immer wieder Mums Schwestern vorbei und diverse Freunde und Bekannte, alle waren sehr besorgt und stellten viele Fragen. Ricky war auch zweimal da. Wir überlegten alle fieberhaft, wo Frank stecken könnte. Aber irgendwie kam mir alles unwirklich vor. Das Haus war eine Kapsel und wir schwebten im luftleeren Raum, gelegentlich prallten wir zusammen, nahmen aber nie wirklich miteinander Verbindung auf, bis alles vorbei war.

So hab ich es jedenfalls empfunden. Die anderen würden euch wahrscheinlich was ganz anderes erzählen.

Panik kam zuerst nicht auf. Am Anfang glaubten Mum und Dad noch, Franks Verschwinden hätte vor allem mit dem geplanten Wochenendbesuch bei Grandma zu tun. Sie ärgerten sich über seine Dickköpfigkeit und darüber, dass er sie so reingelegt hatte, und machten sich erst mal keine Sorgen um ihn.

Mum schwärmte mir vor, wie *unglaublich toll* sich die Polizisten verhalten hätten. Dass sie mit Frank fast Mitleid bekommen hätten, als sie von dem Einbruch bei uns hörten.



Wie sie daraufhin bloß seine Aussage aufgenommen und ihn streng verwarnt hätten, aber ihn dann hätten gehen lassen. Sie und Dad seien unheimlich erleichtert gewesen und

Frank hätte auch ganz befreit gewirkt. Anscheinend hatte er nichts von Diana und mir gesagt und auf die Frage nach dem Revolver behauptet, ihn auf einem Parkplatz gefunden zu haben. Als sie mir davon erzählte, guckte Mum besorgt. Offenbar hatten die Polizisten Frank zwar nicht geglaubt, aber auch nicht weiter nachgebohrt.

Das wäre natürlich der passende Moment gewesen, ihr zu beichten, dass der Revolver Ricky gehörte und Diana und ich auch an der Sache beteiligt gewesen waren – trotzdem sagte ich nichts. Wahrscheinlich war das feige. Aber ich wollte ihr nicht noch mehr Kummer machen. Ich nahm mir fest vor, ihr alles zu sagen, sobald Frank wieder zu Hause war. Ich glaube, das hatte ich auch wirklich vor.

Am ersten Tag versuchten wir die Telefonnummern sämtlicher Freunde von Frank herauszufinden, um zu fragen, ob er vielleicht bei einem von ihnen war. Als Nächstes riefen wir alle Krankenhäuser an. Das heißt, Mum und Dad riefen an. Es war jedes Mal eine Erleichterung, wenn sie wieder eine Klinik von der Liste streichen konnten, weil man in der Notaufnahme den Namen Frank Lightfoot nie gehört hatte.

Was blieb uns danach noch übrig, als uns hinzusetzen und darauf zu warten, dass er nach Hause kam? Mum rief Grandma an, um ihr abzusagen. Natürlich bekam sie was von ihr zu hören, aber ich glaub nicht, dass ihr das was ausmachte, denn sie grinste, als sie vom Telefonieren zurückkehrte.



»Gran meint, du seist sicher traurig, weil du jetzt nichts von ihrem Sonntagsbraten abbekommst«, sagte sie zu Dad.

»Ach ja, stimmt«, murmelte Dad und zog die Augenbrauen hoch. »Ich hoffe, du hast ihr gesagt, wie absolut untröstlich ich bin.«

Sie saßen eine Weile zusammen in der Küche. Dann setzte sich Dad ins Auto und fuhr die Straßen der Umgebung ab, für den Fall, dass Frank die Nacht draußen verbracht hatte und auf dem Heimweg war.

Als er wiederkam, backte Mum gerade einen Kuchen. Die nächsten paar Stunden verbrachten die beiden mit Hausarbeit. Sie putzten wie die Bekloppten und redeten und lachten sogar dabei. Mir kam der Verdacht, dass sie über den Ausgang der Dinge vielleicht sogar ganz glücklich waren. Dass der Besuch bei Grandma ausfiel, schien ihnen jedenfalls gut zu tun. Als das Haus sauber war, setzte sich Mum ins Wohnzimmer und las, während Dad auf dem Sofa döste.

»Wenn Frank nach Hause kommt«, sagte Mum lächelnd zu mir, »dreh ich ihm den Hals um.«

Aber Frank kam nicht nach Hause. Nicht an diesem Abend und auch nicht am folgenden. Als Frank auch in der dritten Nacht wegblieb, wuchs die Anspannung und die beiden begannen sich richtig Sorgen zu machen. Mum sah aus, als hätte sie keine Minute geschlafen, ihre Augen waren rot verweint und als sie die Teetassen verteilte, zitterten ihre Hände.

»Ich kann mir gar nicht vorstellen, wo …«, murmelte sie zum hundertsten Mal und ohne den Satz zu beenden, als wäre sie in Gedanken ganz woanders. »Dass er aber auch so *gar nichts* gesagt hat …«

»Der kommt schon wieder!«, war Seans einziger Kommentar, bevor er sich in den Sportteil der Zeitung vertiefte. »Glaubt mir. Der kommt wieder.«

»Und was wollt ihr machen, wenn …« Ich redete nicht weiter. Die Frage war grausam und ich bereute, überhaupt damit angefangen zu haben.

»Wenn was …?« Mum hob erwartungsvoll den Kopf.

»Wenn er gar nicht mehr heimkommt«, sagte ich schnell.

Mum senkte den Kopf wieder und sah zum Fenster hinaus. »Er wird schon kommen«, sagte sie leise. »Er muss. Sonst …«

Dad legte seufzend seine große, raue Hand auf ihre.

»Egal wie es kommt, Jacko, wir müssen den Dingen ins Gesicht sehen«, sagte er bedrückt.

Am Sonntag hörte ich, wie sie leise darüber sprachen, dass sie Frank bei der Polizei als vermisst melden würden, falls er nicht bald auftauchte.

# 13

Am Tag nach Franks missglücktem Einbruch war Diana zwar wie verabredet vorbeigekommen, aber wir hatten uns verpasst, weil ich gerade im Supermarkt Milch und Brot kaufen gewesen war. Samstag und Sonntag hatten wir die ganze Zeit mit der Suche nach Frank verbracht. Deshalb machte ich mich am Montag schließlich auf den Weg zu ihr. Auf halber Strecke kam sie mir zufälligerweise entgegen. Sie führte auf der anderen Straßenseite ihren alten Hund an der Leine aus.

»Hey, Diana!«, rief ich.

Sie winkte mir freudestrahlend zu. Wir trafen uns mitten auf der Fahrbahn.

»Tut mir Leid, dass ich neulich nicht da war«, entschuldigte ich mich etwas atemlos. Jedes Mal wenn ich sie sah, war ich wieder überrascht darüber, wie hübsch sie war. Ich hatte zwar ein Bild von ihr im Kopf, das ich mir manchmal vor Augen rief, wenn ich allein war, aber Diana in ihrer ganzen strahlenden Lebendigkeit übertraf alles. »Bei uns zu Hause ist Katastrophenstimmung.« Ich versuchte die Sache ein bisschen ins Lächerliche zu ziehen. »Frank ist verschwunden. Wahrscheinlich ist er irgendwo in der Nähe, aber du weißt schon … alle machen sich ziemliche Sorgen.«

»Ich weiß, wo er ist.«

»*Was?* Wie – du weißt es?« Hatte ich mich verhört oder lief da etwa irgendwas hinter meinem Rücken? Eifersucht regte sich in mir wie empfindliche Fühler, die mir plötzlich aus dem Kopf wuchsen.

»Als ich bei euch war, hat dein Vater mir erzählt, dass er weg ist.« Sie bückte sich, um nebenbei den Hund zu streicheln. »Und da hab ich mir überlegt, dass ich ja mal versuchen könnte ihn aufzustöbern.«

»*Ihn aufzustöbern?*«, wiederholte ich. Ich war unglaublich beeindruckt und gleichzeitig stinksauer, was – wenn man darüber nachdenkt – ein total verwirrender Zustand ist. Dad und ich waren in den vergangenen zwei Tagen stundenlang durch die Straßen gefahren. Er hatte sich sogar ein Handy zugelegt, damit er und Mum sich anrufen konnten, falls sich was Neues ergab. Mir waren noch ein paar Freunde von Frank eingefallen, von denen ich vage wusste, wo sie wohnten. Wir hatten alle abgeklappert. Wir hatten überall herumgefragt und waren an allen Orten gewesen, wo Frank jemals hinging. Wieso war es Diana gelungen, ihn zu finden, und uns nicht? Oder hatte Frank ihr etwa selbst gesagt, wo er war? Trafen sie sich vielleicht heimlich?

»Sag schon, wo ist er?«, fragte ich gereizt.

Sie grinste verschwörerisch. »Aber du musst versprechen, es niemandem weiterzusagen.« 

»Ja, okay.« Ihre Gelassenheit nervte. »Aber meine Eltern machen sich echt totale Sorgen.«

»Da kann man eben nichts machen«, sagte sie. »Ich hab ihm versprochen, es niemandem zu verraten.« Sie grinste wieder. »Aber dir sag ich's natürlich. Mit dir bin ich ja zusammen.«

»Mhm.« Ich guckte auf meine Schuhe und spürte, wie mir vor Freude die Röte ins Gesicht stieg. Ich hatte zwar keine Vorstellung davon, was »zusammen sein« in unserem Fall genau zu bedeuten hatte, aber der Gedanke gefiel mir. »Also, wo?«

»Zu keinem ein Wort? Versprochen?«

»Ich versprech's.«

»Er ist unter der Baxdale Brücke.«

»Echt?« Die Baxdale Autobahnbrücke lag ungefähr zwei Kilometer weit weg mitten in dem riesigen Parkgelände, das die Stadtverwaltung nach und nach in ein Naturschutzgebiet umwandeln wollte. In der ersten Zeit nach unserem Umzug war ich dort öfter mal mit dem Rad rumgefahren. Bevor ich mir das Skateboard zugelegt hatte. Trotz der breiten, vierspurigen Autobahn, die über die Brücke verläuft, fühlt man sich da unten ein bisschen wie auf dem Land. Man kann etwa zehn Kilometer weit auf Radwegen am Fluss entlangfahren. An der Brücke selbst war mir nichts Besonderes aufgefallen, höchstens die vielen Graffiti – da waren ein paar richtig gute dabei. Irgendjemand hatte mir auch von Jugendgangs erzählt, die sich dort trafen, und von Bandenkriegen. Keine Ahnung, ob das wirklich stimmte. Ich hatte nie jemanden dort gesehen.



»Wie? Du meinst, er schläft da auch?«

»Klar. Als ich nach ihm gesucht habe, bin ich als Allererstes zur Brücke. Da hängen immer eine Menge Skinheads ab und so Rockergangs. Vom Land. Für die ist das so eine Art Treffpunkt. Nachts ist es ziemlich cool, wenn sie Lagerfeuer anzünden und so.«

»Also, du behauptest, er schläft unter einer *Brücke*!«, wiederholte ich noch mal. »Mit Skins und Rockern.« Ich schüttelte den Kopf. »Das glaub ich nicht. Frank ist doch kein Skin. Er hasst Skinheads. Die sind ihm doch viel zu brutal. Frank interessiert sich bloß für Musik.« Die Vorstellung, dass der dürre Frank, der schon rumjammerte, wenn *sein* Fernsehsessel mal besetzt war oder er keine Schokoladenkekse abbekam, mit lauter schweren Jungs unter einer Brücke hauste, klang einfach total abwegig.

»Ich darf es euch eigentlich nicht sagen«, sagte Diana. »Er will keinen sehen.«

»Nicht mal dich?«, fragte ich skeptisch.

»Nein.« Sie schüttelte den Kopf. »Mich auch nicht. Ich soll nicht mehr kommen.«

»Aber was soll das denn?« Mich packte plötzlich die Wut. »Und meine Eltern? Die drehen noch durch vor lauter Sorgen. Die wollen heute sogar zur Polizei und ihn vermisst melden. Sobald Dad von der Arbeit kommt, gehen sie hin! Zur Polizei!«

»Du hast es versprochen!«, sagte sie vorwurfsvoll.

»Ja, ja. Ich sag schon nichts.« Ich versuchte mich wieder zu beruhigen.

Diana hielt es anscheinend für völlig normal, dass man abhaute. Sie war so verdammt ... *unerschreckbar*. Irgendwie bekam ich Lust sie aufzurütteln, ihr wehzutun. Aber ich wusste nicht, wie ich das anstellen sollte, außer indem ich einfach wegging.

»Also tschüss«, sagte ich unvermittelt.

»Wohin gehst du?« Sie sah richtig enttäuscht aus. »Ich hab gedacht, wir könnten vielleicht ins Schwimmbad.«

Ich hätte sie gern angebrüllt. *Du kapierst aber auch gar nichts, was?* Was würde *ihre* Mutter denn machen, wenn sie drei Tage lang nicht nach Hause käme? Etwa schwimmen gehen?

Sogar Sean – der ultimative Mr Supercool – nahm Franks Verschwinden inzwischen ernst. Selbst dem war klar geworden, dass man sich allmählich Sorgen machen musste.

»Ich muss nachdenken«, sagte ich. Ich war durcheinander und frustriert, weil ich einfach nicht verstand, was in Frank vorging. Ein dumpfer Schmerz kroch mir den Nacken hinauf. Wie eine Klaue, die sich tief in meinen Hinterkopf grub, um an mein Hirn zu gelangen.

»Er kommt ja bald wieder«, sagte sie plötzlich.

»Hat er das gesagt?«

Sie schüttelte den Kopf. »Nein. Aber wenn er nichts mehr zu essen hat, kommt er bestimmt.«

Das tröstete mich irgendwie.

»Hat er gesagt …« Ich hoffte, sie hörte meiner Stimme nicht an, wie besorgt ich war. »Hat er sonst noch was gesagt … zum Beispiel, was er vorhat … oder ob er Angst vor den Typen aus dem Laden hat?«

 Diana sah mit gerunzelter Stirn an mir vorbei, wo gerade ein Auto in die Straße einbog. Wir traten ein Stück zur Seite, um es vorbeizufahren zu lassen.

»Na ja, er hat davon geredet, dass er vielleicht nach Queensland will«, sagte sie. »Aber ich weiß nicht, wie ernst er das gemeint hat. Dass es ihn total nervt, nächste Woche wieder in die Schule zu müssen … und dass ihn überhaupt alles nervt.« Sie lächelte. »Na ja, wenn man schlecht drauf ist, sagt man allen möglichen Quatsch. Das muss man nicht so ernst nehmen.«

»Ja, kann sein«, murmelte ich und versuchte die in mir aufsteigende Panik zu unterdrücken. »Wahrscheinlich hast du Recht.«

Danach wussten wir beide nicht mehr weiter.

»Tja, dann geh ich mal. Bis bald.«

»Okay.« Sie guckte niedergeschlagen. »Ich lieb dich, Jacko.«

Ich fühlte mich mies, weil mir überhaupt gar keine nette Erwiderung einfiel.

»Ja«, brummte ich. »Bis demnächst.«

Ich ging nach Hause. Als ich das Gartentor öffnete, sah ich Dad auf dem Rasen sitzen, die Knie angezogen, den breiten Schädel gesenkt und das Gesicht in die Handflächen gestützt. Erschrocken blieb ich stehen. Er sah so unglücklich aus und ich konnte nichts tun. Die Klaue in meinem Nacken packte noch fester zu.

Mum und Sean saßen drinnen am Küchentisch. Sie schauten auf, als ich reinkam. Ich sah die Erwartung in Mums Augen, aber auch wie sie gleichzeitig krampfhaft versuchte nichts zu erwarten. Sag mir, dass du irgendwas gehört hast, sagte ihr Blick. Sie wartete schweigend ab. Als ich stumm blieb, guckte sie wieder auf die Tischplatte.

»Hi, Mum.«

»Jack«, flüsterte sie. Ich sah Tränen in ihren Augen. Sean streckte einen seiner muskelstrotzenden Rugbyspielerarme aus und zog sie an sich.

»Mensch, Mum! Mach dir doch nicht jedes Mal solche Hoffnungen, wenn jemand anruft oder kommt«, sagte er sanft. »Du machst dich total verrückt.«

»Ich weiß ja.« Halb schluchzend, halb lachend lehnte sie sich an ihn. »Ich kann einfach nichts dagegen tun ... ich mach mir eben solche Sorgen.«

»Aber du weißt doch, dass es wahrscheinlich gar keinen Grund gibt, sich Sorgen zu machen«, sagte Sean.

»Ja, aber er ist jetzt schon so lange weg«, brach es aus Mum heraus. »Ich denk die ganze Zeit an die schrecklichen Sachen, die passiert sein könnten.«

Sean drückte sie an sich. »Ich ja auch«, sagte er und versuchte zu lachen. »Aber so viele Entführer und Mörder laufen da draußen nicht rum, Mum. Jedenfalls nicht so viele, wie immer in der Zeitung behauptet wird. Und Frank ist doch ein zäher Krieger.«

»Du hast Recht«, sagte sie tapfer. »Natürlich. Er ist zäh. Aber er ist trotzdem erst sechzehn!«

»Um Frank kleinzukriegen, braucht man eine kleine Armee«, witzelte Sean. »Mindestens.«

Mum lächelte. »Wenn ich wenigstens wüsste, dass es ihm gut geht, dann ...«



Es lag mir auf der Zunge, ihnen zu sagen, was ich wusste. Ich wäre der Held des Tages gewesen! Außerdem war es eine Gemeinheit von Frank, ihnen das anzutun. Aber dann dachte ich an Diana und ließ es bleiben. Sie vertraute auf mich. Ich konnte ihr jetzt nicht so in den Rücken fallen.

»*Ich lieb dich, Jacko.*«

»Wo warst du denn?«, fragte Sean.

»Hab mich nur kurz mit Diana getroffen«, sagte ich.

»Und wie geht es ihr?« Mum putzte sich die Nase und versuchte wieder normal zu sein. Ich hatte nie mit ihr über Diana gesprochen. Noch nicht mal ihren Namen erwähnt. Woher wusste sie, welche Diana ich meinte? Ich nahm an, dass Sean ihr was erzählt hatte.

»Gut«, sagte ich bloß und ging dann zum Küchenschrank, um nach Aspirin zu suchen. »Aber ich hab Kopfschmerzen.«

Mum deutete auf den Schrank daneben. »Die Tabletten sind im anderen, Herzblatt.«

Ich warf mir zwei Tabletten in den Mund und spülte sie mit Wasser runter. Unter dem Kopfschmerz brodelte noch immer die Wut von eben. Hätten Mum oder Sean mir eine simple Frage gestellt, etwa: »Wusste Diana irgendwas von Frank?«, hätte ich es ihnen brühwarm erzählt. Mein Versprechen wäre mir scheißegal gewesen. Aber ich konnte mich gerade noch zurückhalten. Warte, bis die Kopfschmerzen weg sind, sagte ich mir. Warte, bis du wieder normal denken kannst.

»Wieso ist Dad eigentlich schon zu Hause?« Ich sah aus dem Fenster in den Garten, wo Dad immer noch genauso wie vorher saß, mit dem Rücken zu uns.



»Er konnte nicht arbeiten.« Mum sah auch zum Fenster raus. »Das Ganze lässt ihm einfach keine Ruhe. Der Arme.

Schaut ihn euch an«, sagte sie leise. Sie wollte aufstehen, aber Sean zog sie wieder auf den Stuhl hinunter und stand selbst auf.

»Du solltest dich ein bisschen ausruhen, Mum.« Er war schon an der Küchentür. »Ich red mit ihm.«

Mum und ich sahen zu, wie Sean zu Dad ging, sich neben ihn hinkniete und ihm eine Hand auf die Schulter legte. Wenn ich nicht so vollauf damit beschäftigt gewesen wäre über Frank nachzudenken und über das, was Diana mir gerade eröffnet hatte, hätte ich es total rührend gefunden, wie sich Sean um Dad kümmerte.

Ich ging in mein Zimmer, warf mich aufs Bett und wartete darauf, dass die Tabletten anfingen ihre Wunderwirkung zu entfalten. Ich musste eingeschlafen sein, auf einmal war es jedenfalls dunkel und ich wusste, ohne nachzudenken, ganz genau, was ich tun musste. Die Idee war mir wohl im Schlaf gekommen. Sie stand mir klar vor Augen. Der Plan war einfach. Einfach und Furcht erregend. Sei kein Weichei, Lightfoot, sagte ich mir grimmig, als ich aufstand, in die Küche ging und – nachdem ich mich vergewissert hatte, dass die Luft rein war – ein paar Sachen aus der Vorratskammer holte und meinen Rucksack packte. Der Plan duldete keinen Aufschub. *Ganz egal, was für einen Schiss du hast, Lightfoot. Überleg mal, wie mies du dich erst fühlen würdest, wenn du jetzt den Schwanz einziehst und kneifst.*

# 14

Es heißt immer, man soll sich seinen Ängsten stellen. Das sagt sich so einfach, aber es dann auch wirklich zu tun, ist viel schwieriger. Sich den echten Ängsten zu stellen – denen, von denen man Albträume bekommt, die einem mehr Angst machen als irgendwas sonst –, das ist verdammt schwierig. Egal, was die Leute einem erzählen.

Der einfachere Teil bestand darin, mich aus dem Haus zu schleichen. Es war eine warme Nacht. Ich hatte ein paar Getränkedosen in meinen Rucksack gepackt, ein Messer, ein paar Scheiben von Franks Lieblingskäse, Kräcker und zwei Bananen. Und eine Taschenlampe.

Mir war trotzdem kalt, als ich durchs Gartentor auf die Dobson Street hinausschlüpfte. Tief drinnen war mir kalt. Die Kopfschmerzklaue spürte ich nicht mehr, dafür hatte sich ihre eiskalte Zwillingsschwester auf meine Brust gelegt. Die Angst. Sie lag da kalt und bewegungslos, eigentlich weniger eine Klaue als ein Klumpen. Ich spürte das Gewicht wie einen Eisblock, der schwer auf dem schützenden Brustkorb lastete, mir aufs Herz drückte, auf die Leber und auf die Lunge. Ich versuchte tief Luft zu holen, aber es ging nicht.

Ich wusste, spätabends durch die fast menschenleeren Straßen zu gehen, war noch nicht das Problem. Richtig Angst hatte ich vor dem, was danach kam.

Ein riesiger Lastzug donnerte an der Straßenlaterne vorbei und verdunkelte für einen Moment alles. Der Windstoß, der mich erfasste, als der Truck vorüberbretterte, war wie ein Echo der plötzlichen Panik, die mich in diesen paar Sekunden totaler Dunkelheit ergriffen hatte. Der Eisblock löste sich klirrend, rutschte herum, und die Kälte breitete sich aus, kroch bis tief in meine Eingeweide hinunter und in meine Kehle hinauf. *Es geht nicht, ich schaff das nicht. Ich geh wieder zurück und wecke Sean. Der kommt bestimmt mit.* Aber ich ging unbeirrt weiter, meine Beine bewegten sich von selbst.

Ich hatte alle möglichen und unmöglichen Optionen durchgespielt. Es Sean zu sagen oder Mum oder Dad oder allen beiden oder am nächsten Tag mit Ricky hinzufahren. Aber das hätte nur einen Sinn, falls Frank dann noch dort wäre, und außerdem hatte ich Diana versprochen, dass ich niemandem etwas erzählen würde. Egal. Meine Beine wussten, wohin ich gehen musste. Queensland, hatte sie gesagt. *Bekacktes Queensland!* Ich musste jetzt sofort gehen. Allein. Meine Beine wussten das alles und marschierten voran.



Wenn ich erst einmal beim Park war, würde ich die Sicherheit der beleuchteten Straße verlassen und ins Dunkel hineingehen müssen, den kopfsteingepflasterten Weg entlang, vorbei an der Grillwiese, am Klohäuschen, an den alten, knorrigen Obstbäumen (das Gelände war früher mal eine Farm gewesen, mit Obstgärten und Milchvieh), bis hinunter zum Fluss. Da unten gab es gar keine Beleuchtung mehr. Also würde ich den Fahrradweg, den ich entlanggehen wollte, im Lichtschein der Taschenlampe suchen müssen. Und wenn sie mir unterwegs ausging?

Neben mir würde sanft gurgelnd der mächtige Fluss mit seinen stillen Strudeln dahinfließen. Bedrohlich und nass, breit und furchtbar, voller Geheimnisse, die nichts mit mir zu tun hatten. Ich konnte hineinfallen oder irgendein Wahnsinniger, der sich in den Büschen versteckt hielt, stieß mich hinein, tauchte mich unter und drei Minuten später wäre ich tot. Wartete Old Mal vielleicht dort unten zwischen den Bäumen auf mich? *Daran darf ich nicht denken ... ich darf nicht ...*

Auf der anderen Seite des Weges ging es steil nach oben. Am Hang würden sich die Umrisse der großen, dunklen Bäume und der hier überall wachsenden Dornbüsche abzeichnen. Sie würden wogen und rauschen und sich in Ungeheuer verwandeln, wenn Wind aufkam. Das würde ich nie schaffen, an denen vorbeizugehen. Alle würden da unten sein, wispern, mir auflauern. Old Mal auch. Vielleicht hatte er all die Jahre nur auf diesen Moment gewartet. Auf diese Nacht. Hatte darauf gewartet, mich endlich mal allein zu erwischen.

Vor allem durfte ich nicht grundlos in Panik geraten. Es gab dort unten Tiere: Enten, draußen auf dem See, Opossums, zu dieser Jahreszeit auch Schlangen, Ratten und

Füchse. Auf meinen verschiedenen Radtouren bei hellem Tageslicht hatte ich sie alle schon gesehen. Damals war es natürlich spannend und interessant, sie zu beobachten, und ich hatte zu Hause was zu erzählen gehabt. Wir waren auch mal mit unseren Cousins dort unten picknicken gewesen und in der Dämmerung den Weg entlanggegangen. Plötzlich waren ungefähr hundert Fledermäuse über uns durch die Luft geflattert und ganz in der Nähe in einem Baum gelandet. Wir hatten alle gelacht und Vampirwitze gerissen. Haha. Fledermäuse. Das Quieken, Fiepen und Flügelflattern. Auch darauf musste ich mich innerlich vorbereiten.

Das war nicht der von hohen Zäunen umgebene botanische Garten mit schmiedeeisernen Toren, die nachts geschlossen wurden, sondern offenes Gelände. Ein toller Zufluchtsort für Verbrecher und durchgeknallte Junkies – Spinner, die sich für alles Schlechte, was ihnen irgendwann passiert ist, an irgendwem rächen wollten. Die konnten sich für den Rest ihres Lebens da unten verstecken. Erst vor einer Woche waren morgens zwei Joggerinnen im Park von so einem belästigt worden. Er hatte seinen Pimmel vor ihnen rausgeholt. Die Frauen hatten ihn angezeigt, das hatte ich in der Zeitung gelesen. Ich war dreizehn. Gegen so einen war ich doch aufgeschmissen.

Ich hatte nicht nur den totalen Horror vor dem, was ich im Begriff war zu tun. Ich hatte auch einen Horror davor, es gar nicht erst tun zu können. Zu kneifen, beim kleinsten Geräusch wegzurennen, nach Hause zu flüchten, ins Bett, wo ich mich unter der Decke verkriechen konnte. *Mamasöhnchen.*

Inzwischen hatte ich das Ende der Separation Street erreicht und ging über die Straße auf den Park zu. Vor mir über dem Flachdach des Klohäuschens aus Sandstein leuchtete die letzte Straßenlaterne. Ihr Licht erhellte den gesamten Picknickbereich und wurde dann schwächer zum gepflasterten Weg hin, der ins Schwarz hinein zum Fluss hinunterführte. Der Park sah so unwirklich aus, verlassen und einsam wie ein Außenposten auf einem anderen Planeten. *Ich schaff es nicht da runterzugehen. Keine Chance.* Als ich stehen blieb, um mir den Rucksack vom Rücken zu ziehen und die Taschenlampe rauszuholen, merkte ich, dass sich meine Kiefer vor Anspannung wie verdrahtet anfühlten. Ich knipste die Lampe an und kontrollierte, ob ich die Ersatzbatterien in der Tasche hatte.

Dieser Gang durch das Dunkel, auf dem gewundenen, schmalen Weg unter den Bäumen entlang zur Brücke, war das Unheimlichste, was ich jemals gemacht habe. Nur ich und die Nachtluft auf meinem Gesicht. Ich und die Angst, Old Mal könne erscheinen und mich in den Wahnsinn treiben, wie vor Jahren schon mal. Er und all die anderen Monster und Gespenster und Schreckensbilder. Es war gleichzeitig schlimmer und besser, als ich es mir je vorgestellt hätte.

Die Geräusche der Nacht waren natürlich da. Das Huschen und Rascheln kleiner Tiere und Vögel. Das beunruhigende Grauen, das vom Fluss ausging, und das Rauschen meines eigenen Bluts, das mir durch die Ohren schoss. Bäume nahmen die seltsamsten, wahnwitzigsten Formen an. Büsche kauerten wie böse Zwerge am Weg, um mich zu ermorden. Aber Old Mal? Old Mal ließ sich nicht blicken. Er war da, ganz tief unten in mir drin – wie immer – aber aus irgendeinem Grund zeigte er sich nicht.

Es dauerte bloß eine halbe Stunde, aber mir kam es vor wie ein ganzes Leben. Ich konnte nur etwa einen Meter weit sehen und war voll konzentriert, jede Faser meines Körpers war in Alarmbereitschaft. Ich riss die Augen weit auf, meine Haut nahm die leiseste Veränderung um mich herum wahr und die Härchen auf meinen Armen und im Nacken hatten sich erwartungsvoll aufgerichtet. Ich stand unter Strom, bereit, jeden Moment loszurennen, und wahrscheinlich war ich auch bereit, um mein Leben zu kämpfen.

Gleichzeitig erfüllte mich mit jedem Schritt aber auch eine Art gemeine Genugtuung. Ich weiß nicht, wie ich es sonst nennen soll. Ich war auf dem richtigen Weg. Mein Bruder steckte in Schwierigkeiten und ich eilte zu ihm. *Ich tu's*, sagte ich vor mich hin und wiederholte es immer wieder. *Ich tu's. Ich tu's. Ich tu's.* Jede Minute drohte mich ein neuer Schrecken in die Flucht zu schlagen, doch die Erinnerung an Frank im Streifenwagen verlieh mir irgendwie Kraft und ließ meine schlimmsten Ängste abebben.

Ich hörte die Stimmen, noch ehe ich die Brücke erreicht hatte. Undeutlich zuerst, zusammenhanglose, abgehackte Sprachfetzen.

Ich wusste nicht, ob es zu riskant war, einfach hinzugehen und nach Frank zu fragen, deshalb ging ich langsamer. Vor mir ragte die Autobahnbrücke empor. *Also dann. Hier bin ich.* Autos und Scheinwerferlichter glitten über sie hinweg. Schwach drangen Hupen und Motorengeräusche zu mir herunter. Die Männerstimmen unter der Brücke wurden klarer. Sie klangen aggressiv, aber ich konnte keine einzelnen Worte ausmachen. Ich verließ die Deckung der Bäume und schob mich schrittweise vorwärts.

Ungefähr zwanzig Meter von mir entfernt stand eine Gruppe von fünf Männern um eine kleine Blechtonne herum, in der ein Feuer brannte, und ließ eine Flasche herumgehen. Die graue Betonbrücke hinter ihnen hob sich wie eine einsame, auf der Seite liegende Rakete vom schwarzen Nachthimmel ab. Die Stahlträger zu beiden Seiten kamen mir vor wie Seile, mit denen sie am Boden verankert war. Abgesehen vom Rauschen des Verkehrs oben und den Stimmen der Männer unten, war es sehr still. Ich spähte ins Dunkel. *Ist einer von denen Frank?* Aber keiner war so jung und dünn wie er. Mir war klar, dass ich nur eins tun konnte. Ich holte tief Luft und ging auf sie zu.

Sobald sie mich sahen, wurden sie still.

»Bloß 'ne kleine Rotznase«, hörte ich einen sagen, worauf die anderen mit gereiztem Grunzen reagierten.

»Hi«, grüßte ich und blieb in einiger Entfernung stehen.

Niemand antwortete. Sie guckten mich misstrauisch an. Ihre Gesichter sahen im roten Feuerschein irgendwie schwammig aus. Mir lief es kalt über den Rücken. Aus der Nähe fiel mir auf, dass sie alle ganz schön betrunken waren.

»Was willst du?«, fragte der Jüngste von ihnen und reichte die Flasche an seinen Kumpel weiter. Er war vielleicht so um die dreißig, mit verfilztem Irokesen und trug eine verdreckte, alte Jacke. »Müsstest du nicht längst in der Heia sein?«

Die anderen lachten.

»Ich suche jemanden«, sagte ich und ärgerte mich, weil sich meine Stimme so ängstlich anhörte.

»Hier ist aber keiner«, antwortete einer. »Außer uns.«

»Es geht um meinen Bruder. Frank.«

Aus irgendeinem Grund brachte sie das zum Lachen.

»Ach, Frank!«, prustete einer los. »Der kleine Spinner!«

»Der ist echt 'ne Marke!«

Also kannten sie ihn. Der Jüngere hockte sich hin, warf einen Zweig ins Feuer und griente in sich hinein. Die anderen sahen ihm schweigend zu. Irgendwas sagte mir, dass er der Obermacker war und die anderen auf sein Stichwort warteten.

»Was willst du denn von ihm?«, fragte er endlich.

Ich zuckte mit den Schultern.

»Na?«, fragte er drohend.

»Er ist mein Bruder.«

»Na toll«, sagte er nur. »Und wie kommst du drauf, dass er hier ist?«

»Ich weiß es eben«, sagte ich trotzig.

Der Obermacker stand auf und drehte sich zur Brücke um.

»Frank!«, rief er. Keine Antwort. »Geh mal da rüber«, sagte er und deutete ins Dunkel unter der Brücke. »Da unten liegt einer, der heißt Frank.«

Frank musste das Rufen doch gehört haben, denn bevor ich die Brücke erreicht hatte, kam er auch schon darunter hervor. Obwohl sich sein Gesicht im Schatten befand, sah ich sofort, dass er es war. Sein gebleichtes Haar schimmerte im vorbeihuschenden Scheinwerferlicht der Autos auf der Brücke über uns. Ich sagte nichts. Er stand schon fast vor mir, als er mich erkannte.

»Jack!«, rief er. »Wie kommst du denn hierher?«

»Zu Fuß«, antwortete ich und fühlte mich plötzlich müde. Ich ging auf einen der Stahlträger am Hang zu und ließ mich zu Boden sinken, den Metallpfeiler im Rücken.

»Du kannst hier nicht bleiben«, stieß er hervor. *Typisch Frank!* Als ich darauf nichts sagte, kam er zu mir rüber und setzte sich ein Stück weit entfernt neben mich.

»Und?«, fragte er, auf eine Erklärung wartend.

»Und nichts«, sagte ich, lehnte mich an den Stahlträger und schloss die Augen. Mein Schweigen verwirrte ihn. Ich spürte, dass er selbst nicht besonders glücklich über die Situation war und darauf wartete, dass ich ihn drängte, schleunigst nach Hause zu kommen. Tja, da hatte er Pech gehabt. Ein paar Minuten vergingen, ohne dass einer von uns etwas sagte. Ich muss zugeben, dass ich es schon ein wenig genoss, ausnahmsweise der Coole zu sein. Sonst war immer er der Stärkere.

»Wer hat dich hergeschickt?«, fragte er, als wäre ihm gerade klar geworden, dass nur eine umfassende Verschwörung hinter meinem Kommen stecken konnte.

»Niemand«, sagte ich. Auf einmal erfüllte mich tiefe Ruhe und Zufriedenheit mit mir selbst. Zum ersten Mal hatte ich diese Angst vor der Dunkelheit überwunden, die mich mein Leben lang verfolgt hatte. Vielleicht würde es nächstes Mal einfacher werden. Stück für Stück würde die schwere Last von meinen Schultern abfallen. *Und* ich hatte meinen Bruder gefunden. Er lebte und ich auch. Es ging mir richtig gut.

»Bist du allein hergekommen?«

»Ja.«

»Oh Mann!« Er schüttelte den Kopf. »Dann hat dich also keiner gefahren oder so?«

»Nö.«

Er guckte zu den Typen am Feuer rüber. »Ich dachte, du hättest Angst im Dunkeln?«

»Hab ich ja auch«, sagte ich und begann dann aus irgendeinem Grund zu lachen. Ich wälzte mich auf den Rücken und kugelte mich vor Lachen. Frank drehte sich überrascht zu mir um und lachte auch ein bisschen.

»Tja, dann«, sagte er und bot mir lächelnd eine Kippe an.

Ich schüttelte den Kopf. Wir saßen eine Weile so nebeneinander. Er rauchte, ich guckte zu den Sternen rauf. »Ich hab gedacht, ihr wärt alle bei Grandma«, sagte er nach einiger Zeit wie zur Rechtfertigung. »Ich wollte wieder zu Hause sein, wenn ihr zurückkommt, aber ich hab irgendwie das Gefühl für die Zeit verloren.«

»Aha«, sagte ich tonlos und unverbindlich. Ich hätte lieber gebrüllt: *Und warum hast du niemandem was gesagt, du Halbaffe?!* Aber ich hatte den starken Verdacht, es würde uns weiter bringen, wenn ich den Mund hielt. Ich hätte verdammt gern gewusst, wo er die vergangenen Tage verbracht hatte, von den Nächten ganz zu schweigen. Was kann man unter einer Brücke schon groß machen? *Was hat ihn hier gehalten?*

»Wahrscheinlich hätte ich mal anrufen oder mich sonst irgendwie melden sollen«, murmelte er wie zur Entschuldigung.

»Hmm.« Auch diesmal hielt ich es für klüger, mir meine Gefühle nicht anmerken zu lassen. Er würde sich sowieso nur wieder rausreden und die Schuld auf andere schieben. Es machte mir Spaß zuzusehen, wie er sich an seinem eigenen Haken krümmte.

»Wieso seid ihr eigentlich nicht gefahren?«, fragte er. Allmählich bekam er wohl ein schlechtes Gewissen und das gefiel mir. »Zu Grandma, meine ich.«

»Was glaubst *du* denn?«, sagte ich mit meiner neuen ultracoolen Stimme.

»Keine Ahnung«, fauchte er. »Deshalb frag ich ja.«

»Ach komm, verarsch mich nicht, Frank!« Ich drehte ihm den Rücken zu. Dann lehnte ich mich wieder zurück, nahm eine von seinen Zigaretten und zündete sie mir an. Ich hatte keine große Rauchererfahrung und kann nicht behaupten, dass sie mir besonders geschmeckt hätte. Aber in diesem Moment erfüllte sie ihren Zweck. Frank sah mich verblüfft an, runzelte die Stirn und grübelte offensichtlich darüber nach, was in mir vorging.

»Ich komm wieder nach Hause«, sagte er dann.

Ich war fest entschlossen, ihn meine Begeisterung nicht spüren zu lassen. Ich tat sogar so, als wäre es mir schrottegal.

»Wann?« 

»In ein paar Tagen. Vielleicht morgen«, antwortete er gereizt.

»Hast du Hunger?«, fragte ich, als mir plötzlich das mitgebrachte Essen einfiel. Ich zeigte auf den Rucksack.

Seine Augen leuchteten. »Und wie.« Er richtete seine Taschenlampe auf den Rucksack und machte sich an den Schnallen zu schaffen. »Ich bin halb verhungert.«

Irgendwo bellte ein Hund. Ich achtete nicht groß darauf, bis Frank plötzlich zu kauen aufhörte und angestrengt lauschte. Es war eine Weile still, dann ging es wieder los. Das Bellen wurde lauter und bald sah ich jemanden, der einen großen Hund an der Leine führte, den Weg heraufkommen. Frank stöhnte auf. Mir lag auf der Zunge, ihn zu fragen, ob es jemand war, den er kannte, aber ich riss mich zusammen. Mir gefiel dieser neue coole Typ, in den ich mich plötzlich verwandelt hatte. Und ich machte mich echt gut. Wir guckten beide der Gestalt entgegen, die sich uns näherte.

»Leise, du dummer Hund!« Durch die Nachtluft schallte eine Mädchenstimme zu mir rüber und mir wurde ganz flau, weil ich es einfach nicht glauben konnte. Diana. *Scheiße, was läuft hier ab?* Ich sah zu Frank rüber. Er war von mir weggerückt. Innerhalb von zwei Sekunden staute sich so viel Wut in mir auf, dass es mich fast zerriss. Ich öffnete den Mund, um zu fragen, was sie hier zu suchen hatte, aber die Worte blieben mir natürlich im Hals stecken. Ich hatte das spontane Bedürfnis die beiden umzubringen.

»Frank!«, rief sie ins Dunkel. »Bist du da?«



Ich wartete nur darauf, dass sie mich bemerkte. Die schlimmsten Gedanken überschlugen sich in meinem Kopf und ich wusste nicht, welchen davon ich weiterdenken sollte. *Bin mal gespannt auf die Ausrede, mit der die heuchlerische kleine Schlampe mir das erklären will.*

»Oh. Hi, Jack!« Sie schien nicht besonders überrascht, mich zu sehen. Sie guckte Frank an und kicherte. »Er hat dir hoffentlich erzählt, dass ich ihm gesagt hab, dass er nicht kommen soll.«

Ich hatte gute Lust aufzuspringen und davonzurennen. Die Vorstellung, dass sie sich heimlich mit Frank traf, während sie die ganze Zeit so getan hatte, als wäre sie in mich verliebt, war unerträglich. Ich hasste sie. Ich hasste Frank. Wieso hatte ich mir solche Sorgen um ihn gemacht, dass ich hergekommen war? Was war ich für ein Idiot! Unsere Familie wäre ohne ihn viel glücklicher. Von mir aus konnte er den Rest seines Lebens unter dieser blöden Brücke hausen. Auf einmal bemerkte ich den Hund, der an der Leine in Dianas Hand zerrte. Ich riss Frank die Taschenlampe aus der Hand und leuchtete den Hund damit an. Er hatte einen kleinen weißen Fleck auf der Schwanzspitze. Irgendwo hatte ich ihn schon mal gesehen. Nur wo? Jedenfalls war das eindeutig nicht der alte, halb lahme Köter, den sie sonst immer in unserer Straße spazieren führte.

»Ich hab was für dich«, sagte Diana währenddessen zu Frank. Sie war etwas außer Atem. »Hier. Die hab ich gefunden.« Sie griff in die Tasche ihrer alten Jacke und zog Franks Mundharmonika hervor. Ich erkannte sie sofort an den pinkfarbenen Sternchen, die er obendrauf geklebt hatte. *Das gibt's doch gar nicht! Seine Mundharmonika? Wo hat sie die denn …?*



»Wow! Danke«, sagte er ehrlich erfreut. »Das ist ja

cool.« Er blies einmal kurz die Tonleiter runter. Es klang wie das traurige Pfeifen von Zügen. Dann schaute er zu ihr auf und lachte. Sie strahlte ihn an. Ich stand langsam auf, dankbar, dass die beiden im Dunkeln die tiefe Röte in meinem Gesicht nicht sehen konnten. Und dann plötzlich fiel es mir ein: Ich wusste wieder, wo ich den Hund gesehen hatte! Diesen riesengroßen, schwarzen, hässlichen, gemeingefährlichen Bastard! *Beim Haus! Genau.* Bei dem blöden Haus, von dem sie vergangene Woche unbedingt eine Beschreibung hatte haben wollen.

»Wo hast du die her?«, stieß ich empört hervor und zeigte auf die Mundharmonika.

»Äh …« Ich freute mich, als ich sah, wie sie sich vor Verlegenheit wand. Der Hund. Die Mundharmonika. Allmählich rückten die Puzzleteilchen in meinem Kopf alle an ihren Platz.

»Wer wohnt in dem Haus?«, fragte ich. Weder Frank noch sie sahen mich an.

»Äh … was?«

Ich leuchtete ihr direkt in die Augen und sah wie beunruhigt sie war. Als würde sie auch gleich losheulen.

»In diesem beschissenen Haus, in das du mit mir einbrechen wolltest«, brüllte ich. »Wer wohnt da? Tu doch nicht so, als wüsstest du nicht, wovon ich rede!«

»Wieso interessiert dich das überhaupt?«, flüsterte sie.

»Weil ich mich nicht gerne verarschen lasse«, rief ich.

»Deshalb!«

»Ja, okay. Mein Vater wohnt manchmal da«, rief sie, als wäre nichts dabei. »Na und?«

»Und das da ist sein Hund?«

»Ja.« Sie bückte sich und streichelte ihn. »Das ist seiner.« Der Hund zerrte ungeduldig an der Leine, als wollte er sich auf mich stürzen. Diana und ich starrten uns an.

»Leuchte mir mit der Taschenlampe nicht so ins Gesicht«, sagte sie schließlich und schaute weg.

»Wieso eigentlich nicht?« Ich weinte zwar nicht richtig, aber mein Atem ging stoßweise. Meine Brust tat weh. Auf einmal ergaben eine ganze Menge anderer Dinge, über die ich lieber nicht nachdenken wollte, auch einen Sinn.

»Du wusstest, dass die Mundharmonika Frank gehört, weil du sie selbst geklaut hast, oder?«, schleuderte ich ihr entgegen und konnte gar nicht verhindern, dass ich automatisch die nächste Schlussfolgerung zog. »Du und dein Vater und was weiß ich wer … ihr habt uns ausgeraubt. Stimmt doch, oder? Du warst dabei. Du warst bei dem Einbruch dabei. So war es doch. Gib's endlich zu!«

»Ich bin nicht bei euch eingebrochen«, rief sie. In ihren Augen glitzerten Tränen.

»Ach nein?«

»Nein, ich schwör's. Ich hab eure Sachen nicht geklaut. Ich war …«

»Aber du hast *Schmiere gestanden*! Stimmt's?«, schrie ich.

Als sie darauf nichts erwiderte, wusste ich, dass ich der Wahrheit zumindest sehr nahe gekommen war. Ja, ich sah es ihr an. Eine total wahnsinnige Vorstellung, aber fast auch zum Lachen komisch. Zum Totlachen! Diana steht vor unserem Haus und passt auf, dass die Luft rein ist, während ihr Vater und seine Kumpels unsere Sachen in ihren Kombi laden. *Super.* Ich schüttelte den Kopf und sah dann zu Frank rüber, doch der starrte auf seine Füße. Das war doch Wahnsinn. Es konnte nicht sein. Die Gedanken in meinem Kopf überschlugen sich und versuchten sich zu einem klaren Bild zusammenzusetzen.

»Und wieso hast du mich zu diesem Haus geschleppt?«, fragte ich.

»Ich wollte doch bloß ein paar von euren Sachen zurückholen«, sagte sie leise.

»Und die Story von dem Typ, den du angeblich auf meinem Skateboard gesehen hast? Du hast doch gar niemanden gesehen, oder? Du wusstest ja die ganze Zeit, wo das Brett war. Dein Scheißvater hatte es!«

Sie schien etwas sagen zu wollen, aber ihre Ausreden interessierten mich nicht. Es gab nur noch eine Sache, die ich wissen musste. Die mir wichtiger war als alles andere. Ich sah von ihr zu Frank und dann wieder zu ihr und versuchte den Mumm aufzubringen, meine Frage zu stellen.

»Sag's ihm ruhig, Diana«, meinte Frank plötzlich. »Ist doch jetzt auch egal. Sag's ihm.«

Diana stand da und machte ein Gesicht, als wollte sie nie wieder ein Wort über irgendwas sagen. Sie zog mit einem Ruck an der Hundeleine, drehte sich um und ging in die Richtung davon, aus der sie gekommen war. Ich sah ihrer im roten Feuerschein leuchtenden Silhouette hinterher, die kleiner und kleiner wurde.



Ich saß in der Klemme. Am liebsten wäre ich auch gegangen. Ich hatte absolut kein Bedürfnis bei meinem Verräter-

Bruder zu bleiben, der mich so hintergangen hatte. Aber da ich genauso wenig Wert darauf legte, blöde hinter Diana herzulatschen, musste ich noch ein bisschen abwarten. Ich suchte mir einen neuen Sitzplatz, etwas näher zur Brücke hin und mit dem Rücken zu Frank. Ich hockte mich mit angezogenen Knien ins Gras und stützte den Kopf in die Hände – ein paar heiße Tränen rollten mir übers Gesicht, aber das war mir scheißegal. Wie hatte sie mich nur so hintergehen können? Wie hatten sie beide mich nur so hintergehen können? Okay, sie war bloß ein Mädchen. Wahrscheinlich fanden andere noch nicht mal was Besonderes an ihr. Aber ich liebte sie nun mal. Es tat verdammt weh, dass sie mich so verarscht hatte. Wenn ich zum Beispiel an den Tag dachte, an dem sie mich zu diesem angeblich fremden Haus gebracht und davon geredet hatte, dort einzubrechen und unsere Sachen wiederzuholen ... Oh Mann. Sie musste mich echt für einen kompletten Vollidioten halten!

»Jetzt komm, Jack!« Ich spürte eine Hand auf meiner Schulter. »So schlimm ist es auch nicht.«

»Verpiss dich!«, knurrte ich. Frank konnte sich sein Mitleid sparen. Von mir aus hätte er in diesem Augenblick für immer vom Angesicht der Erde verschwinden können. Er war, davon war ich überzeugt, der schlechteste Bruder in der Geschichte der Menschheit. Gemein, egoistisch und ein Verräter. »Komm bloß nicht nach Hause!«, stieß ich hervor. »Bleib besser für immer weg. Ich sag Mum, dass du tot bist. Ich sag ihnen, ich hätte dich tot im Fluss treiben sehen oder ... von der Brücke baumeln. Ohne dich geht's uns allen viel besser.«

Obwohl er nichts sagte, spürte ich, dass er nicht wegging. Ich hörte seinen pfeifenden Atem und roch den kalten Rauch. Ich stand auf und begann ein bisschen herumzuwandern, unter die Brücke, die Anhöhe hinauf, um die Stahlträger herum. Die Dunkelheit und die unheimlichen Schatten machten mir gar nichts aus. Na los, dann fahrt die Freakshow ruhig mal ab, dachte ich. Spinnen, Gespenster, Monster und Fledermäuse. *Old Mal?* Scheiße, wie kann man nur Angst vor so ein paar flatternden Wollsäcken haben! Das ließ mich alles kalt. War mir egal. Die Dunkelheit und was sie bereithielt, war die geringste meiner Sorgen. Ich war viel zu sauer, als dass sie mir noch was ausgemacht hätte.

Ich sah zu meinem Bruder rüber, der jetzt auf dem Rücken im Gras lag, die Hände hinter dem Kopf verschränkt. Er sah so entspannt aus, so friedlich, wie er da in die Sterne guckte. Am liebsten hätte ich ihn geschüttelt. Wie konnte er bloß? Er verschwendete keinen Gedanken an Mum und Dad und noch nicht mal an Sean, die sich alle vor lauter Sorge um ihn verrückt machten. Und an mich sowieso nicht. Ich war ja bloß der blöde, kleine Bruder, den er ausnutzen konnte, wenn er bei seinen bescheuerten Aktionen mal Unterstützung brauchte. Der kleine Idiot, der mitten in der Nacht losgezogen war, um ihn zu suchen.

Ich stellte mir vor, wie ich einen schweren Holzblock hochwuchtete und ihm damit den Schädel zerschmetterte. Okay, ich müsste dafür höchstwahrscheinlich ins Gefängnis, aber wenigstens wäre es mit Frank endgültig aus und vorbei.



»Also, sag schon, was läuft da zwischen dir und ... ihr!«,

platzte ich heraus. »Und erzähl mir bloß keinen Scheiß. Wann hat das mit ihr angefangen?«

Frank setzte sich langsam auf und sah zu mir rüber.

»Wann hat was mit ihr angefangen?«

Das brachte mich dann doch etwas aus dem Konzept. Frank stellte sich normalerweise nicht dümmer, als er war. Er kam immer sofort zur Sache.

»Das mit euch«, wiederholte ich und hätte mich prügeln können, weil ich mich so kopflos und aufgeregt anhörte. »Wann seid ihr ...«

»Ich hab nichts mit ihr, du paranoider Idiot! Als müsste ich mich an deiner Freundin vergreifen.«

Ein Lügner war Frank nie gewesen. Das war eine der wenigen guten Sachen, die man über ihn sagen konnte. Und weil ich das wusste, war ich in diesem Moment noch verwirrter als vorher. Ich glaubte ihm und war mir gleichzeitig nicht sicher, ob ich ihm glauben sollte oder wollte.

Frank sagte nichts mehr. Er zog einfach die Mundharmonika aus der Tasche und begann zu spielen. Ganz leise zuerst, aber gut. Verdammt gut. Das Gespräch der Männer am Feuer verstummte. Sie hörten zu. Ganz klar. Und als Frank immer lauter und kräftiger spielte und immer komplíziertere Melodien, verflog all meine Wut. Stob davon wie ein Schwarm kleiner, roter Funken. Schwebte auf den Tönen fort, die Frank in die Luft blies. Wieso rührte mich diese blöde Mundharmonika bloß jedes Mal so an? Man kann ja echt nicht behaupten, dass das ein besonders tolles Instrument wäre. Aber in der Stille der Nacht hörte sie sich einfach genial an.

Er spielte ein Lied nach dem anderen. Ich lag im Gras und dachte an Dad und wie glücklich er darüber war, dass sein Sohn so viel Musik in sich hatte.

Irgendwann konnte Frank nicht mehr. Ich sah zu, wie er die Mundharmonika wieder in die Tasche schob und sich ins Gras zurücklegte.

»Du hast sie wieder«, sagte ich.

»Ja, und ich bin verdammt froh«, sagte er leise. »Ohne hab ich mich gefühlt, als hätte mir einer die Hand abgehackt.«

Eine Zeit lang sagte keiner von uns etwas, wir lagen nur da und schauten zu den Sternen hinauf.

»Dad setzt sich manchmal heimlich in den Garten und hört dir beim Spielen zu«, erzählte ich plötzlich. »Er findet, dass du richtig ... gut bist. Begabt.«

»Wie will der das denn beurteilen können?«, brummte Frank.

»Vielleicht kann er's, vielleicht nicht.« Ich zuckte mit den Schultern. »Jedenfalls hört er dir gern zu.«

Frank schnaubte.

»Wieso?«, sagte er nach einer Weile.

»Wieso was?«

»Wieso setzt er sich hin und hört mir zu?«

»Weil du gut bist«, sagte ich.

»So gut auch wieder nicht.«

Aber ich merkte, dass er sich freute. Er setzte sich auf, zog die Mundharmonika noch mal aus der Tasche, guckte sie an und ließ sie leise lächelnd von einer Hand in die andere gleiten.

»Unser Dad ist schon ein komischer Typ«, sagte er nach einiger Zeit. »Was dem so alles gefällt ...«

»Ja.« Ich lachte zustimmend. »Total komisch.«

Als ich beschloss zu handeln, war alles plötzlich ganz einfach. Auf einmal wusste ich genau, was zu tun war. Wie ein paar Stunden vorher, als ich hergekommen war. Ich musste noch nicht mal darüber nachdenken. Ich stand auf, ging zur Brücke und suchte dort seinen Schlafsack und seine Sachen zusammen. Dann hängte ich mir meinen eigenen Rucksack um.

»Komm.« Ich hielt Frank seine Tasche hin. »Gehen wir.«

»Wohin?« Meine plötzliche Entschlossenheit schien ihn zu überraschen.

»Nach Hause.«

Er protestierte nicht und ich ließ mir nicht anmerken, wie verblüfft ich darüber war. Ich spürte, dass ich Frank im Griff hatte. Vielleicht würde diese Glückssträhne nicht ewig anhalten, aber im Moment flutschte es wie geschmiert und nur das zählte.

Er stand auf und klopfte sich die Jeans ab. »Du willst also jetzt gleich los?«

»Ja«, sagte ich.

Ich sah zu, wie er sich die Schuhe zuband und seine Tasche nahm und sie umhängte. Ich war glücklich – trotz allem. Mum und Dad würden ausflippen vor Begeisterung. Wir gingen nach Hause. Deshalb war ich hergekommen. Mein Plan hatte funktioniert. Über Diana würde ich später nachdenken.



Wir gingen den Radweg entlang. Die besoffenen Typen

standen immer noch rum, aber keiner ließ einen blöden Kommentar ab, als wir vorbeikamen. Anscheinend hatte Frank sie mit seiner Mundharmonika irgendwie besänftigt.

Als wir zu den ersten Bäumen kamen, wühlte Frank nach seiner Taschenlampe.

»Was hast du vorhin eigentlich gemeint?«, fragte ich. »Als du gesagt hast ... dass sie mir alles sagen soll ...«

Er antwortete nicht sofort.

»Na ja, mir hatte sie es schon erzählt«, murmelte er und knipste die Taschenlampe an. »Dass das ihr Vater war, der vor zwei Wochen bei uns eingebrochen ist.«

»Also doch!« Ich schüttelte den Kopf. Dann hatte ich mit meinen wilden Spekulationen den Nagel also auf den Kopf getroffen! So etwas wie Verbitterung flackerte in mir auf, fast schlimmer als die Angst, die ich vorher gespürt hatte. Ich folgte Frank in die Dunkelheit zwischen den Bäumen hinein.

»Sie hat gesagt, unser Haus wäre ihr schon seit längerem aufgefallen«, erzählte Frank weiter. »Und als sie mitgekriegt hat, wie wir gepackt haben und in Ferien gefahren sind, hat sie's ihrem Vater erzählt. Anscheinend hatte sie uns schon lange auf dem Kieker.«

»Hä ...?«, fragte ich verwirrt. »Wen hatte sie auf dem Kieker?«

»Uns. Unsere Familie.« Frank lachte trocken. »Sie konnte uns nicht ausstehen, weil wir so nach ... na ja, nach *heiler Familie* aussahen. Du weißt schon, Mum hat sich immer nett mit ihrer Großmutter unterhalten. Und Dad – auch immer freundlich. Mich und Sean hat sie für eingebildete Ärsche gehalten. Sie dachte, wir wären zu arrogant, um überhaupt mit ihr zu reden. Dich hatte sie da noch gar nicht gesehen. Tja, und irgendwie war sie so genervt, dass sie sich an uns rächen wollte.«

»Das hat sie dir alles erzählt?«

»Ja.«

»Dass sie dich und Sean nicht ausstehen konnte?«

»Ja.« Frank grinste. »Dabei erinnere ich mich gar nicht, sie überhaupt mal gesehen zu haben oder arrogant zu ihr gewesen zu sein.«

Ich sagte nichts. Frank hatte sowieso keine Ahnung, wie er mit seiner Art auf andere wirkte.

»Sie hat ein superschlechtes Gewissen wegen der Sache.« Er drehte sich im Dunkeln zu mir um. »Seit sie dich kennen gelernt hat, fühlt sie sich echt scheiße deswegen. Aber sie hat sich nicht getraut, es dir zu sagen, weil sie dachte, du rastest bestimmt total aus. Und dann ist sie auf die Idee gekommen, bei ihrem Vater einzubrechen, um zu schauen, ob noch was von den Sachen da ist.« Er seufzte. »Total durchgeknallte Idee, aber …«

»Ach was?« Ich trottete hinter Frank her den Weg entlang. Es war was ganz anderes mit jemandem zusammen durch die Dunkelheit zu gehen. Wieder begann die Eifersucht an mir zu nagen. Wieso wusste Frank eigentlich viel mehr über Diana als ich?

»Ja, okay, aber …« Ich suchte krampfhaft nach den richtigen Worten. »Hat sie irgendwie versucht sich an dich ranzumachen? Was wollte sie denn heute schon wieder bei dir?«

»Jetzt werd nicht paranoid. Die steht auf *dich*.«

»Ja, klar.« Ich schnaubte. »Und wie! Deshalb erzählt sie mir auch irgendwelche Fantasiestorys von Typen, die auf meinem Skateboard rumfahren. Und schleppt mich zum Haus von ihrem Vater, tut so, als wüsste sie nicht, wer da wohnt, und plant den großen Einbruch. Ja, sie muss mich echt lieben.«

»Na ja …«, sagte Frank nachdenklich. »Sie hat 'ne ziemlich eigene Art Sachen zu regeln. Aber sie mag dich. Und ich dachte, du magst sie gerade deswegen, weil sie so ist.«

»Ich weiß nicht, ob ich sie überhaupt noch mag«, murmelte ich.

»Hör mal, die kann doch nichts dafür, dass sie so einen Asi-Vater hat.«

»Nimmst du sie jetzt auch noch in Schutz oder was?« Aus irgendeinem Grund ärgerte es mich, das er Diana verteidigte. »Du hast den Einbruch doch am schlechtesten verkraftet. Viel schlechter als wir. Du schließt dich doch die ganze Zeit in deinem Zimmer ein … und bist nur noch scheiße drauf und unausstehlich.«

»Ich nehm sie kein bisschen in Schutz.«

»Tust du doch!«

»Hey, Jack. Sie hat alles von selbst zugegeben, okay? Was bringt es jetzt noch, ihr Vorwürfe zu machen? Unsere Sachen sind sowieso weg.«

»Ja genau«, sagte ich säuerlich. »Die sind weg.«



»Und daran lässt sich eben nichts mehr ändern«, sagte er milde.

»Immerhin hat sie dir die Mundharmonika zurückgebracht«, fiel mir ein. »Ist von den anderen Sachen vielleicht auch noch was da?«

»Vergiss es.« Frank seufzte. »Die haben das Zeug so schnell wie möglich verscherbelt. Und ihr Vater hat sich anscheinend abgesetzt. Das mit der Mundharmonika war pures Glück.«

# 15

Es war ungefähr ein Uhr, als wir vor unserem Haus standen. Ich ging vor, Frank folgte mir nach. Seit wir den Park hinter uns gelassen hatten, hatte ich mir diese Szene vorgestellt. Meine Ungeduld und Vorfreude war immer größer geworden, während wir die Separation Street und dann die Dobson Street entlanggegangen waren, obwohl ich versucht hatte, mir Frank gegenüber nichts anmerken zu lassen. Er war inzwischen auch nervös geworden. Wahrscheinlich hätte er unseren Eltern gern irgendeine tolle Geschichte erzählt und ihm war nichts Gutes eingefallen.

»Wieso sind sie überhaupt zur Polizei?«, fragte er mürrisch, als ich das Gartentor öffnete.

»Weil sie sich saumäßige Sorgen gemacht haben«, sagte ich, um ihm eins reinzudrücken.

»Schon ein bisschen hysterisch, oder?«, murmelte er. Aber ich hörte an seinem Tonfall, dass ihm allmählich dämmerte, was er uns allen angetan hatte.

Sean und Dad saßen am Küchentisch und spielten Karten. Als wir in die Küche kamen, starrten die beiden uns volle drei Sekunden einfach nur an. Und dann auf einmal brachen ihre versteinerten Gesichter auf. Anders kann ich es nicht ausdrücken. Dad fing sofort an loszubrüllen.

»Gott sei Dank!« Er sprang auf und zerquetschte Frank fast, so fest umarmte er ihn. »Bin ich froh, dich zu sehen!« Er hatte Tränen in den Augen. »Schnell Jack, hol Mum!«

»Frankie-Boy!« Sean stand auf und boxte Frank auf den Oberarm, als würde er mit ihm im Ring stehen. Erst auf den einen, dann auf den anderen Arm. »Wo hast du gesteckt, Alter?«

»Och, so hier und da.« Frank grinste dämlich und guckte auf seine Schuhspitzen. Ich merkte aber, dass er sich über die Begrüßung freute. »Jack hat mich gefunden.«

»Jack!«, rief Dad, umarmte mich auch gleich und runzelte die Stirn, als ihm auffiel, dass ich Jeans und Schuhe anhatte. »Und wir waren extra ganz leise, weil wir dachten, du schläfst längst! Wo hast du ... warst du etwa draußen?«

»Schon.« Ich lachte. »Ich war ein bisschen unterwegs.« Ich wollte Dad eigentlich von meiner Nachtwanderung durch den Park zur Brücke erzählen, ließ es aber, als ich sah, dass er sich schon wieder Sean und Frank zugewendet hatte. Sean legte Frank etwas verlegen einen Arm um die Schulter.

»Mensch, Frankie-Baby! Schön dich zu sehen«, sagte er total ernst. Das war wohl ein bisschen zu viel für Frank. Er wurde ganz rot im Gesicht und in seinen Augenwinkeln glitzerte es verdächtig.



»Äh ... danke«, sagte er, ohne jemanden anzusehen. »Tut mir Leid, dass ihr euch alle solche Sorgen gemacht habt ...«

»Ach was, wir haben uns doch keine Sorgen gemacht.« Sean grinste breit. »War doch klar, dass du wiederkommst.«

Ich rannte zum Schlafzimmer meiner Eltern und hämmerte gegen die Tür.

»Schnell, Mum«, rief ich. »Frank ist zurück.«

»Glaub ich nicht«, rief sie schlaftrunken. »Mach keine schlechten Witze.«

»Mum!« Ich lachte. »Es stimmt aber. Komm schon.«

Fünf Sekunden später riss Mum die Tür auf und band sich den Morgenmantel zu. Ich ging hinter ihr her in die Küche.

»Frank!«, flüsterte sie, streckte die Arme aus, lief auf ihn zu und umarmte ihn. »Wo warst du denn? Gott sei Dank geht es dir gut!«

»Danke, Mum.« Frank begrub sein Gesicht an ihrer Schulter und schluchzte. Wir anderen hatten auch Tränen in den Augen. Also, ich kann mit Sicherheit sagen, dass niemand von uns Frank vorher jemals hat weinen sehen.

»Tut mir Leid«, sagte er. »Dass ich euch nichts gesagt hab und … überhaupt. Mir ging es gut und ich wollte sowieso bald wieder nach Hause kommen.«

»Ist schon gut.« Mum weinte auch. »Dave, wir sollten alle anrufen … und Bescheid sagen.«

Dad lief in der Küche auf und ab, fuhr sich immer wieder durch die Locken und knallte sich mehrmals mit der einen Faust in die offene Handfläche. Er strahlte übers

ganze Gesicht.

»Gib mir eine Minute, um mich zu beruhigen.« Er packte mich von hinten und drückte mich noch mal fest an sich.

»Du bist ein verdammter Superheld«, raunte er mir heiser ins Ohr.

Letzten Endes beschlossen sie, mit dem Anrufen doch bis zum Morgen zu warten, weil es schon so spät war.

Kurz darauf muss ich eingeschlafen sein. Einfach so, im Sitzen. Als ich aufwachte, saß ich immer noch am Tisch, den Kopf auf den Armen und Sean stand am Herd und verteilte Pfannkuchen auf Teller. (Das Einzige, was er kochen kann. Er macht ungefähr dreimal im Jahr Pfannkuchen und betrachtet das als Megabeitrag zur Haushaltsführung.) Dad stand vor dem offenen Kühlschrank und wunderte sich, warum nur noch so wenig Eis da war und Mum saß im Rohrstuhl, den Arm um Frank gelegt. Er erzählte gerade von einer Bekannten, die abgehauen war und in Perth sechs Monate lang unter einer Brücke gelebt hatte. Aber den Hauptteil der Geschichte hatte ich anscheinend verpasst.

»... und da dachte ich, ich könnte das auch mal ein Wochenende ausprobieren«, sagte Frank gerade.

»Länger als ein Wochenende.« Dad schaute zum Kalender rüber, der an der Wand hing. »Du warst insgesamt über vier Tage ... *oh verdammt.*« Dad guckte noch mal auf den Kalender und dann zu Mum.

»Was ist denn?«

»Wir hatten gestern den Termin bei der Familientherapeutin, Helen.« Dad runzelte die Stirn. »Hast du angerufen?«

»Nein. Hab ich vergessen.« Keiner sagte was.

Ich sah erst meine Eltern an, dann meine Brüder, die sich beide das Lachen verkniffen.

»So was Blödes aber auch«, sagte Frank mit gespielt betroffener Stimme. »Sag bloß, wir haben den Termin verpasst?« Das war das Stichwort. Alle brachen in Lachen aus.

»Ich ruf morgen an«, sagte Mum, gab Frank einen Klaps auf den Oberschenkel und wischte sich die Lachtränen aus den Augen. »Ich finde schon, dass wir wieder hin sollten.«

»Okay.« Dad nickte ernst, obwohl ich sah, dass er nicht so überzeugt davon war wie Mum.

»Bloß noch ein paarmal.« Mum schaute uns alle an. »Meint ihr nicht, dass wir einiges aufzuarbeiten haben?«

Keiner von uns sagte etwas.

»Wenigstens wissen wir nächstes Mal, worüber wir reden können«, sagte Dad grimmig.

»Stimmt«, sagte Sean den Mund voll Pfannkuchen. »Wir können über eine ganze Menge reden. Über Frank ... und dann noch über Frank und – Überraschung – über Frank lässt sich sicher auch viel sagen! Haha.«

»Zu dir Knallfurz würde mir auch einiges einfallen«, raunzte Frank ihn an.

»So. Das reicht jetzt!« Dad stoppte sie mit einer Handbewegung. »Jetzt wird nicht gestritten. Dazu ist es zu spät. Ab in die Kojen, aber ein bisschen plötzlich!«

Ich sah zu Mum rüber und merkte, dass wir beide lächelten. Jetzt ist wieder der Normalzustand eingekehrt, dachten wir wohl gleichzeitig.

Ich schaffte gerade mal einen halben Pfannkuchen, bis ich wieder einschlief. Im Halbschlaf merkte ich, wie ich ins Bett getragen wurde, als wäre ich ein kleines Kind. Aber ich war so müde, es war mir egal.

Am Vormittag stand ich mit dem festen Vorsatz auf, zu Diana zu gehen, um alles zu klären. Frank hatte absolut Recht, sie konnte eigentlich nichts dafür. Und unsere Sachen waren ein für alle Mal weg. Es wurde höchste Zeit, die Geschichte zu vergessen. Außerdem war ich mir sicher, dass ich mit ihr zusammenbleiben wollte.

Während ich im Bad war, hörte ich lebhaftes Stimmengemurmel aus der Küche. Ich stieß die Küchentür auf und war ziemlich verblüfft Ricky am Tisch sitzen zu sehen und neben ihm seine beiden Eltern in Anzug und Kostüm. Mum und Dad (beide in Jeans und Flanellhemden) saßen ihnen gegenüber. Alle machten todernste Gesichter, als würden sie über den Untergang der Welt reden. Sean und Frank fläzten sich in den Sesseln am Fenster, blätterten in der Sonntagszeitung und taten, als würden sie nicht zuhören, dabei wären die beiden niemals dageblieben, wenn nicht irgendwas Interessantes los gewesen wäre.

Als ich reinkam, hörten alle plötzlich auf zu reden und sahen mich an. Mein Magen schlug einen Salto. Was war das denn? Ich nickte Rickys Eltern höflich zu und sah dann zu Ricky rüber.

»Hey, Rick.« Ich versuchte ganz lässig zu sein, als ich zum Spülbecken ging und mir ein Glas mit Wasser voll laufen ließ, als hätte ich totalen Durst. »Alles okay?«

»Ja.« Er nickte mit ausdrucksloser Miene. »Hi.«

Ricks Vater stand auf, kam auf mich zu und schüttelte mir die Hand.



»Die Angelegenheit tut uns *sehr*, *sehr* Leid«, entschuldigte er sich förmlich.

»Ist schon in Ordnung.« Ich schluckte, weil ich keine Ahnung hatte, wovon er überhaupt redete. Rickys Vater, ein kleiner, gut aussehender Chinese, trug einen grauen Anzug, ein weißes Hemd und eine rote Seidenkrawatte. Das glänzende schwarze Haar hatte er sich zurückgegelt. Er war wahrscheinlich etwa in Dads Alter und seine Schuhe glänzten so blank poliert, dass einem beim Hinschauen fast die Augen wehtaten. Nachdem er mir die Hand geschüttelt hatte, setzte er sich wieder hin und begann mit seinen schmalen, manikürten Fingernägeln leise auf die Tischplatte zu trommeln. Rickys Mutter im gelben Seidenkostüm duftete stark parfümiert und war unter ihrer Betonfrisur perfekt geschminkt. Sie lächelte mich an und schüttelte dabei leicht den Kopf.

»Hallo, Jack«, begrüßte sie mich mit trauriger Piepsstimme.

»Guten Tag, Mrs Lee«, antwortete ich verlegen. Wieso guckte sie so traurig? Irgendwas Übles lag in der Luft. Und ich musste nicht lange warten, um zu erfahren, worum es ging.

»Du hast uns nie gesagt, dass du etwas von dem Revolver wusstest, Jack«, sagte meine Mutter ruhig.

Ich sah Ricky an, der nur den Kopf schüttelte und mit den Achseln zuckte. Es war also alles rausgekommen.

»Ich wollte nicht, dass Ricky Stress bekommt.«

»Schon ein starkes Stück, uns so was einfach zu verschweigen, findest du nicht?« Dads Stirnfalten wurden immer tiefer.

»Ja, schon … aber«, ich zögerte. »Es war ja bloß eine

*Attrappe*. Also, ich meine, man hätte ja niemanden damit erschießen können.«

»Entschuldigen Sie, Mr Lightfoot«, schaltete sich Rickys Vater höflich ein. »Aber ich möchte Sie noch einmal bitten, Ihrem Sohn keine Vorwürfe zu machen. *Unser* Sohn hat sich gesetzwidrig verhalten. Er hätte diesen abscheulichen Gegenstand überhaupt nicht ins Land bringen dürfen.«

*Diesen abscheulichen Gegenstand!* Armer Rick. Er saß zwischen seinen Eltern eingeklemmt und guckte auf den Boden. Wahrscheinlich hatten sie im zu Hause die Hölle heiß gemacht. Er tat mir echt Leid.

»Als dein Bruder drei Nächte lang nicht nach Hause kam, hat Rick uns alles gebeichtet«, sagte Mrs Lee mit ihrer piepsigen Stimme zu mir. Sie klang so unglücklich, als würde sie mir erzählen, ihr liebstes Haustier sei gerade gestorben. »Zum Glück hatte er wenigstens noch so viel Vernunft.« Sie erschauerte. »Wir waren ganz ratlos. Aber deine Eltern haben sich sehr verständnisvoll gezeigt.« Sie presste die Lippen zu einem schmalen Lächeln zusammen und wandte sich Mum zu. »Vielen Dank, Mrs Lightfoot.«

»Ach, kein Problem«, sagte Mum unbehaglich.

Ich fühlte mich mies. Ich konnte unmöglich zulassen, dass am Ende Rick die ganze Schuld in die Schuhe geschoben wurde.

»Aber ich hab sie doch freiwillig genommen!«, protestierte ich. »Es ist ja nicht so, als hätte er mich gezwungen.«

»Ja, aber er hat sie ins Land geschmuggelt«, sagte Rickys Vater noch mal und warf seinem Sohn einen vernichtenden Blick zu, bevor er wieder mich ansah.

»Und er hat sie zu dir mitgenommen!«, sagte seine Mutter.

Leider stimmte das. Ich wusste nicht, was ich darauf sagen sollte. Der arme Rick hockte die ganze Zeit stumm daneben. Er hatte mir mal erzählt, dass chinesische Kinder ihren Eltern nie widersprechen. Jetzt sah ich am lebenden Beispiel, dass es funktionierte.

Okay, er hatte Scheiße gebaut. Aber das war doch kein Grund, so zu tun, als wäre er ein Schwerverbrecher.

»Na ja, jeder macht mal eine Dummheit«, sagte Dad freundlich. Anscheinend hatte er auch Mitleid mit Rick.

»Wir sind angesehene Geschäftsleute, Mr Lightfoot«, sagte Mr Lee. »Ricky ist es dem Ruf unseres Familienunternehmens hier in Australien und Übersee schuldig, sich *untadelig* zu verhalten. Er hat Schande über die Familie und über alle Mitarbeiter gebracht.«

»Wer ein so großes Unternehmen führt wie wir, hat die Pflicht sich untadelig zu verhalten«, wiederholte Mrs Lee, als hätte ihr Mann nicht gerade eben genau dasselbe gesagt. »Das ist oberstes Gebot.«

»Das verstehe ich natürlich«, sagte Dad. »Aber es wird ja niemand etwas erfahren. Die Sache bleibt unter uns. Muss ja niemand wissen.«

Keiner sagte etwas. Rickys Eltern blinzelten verblüfft.

»Wollen Sie damit etwa sagen, dass Sie mit dieser Information nicht zur Polizei gehen werden, Mr Lightfoot?«, fragte Mr Lee leise.



»Ich werde den Teufel tun und irgendwo hingehen«, rief Dad und schlug zur Bekräftigung auf den Tisch. »Die Polizisten haben uns gesagt, dass sie die Waffe konfiszieren müssen und damit sei die Geschichte ausgestanden. Mehr wird nicht passieren.«

Mr und Mrs Lee atmeten erleichtert aus. Und in dem Moment wurde uns schlagartig klar, warum die Lees bei uns waren. Sie hatten Angst um ihren guten Ruf gehabt. Dad hatte das auch begriffen, aber er lächelte sie nur freundlich an und freute sich mit ihnen.

»Oh, das ist gut.« Mrs Lee sah aus, als würde sie Dad am liebsten die Füße küssen. »Das freut uns aber, Mr Lightfoot. Wissen Sie, wenn das ans Licht gekommen wäre ... wenn die Presse von unserem Sohn und dem Revolver erfahren hätte«, sagte sie leise, »das wäre sehr schlecht für unser Unternehmen gewesen. Die Polizei wäre zu uns gekommen. Vielleicht hätte es einen Prozess gegeben. Sehr schlecht.«

»Das wollen wir natürlich nicht«, sagte Mum.

»Sind sie sicher?«, lächelte Mr Lee.

»Natürlich sind wir sicher«, erwiderte Mum lächelnd. »Wozu sollten wir die Sache unnötig an die große Glocke hängen. Die Jungen haben einen Fehler gemacht. Schluss. Aus.«

Na bitte. Alle sahen viel glücklicher aus. Außer Ricky. Trotzdem wusste keiner so recht, was er als Nächstes sagen sollte.

»Darf ich Ihnen vielleicht noch eine Tasse Tee anbieten?«, fragte sie Mum höflich. Das war ihre Art zu sagen: Können wir bitte langsam mal zu einem anderen Thema übergehen?



»Äh, nein ... danke.« Mr Lee schien Mum gar nicht richtig zugehört zu haben. »Wenn Sie nichts dagegen haben, würde ich jetzt gern eine andere Sache mit Ihnen besprechen.«

»Oh?« Mum sah Dad mit hochgezogener Augenbraue an. Ich wusste, dass sie sich fragte, wo diese förmliche Unterhaltung noch hinführen würde.

»Was möchten Sie denn noch mit uns besprechen?«, erkundigte sich Dad.

»Ich habe gehört, dass kürzlich bei Ihnen eingebrochen wurde.« Mr Lee sah sehr ernst aus.

»Stimmt.« Dad nickte. »Vor zwei Wochen, als wir im Urlaub waren.«

»Das ist sehr schlimm.«

»Ja.« Dad nickte heftig und sah seufzend zu Frank rüber, der das Fernsehprogramm las und wahrscheinlich gerade an seine DJ-Ausrüstung dachte. »Ja, das war ... *ist* ... schlimm.«

»Ich habe gehört, es gäbe ein Problem mit der Versicherung?«

Dad nickte wieder. Ich sah ihm an, dass er sich wunderte, warum sich Rickys Vater so dafür interessierte. »Das ist richtig«, sagte er bloß.

»Mr und Mrs Lightfoot«, sagte Mr Lee daraufhin feierlich. »Es wäre uns eine Ehre, wenn Sie uns zu einem Termin, der ihnen zeitlich passt, zu einem Besuch in unserem Kaufhaus in der Innenstadt begleiten würden. Wir möchten Ihnen die gestohlenen Gegenstände gern ersetzen. Natürlich auf Kosten des Hauses. Wir führen die besten Marken, deshalb bin ich zuversichtlich, dass Sie bei uns alles finden werden. Falls nicht, können wir die Sachen natürlich für Sie bestellen.«

*Wie bitte?*

Sean und Frank guckten ruckartig von der Zeitung auf. Ich glaube, so interessiert hatte ich sie noch nie gesehen. Mum und Dad schauten total entgeistert.

»Es wäre uns wirklich eine Ehre«, piepste auch Mrs Lee.

»Äh … könnten Sie das bitte noch einmal wiederholen?«, bat Dad nach einer Weile und lächelte unsicher, als glaubte er, irgendwas falsch verstanden zu haben.

»Wir würden Sie gerne zu einem Besuch in unser Kaufhaus einladen. Leider muss ich nächste Woche nach Europa fliegen, aber meine Frau …« Mrs Lee nickte an dieser Stelle begeistert. »Meine Frau und der Geschäftsführer würden sich freuen, Sie in unserem Haus herumführen zu dürfen. Sie können sich dort alles aussuchen und ersetzen, was Ihnen gestohlen wurde.« Er deutete mit einem leichten Kopfnicken eine Verbeugung an. »Wir möchten Ihnen außerdem gerne auch andere Wünsche erfüllen, die Sie vielleicht noch haben. Das ist leider nur eine kleine Entschädigung für den Ärger, der Ihnen durch unseren Sohn entstanden ist.«

»Oh, nein. Nein. *Nein.*« Dad lachte laut auf. »Also, das ist nun wirklich nicht nötig. Nein! Durch Ihren Sohn ist uns gar kein Ärger entstanden. Jedenfalls kein Ärger, an dem unser …« Er warf mir einen ziemlich strafenden Blick zu. »… unser eigener Sohn Jack nicht mindestens genauso beteiligt war.« 

*Dad, sei nicht dumm. Hast du nicht gehört, was er gesagt hat?*

Sean sah aus, als wolle er aufspringen und Dad erwürgen. Frank explodierte fast.

»Nein, wirklich nicht …«, sagte Dad.

Frank konnte sich nicht mehr zusammenreißen. »Komm schon, Dad!«, flüsterte er.

»Soweit ich gehört habe, wurden Ihnen Computer, Radios und Fernsehgeräte entwendet«, sagte Mrs Lee. »All diese Produkte führen wir.«

»Mr Lee.« Dad beachtete uns nicht. »Ich hatte nie die Absicht noch mal zur Polizei zu gehen und denen etwas über den Revolver zu erzählen. Was mich angeht, ist die Sache geklärt und wir erwarten von Ihnen keine Bezahlung oder so etwas.«

»Bezahlung?« Mr Lee war tief verletzt. »Mr Lightfoot, bitte! Das ist doch keine Bezahlung! Das ist ein Geschenk!«

»Ein Geschenk!«, wiederholte Dad nachdenklich und schluckte.

»Genau, ein Geschenk«, sagte Sean von hinten. »Du weißt schon, das ist das, was man auch zum Geburtstag bekommt!« Sean wird immer sarkastisch, wenn er unter Stress steht.

»Wenn du …« Frank sah so bleich aus, als müsse er vor lauter Anspannung gleich kotzen. »Wenn du das ablehnst, dann … ich weiß auch nicht, dann …«

Dad schaute auf seine Hände, sah zum Fenster hinaus und drehte sich dann langsam zu Mum um.



»Tja, also … was sagst du denn dazu, Helen?«, fragte er leise. »Kann man so ein Geschenk überhaupt annehmen?«

»Och, na ja.« Mum lächelte. »Ich finde das eigentlich

ganz reizend von Rickys Eltern.« Sie wandte sich an Mr und Mrs Lee. »Und sehr großzügig.«

»Na gut.« Dad, der immer noch ziemlich verdattert schaute, ergriff die Hand, die Mr Lee ihm entgegenstreckte. »Dann nehmen wir Ihr Geschenk an … gerne.«

# 16

Schon am nächsten Tag war unsere gesamte Familie zu Gast im Kaufhaus Lee. Wir waren um eins mit Rickys Mutter im Restaurant verabredet. Nach einem genialen Mittagessen – auf Kosten des Hauses, versteht sich – begleiteten uns Mrs Lee und der Geschäftsführer in die verschiedenen Abteilungen, wo wir uns aussuchen durften, was wir wollten. Es war wie im Traum. Bloß dass ich mir so was nicht mal in meinen wildesten Träumen hätte vorstellen können.

Mrs Lee war Vollprofi. Wenn es etwas, das wir uns ausgesucht hatten, auch noch in besserer Ausführung gab, wies sie uns jedes Mal darauf hin. Meine Brüder waren wie im Rausch. Als sich Frank für japanische Plattenspieler entscheiden wollte, drängte ihn Mrs Lee, stattdessen doch lieber eine ganze DJ-Ausrüstung von einem sauteuren, deutschen Hersteller auszusuchen und gleich auch noch ein Keyboard (das tausende von Dollar kostete) derselben Marke mitzunehmen. Er bekam einen neuen Computer und dazu sämtliche Programme zum Komponieren und Remixen, von denen er immer geträumt hatte. Sean wurde von Mrs Lee dazu überredet sich doch lieber das neueste Apple iBook zu holen, statt eines normalen PCs. Wir bekamen einen neuen Fernseher und mehrere Radios, eine Hi-Tech-Stereoanlage fürs Wohnzimmer und eine kleinere für mich. Mum und Dad versuchten im Laufe des Nachmittags mehrmals einen Schlussstrich zu ziehen.

»Bitte, Kinder«, flehte Dad. »Langsam muss es aber wirklich reichen.«

»Finde ich auch. Jetzt habt ihr genug«, stimmte Mum ihm zu, nachdem wir jedes einzelne gestohlene Stück ersetzt bekommen hatten. Aber Mrs Lee wischte alle Einwände mit einer entschlossenen Bewegung ihrer winzigen manikürten Hand beiseite. (An ihre komische Piepsstimme hatte ich mich inzwischen gewöhnt. Sogar mehr als das, ich begann alles an dieser Frau heiß und innig zu lieben!)

»Unsere Einkaufstour ist erst zu Ende, wenn sie zu Ende ist«, sagte sie streng. »Sie sollen alles bekommen!«

Franks Augen leuchteten bei diesen Worten auf. *Sie sollen alles bekommen. Okay!*

Mum versuchte zu protestieren, aber hätten wir uns wirklich wehren sollen? Hey, wir bekamen die Sachen schließlich geschenkt. Keiner wusste so genau warum, aber es hatte irgendwas mit dem guten Namen des Unternehmens zu tun. Nicht dass einer von uns jemals daran gedacht hätte, diesen guten Namen in den Dreck zu ziehen. Das Ganze war total verrückt, verrückter als alles, was wir uns jemals hätten vorstellen können. Aber es passierte tatsächlich und … oh Mann … ich kann euch sagen – wir genossen es!

»Nein, ich glaub, ich will aber trotzdem lieber die Playstation 2«, sagte ich zu dem Verkäufer, der mir eine andere Konsole aufschwatzen wollte. »Für die gibt es bessere Spiele.«

»Na gut.« Er lächelte mich an. »Ganz wie du willst. Kennst du schon das Neueste? Hier, wir haben es da …«

Wahrscheinlich konnte keiner von uns so richtig glauben, dass das alles wirklich passierte. Ich weiß auch nicht, wie wohl sich Dad bei der ganzen Sache fühlte. Aber er sagte nicht viel. Wahrscheinlich traute er sich nicht, weil wir alle so im Freudentaumel waren.

Irgendwann war aber wirklich Schluss. Am nächsten Tag sollte uns unsere Ausbeute per Transporter geliefert werden. Sean, Frank und ich fuhren mit Dad nach Hause. Mrs Lee hatte Mum überredet noch dazubleiben, um mit ihr die Abteilungen für Wohntextilien und Haushaltswaren abzugrasen.

Als ich nach Hause kam, lag ein Zettel von Diana vor der Tür, auf dem sie mich bat, sie so bald wie möglich anzurufen. Ich bin mir ziemlich sicher, dass ihre Großmutter ihn für sie geschrieben hatte, die Schrift sah nämlich total altmodisch und verschnörkelt aus. Ich kümmerte mich nicht gleich darum, weil ich von unserer Tour durchs Kaufhaus noch so aufgekratzt war. Und erschöpft. Beim Abendessen mussten wir natürlich alles noch mal durchhecheln und dann kam Mum mit frischen Geschichten nach Hause und schwärmte von all den tollen Sachen, die uns Mrs Lee fürs Haus geschenkt hatte. Ich schäme mich, es zuzugeben, aber ehrlich gesagt, vergaß ich darüber total Diana anzurufen.

Als dann am nächsten Tag unsere ganzen tollen neuen Sachen geliefert wurden, war die allgemeine Begeisterung noch größer – falls eine Steigerung überhaupt noch möglich war. Es dauerte Stunden, bis wir alles ausgepackt und im Haus untergebracht hatten.

»Oh Mann, du bist echt der Held, Jack!«, sagte Frank ungefähr zum fünften Mal an diesem Morgen zu mir, als er sein neues Keyboard in sein Zimmer schleppte. »Das meine ich ernst. Du bist der Größte!«

»Ich weiß.« Ich versuchte cool zu klingen, konnte aber nicht verhindern, dass ich übers ganze Gesicht strahlte. Meine neue Anlage war der Hammer. Ich konnte es gar nicht erwarten, mir endlich die ganzen CDs anzuhören, die Ricky mir mitgebracht hatte. Aber im Haus war so viel los, dass ich es gar nicht schaffte in meinem Zimmer zu bleiben. Immer wenn ich an Sean vorbeikam, legte er mir seine große Pranke auf die Schulter.

»Jack, du bist der Größte«, sagte er jedes Mal. »Das hast du echt gut gemacht! Echt gut.«

Sogar Frank und Sean kamen bestens miteinander aus und lachten und witzelten rum, während sie besprachen, wo alles aufgestellt werden sollte. Natürlich war mir klar, dass dieser Zustand nicht ewig andauern würde, aber ein kleines Wunder war es schon. Und mittendrin bekam Mum dann auch noch den Anruf, dass sie diese Stelle im Altersheim, die sie sich so gewünscht hatte, doch bekommen hatte.



Als sie den Hörer auflegte, flippte sie aus. Aber total. Sie jubelte und lachte und brach dann in Tränen aus. Zuletzt warf sie sich in Dads Arme und behauptete, von Anfang an gewusst zu haben, dass alles gut werden würde. Es war wie Weihnachten – nur sämtliche Weihnachten unseres Lebens zusammengenommen.

Als alle sich wieder einigermaßen beruhigt hatten, zwinkerte Dad mir zu und wir grinsten uns an. Es war wie früher. Zwischen mir und Dad, meine ich. Wie früher, bevor alles so schwierig wurde. Sogar Sean und Frank waren glücklich in ihrer tollen neuen Warenwelt. Ich will gar nicht so tun, als hätte ich mich über die ganzen Sachen nicht auch gefreut, aber Dad und ich waren immer schon anders als meine Brüder. Für uns war es das Schönste, Mum endlich wieder lächeln zu sehen.

Als am Abend alles seinen endgültigen Platz gefunden hatte und jeder sich mit seinen neuen Schätzen beschäftigte, fiel mir plötzlich wieder Dianas Nachricht ein, dass ich sie hätte anrufen sollen und ich bekam ein superschlechtes Gewissen. Verdammt! Wie hatte ich sie nur vergessen können? Ich war ein mieser Egoist. Alle Gefühle schwappten wieder über mir zusammen. Ich entschied, Diana nicht anzurufen, sondern lieber gleich hinzugehen.

Ich war schon halb zur Tür raus, als mir eine Idee kam. Ich vergewisserte mich, ob mir auch niemand zusah und dann – dabei kam ich mir echt voll bescheuert vor – nahm ich Mums Schere aus dem Nähkästchen, ging raus in den Vorgarten und schnitt ein Büschel rosa und rote Rosen ab. Um die Stiele wickelte ich ein Stück Alufolie, damit die Dornen nicht so piksten und machte mich dann auf den Weg die Straße hinunter zu Diana.

Das Haus war dunkel. Ich stand vor dem Eingang. Mit der einen Hand umklammerte ich die Rosen, mit der anderen klopfte ich an die Tür. Sie schwang sofort auf, als hätte sie geradezu darauf gewartet, mir eine Enttäuschung zu bereiten. Ich blickte den kahlen Flur entlang und auf einmal packte mich Angst.

»Diana!«, rief ich. »Ich bin's Jack. Kann ich reinkommen?«

Keine Antwort. Das Echo meiner Stimme hallte durch den Flur. Ich wusste, was los war, und wollte es nicht glauben. Sie war nicht da.

Ich ging hinein und öffnete eine Tür nach der anderen. Alle Zimmer waren leer, bis auf die Küche, in der noch ein paar Kleinigkeiten waren – einige Tassen auf der Anrichte, zwei Kerzen. Der Samtvorhang, hinter dem der Kühlschrank stand, hing auch noch da. Sie waren abgehauen. Das verblasste Bild der toten Prinzessin hing noch an seinem Ehrenplatz über dem Herd. Ich spürte einen dicken Kloß im Hals, als ich es betrachtete. Von *meiner* Diana besaß ich noch nicht mal ein Foto. Und wenn ich sie nun nie wieder sehen würde?

*»Wir könnten uns doch anfreunden.«*

Ich hörte ihre Stimme ganz deutlich, fast so, als säße sie mir gegenüber. Mit ihrem kleinen, nervösen Lächeln knabbert sie an einem Fingernagel rum und fragt, ob ich Lust habe schwimmen zu gehen.

*»Ich lieb dich, Jacko«*, hatte sie mir erst vor ein paar Tagen gesagt. *»Mir ist egal wie alt du bist. Ich lieb dich trotzdem.«*

Was war denn passiert? Was sollte dieser überstürzte Aufbruch? *Wieso habe ich nicht bei ihr angerufen?* Sie hatte mir doch extra den Zettel hingelegt, damit ich mich melde. Aber ich hatte es immer wieder verschoben. War viel zu beschäftigt gewesen. Hatte mich lieber von meinen bescheuerten großen Brüdern feiern lassen. Und mich lieber begeistert auf den ganzen neuen Scheiß gestürzt. Was bedeutete mir der Krempel verglichen mit Diana? Ich hätte bereitwillig alles verbrannt, wenn sie dadurch wiedergekommen wäre. Mir liefen die Tränen übers Gesicht. Ich schleuderte die Rosen mit aller Gewalt gegen die Wand. Gemein war das. Total gemein. Sie konnte nicht einfach so weggehen.

Irgendwann stand ich auf und durchkämmte alle Zimmer. Vielleicht hatte sie mir einen Zettel hingelegt – von ihrer Mutter oder Großmutter geschrieben –, um mir zu sagen, wo sie waren. Vielleicht fand ich ja einen klitzekleinen Hinweis darauf, wo sie hingegangen waren. Diana hatte sich denken können, dass ich herkommen würde. Sie musste mir irgendwas dagelassen haben.

Aber da war nichts. Alles war verschwunden – die schäbigen Antiquitäten und der kitschige Kleinkram, die Lampen, die Garderobenständer, die komischen, kleinen Vasen und wackeligen Stühle. Dianas Zimmer war leer, nur das Fenster stand offen und ein graues Rollo schlug in der leichten Brise gegen die Wand.

Zum Schluss blieb mir nichts anderes übrig als nach Hause zu gehen.

# 17

Etwa drei Tage später bekam ich einen Brief. Wieder in derselben verschnörkelten Handschrift geschrieben. Er war sehr kurz, aber er machte mir Hoffnung:

*Jack,*
*wir mussten ganz schnell weg. Das nächste Mal schreibe ich dir, wenn wir wieder eine richtige Adresse haben.*
*Hoffentlich geht es dir gut. Du fehlst mir.*
*Alles Liebe. Diana.*

Die letzten Ferientage drückte ich mich jeden Vormittag zu Hause herum und wartete sehnsüchtig auf den Briefträger, der mir vielleicht einen Brief von ihr bringen würde. Jedes Mal wenn das Telefon klingelte, hoffte ich, sie wäre es. Ich glaube nicht, dass sie meine Nummer überhaupt hatte, aber sie hätte ja irgendwen bitten können für sie im Telefonbuch nachzuschauen. Doch der Postbote brachte mir keinen zweiten Brief von Diana und sie rief auch nie an.



Als dann die Schule wieder anfing, war es etwas leichter zu ertragen. Mein Leben ging schließlich weiter und es gab

Millionen von Dingen, um die ich mich kümmern musste. Doch noch ein halbes Jahr später wurde es, wenn ich nachmittags von der Schule kam, in mir drinnen irgendwie ganz still, bevor ich in den Briefkasten schaute. *Vielleicht ja heute*, dachte ich immer.

Ricky und ich blieben die besten Freunde. Die Katastrophengeschichte mit dem Revolver hatte uns vielleicht sogar noch mehr zusammengeschweißt. Obwohl wir auseinander gesetzt wurden, weil wir im Unterricht zu viel Blödsinn machten.

Irgendwann hab ich Dad dann doch die ganze Story von Diana erzählt – wie sie und ihr Vater uns ausgeraubt hatten. Wir fuhren an Ostern für ein paar Tage zum Angeln an den Murray und da sprudelte es einfach aus mir raus. Er war schon ziemlich überrascht, hat es aber gut aufgenommen. Er hat gesagt, dass man ihr eigentlich keinen Vorwurf machen kann und dass sie anscheinend aus ziemlich schwierigen Verhältnissen kam. Ich habe Dad nicht in jeder Einzelheit erzählt, wie wichtig Diana für mich war, aber ich glaub, er hat es sich auch so denken können.

Wir verbrachten das ganze Osterwochenende miteinander. Nur wir zwei in unserem klapprigen Kombi, einem Zelt und einem kleinen Boot. Mum setzten wir bei ihrer Schwester in Harrietville ab und Sean und Frank waren zu Hause geblieben, um auf ihre neuen Besitztümer aufzupassen (und sich wahrscheinlich gegenseitig umzubringen). Mum und Dad hatten sie gewarnt, wenn das Haus bei unserer Rückkehr nicht tipptopp in Ordnung wäre, würden sie nächstes Mal wieder mitkommen müssen. Franks Gesicht war zum

Totlachen, als er sich überlegte, was er ätzender fand – Hausarbeit oder Familienurlaub. Irgendwas muss sich verändert haben, in letzter Zeit kann ich viel häufiger über Frank lachen. Wir gehen überhaupt alle viel lockerer miteinander um.

Am letzten Nachmittag, bevor Dad und ich los mussten, um Mum abzuholen und wieder nach Hause zu fahren, ruderten wir noch mal mit dem Boot raus. Wir saßen fast zwei Stunden nebeneinander, ohne ein Wort zu reden. Das durch die Blätter der Weiden gefilterte Sonnenlicht zeichnete ein feines Muster aufs Wasser. Ich erzählte Dad, dass Diana oft in meinen Träumen auftaucht. Sie spielt nie eine zentrale Rolle oder so, aber ich spüre, dass sie da ist, und finde es schön. Dad sagte, das könnte bedeuten, dass wir uns irgendwann mal wiedersehen, später, wenn wir älter sind. Ich sagte dazu nichts, aber ich dachte darüber nach und fände es gut, wenn er Recht hätte.

Ehrlich gesagt hab ich da so eine Traumvorstellung. Das Ganze spielt in ein paar Jahren. Ich bin dann schon sechzehn oder siebzehn und der volle Skateboard-Crack. Ich werde zur WM nach Amerika eingeladen. Auf so riesigen elektronischen Anzeigetafeln blenden die da immer die Namen der Skater ein. Viele von den Typen haben witzige Namen, zum Beispiel Jules Headline oder Scat Morgan. Ich kenne das aus dem Fernsehen. In meinem Traum schaffe ich es bis ins Finale und dann erscheint mein Name – Flash Jack – auf der Anzeigetafel, wo alle ihn sehen können. Natürlich gewinne ich die Weltmeisterschaft. Als erster Australier. Die Zuschauer flippen total aus. Alle wollen ein Autogramm von mir. Ich bekomme Werbeverträge angeboten, Autohersteller drängen mir kostenlos ihre Wagen auf ... plötzlich spüre ich eine Hand auf der Schulter. Ich drehe mich um und da steht sie und lächelt.

»Hi, Jack«, sagt sie. »Kennst du mich noch?«

»Na klar«, sage ich. »Diana.« Und wir umarmen uns.

Dann gehen wir zusammen durch die tobende Menge davon.

Könnte doch sein, dass es passiert.

Könnte sein.